青雲臺

第一部　洗襟無垢　下卷

沉筱之——著

目錄
CONTENTS

第二十章　風浪

昭允殿很大，除了正殿，還有東西偏殿。

謝容與住在東偏殿，青唯一路跟著他步下宮階，穿過迴廊，起先各處還有值守的侍婢與護衛，入得東殿院中，竟瞧不見什麼人了。

「今夜妳……」謝容與回過身，欲問青唯夜闖刑牢的事，見她正左顧右盼，不由疑惑，「妳在看什麼？」

青唯問：「這怎麼沒人？正殿那邊不是有很多人守著麼？」

謝容與道：「這是我住的地方，我……不太想見外人，所以禁衛都在殿外。」

青唯點點頭，「嗯」一聲，把目光收回來，驀地出了手。

謝容與根本沒防著她，見她欺身過來，後撤兩步，下一刻便被她橫臂抵在廊柱上，「說！」

謝容與：「……」

謝容與：「說什麼？」

「說你是什麼時候認出我的？」青唯問，他在長公主面前那麼自然地喚她小野，一定早就知道她是誰了，近來諸事繁雜，她險些忘了跟他算這筆帳，「是不是那日在扶冬的浴桶裡，你故意取走我的小瓶，就是為了洗掉我的斑，確定我的身分？」

謝容與聽了這話，不由失笑。

她怎麼還覺得這事是他故意的？

「不是。」謝容與道，頓了頓，「在那之前。」

還在那之前？

青唯語氣冷厲：「什麼時候？」

「洗襟臺修成之前，崔原義的小女急病，他為了趕回家見她最後一面，跟妳父親請辭，這事旁人不知道，我卻是知道的。且我一直知道妳還活著，所以……」

「所以早在我上京之前，你就知道我是誰了對嗎？」

「這倒不是。」謝容與道：「此前我並不確定妳是誰，妳是不是忘了，那日妳為了躲避玄鷹司追查，故意撞灑我的酒，我揭開妳的斗篷，看過一眼。」

青唯的腦子嗡鳴一聲。

那夜長街深巷，一身醉意的貴公子挑扇掀起她的兜帽。

——「幾個銅板是不值錢，加上這一眼，夠了。」

——「銀貨兩訖，放人吧。」

難怪他當時那麼輕易就放了她！

「那就是你騙我！」

謝容與又失笑：「我什麼時候騙妳了？」

「你、你明知道我是誰，故意不揭穿我，還和我相互試探，」青唯道，她心中滋味複雜難言，一時間又困窘又無措，「你分明什麼都知道！」

謝容與道：「我知道妳是誰，卻不知道妳上京的目的，最初的確對妳有所試探。」

他垂目看著她，「後來我想和妳說實話，不是妳不讓我說的麼？」

他的聲音一旦放低，像清泉淌過山澗，帶著一點連他自己都不曾覺察的溫柔，青唯愣了愣，這才意識到自己離他很近，近到能感受到他清洌的吐息。

宮牆火色裡輕柔一觸，那種不自在的感覺回潮似的，一下湧至她心間。

青唯驀地後撤一步，不說話了。

謝容與溫聲問：「生氣了？」

青唯看他一眼，「你今夜是怎麼找到我的？」

「是朝天。」謝容與道：「他今夜忽然進宮……與我說了些有的沒的，我猜到妳若有異動，只能是見崔弘義，便往刑部的方向尋，後來就碰見妳了。」

他說到這，想起青唯辛苦找來的證據，將香囊從袖囊裡取出，翻出存根看過，隨即一愣，「這麼重要的證物，妳是怎麼找到的？」

「說來真是湊巧。」青唯有點自得，「當年魏升讓叔父搬藥材，沒給他結工錢，就是為了事後作為答謝，把徐途的商路介紹給他。但那大藥鋪子的掌櫃是個老實人，他見叔父辛苦，自掏腰包，非但給了叔父辛苦費，還給了他這張存根。叔父後來發家，把這張存根當作發財符，送給芝芸的母親，被芝芸一路帶上京中。」

眼下有了這存根，加上此前的帳冊，以及王元敞、扶冬、崔弘義三名證人，已足以證明何鴻雲的罪行了。

青唯問：「我聽說玄鷹司被停職了，那幾戶售賣夜交藤的藥商，還由玄鷹司保護嗎？」

「已換成巡檢司了。」謝容與道：「眼下這個時機，何鴻雲應該不會妄動，崔弘義被押解上京，他的命門被套牢在這一步，如果這時對藥商下手，事情鬧得太大，對他不會有好處。今夜我便將奏疏寫好，明天一早呈奏朝廷。」

兩人說著話，轉眼已到了東偏殿，青唯見德榮帶著幾個侍婢迎出殿外，對謝容與道：「行，那你忙著，我先走了。」

謝容與一愣，拽住她的手：「妳去哪裡？」

青唯道：「這是宮裡，我一個宮外人，總不好待在這兒。」

「妳剛闖了刑部妳忘了，眼下出宮，是不要命了麼？」謝容與道，一頓，溫聲說，「今夜留在我身邊，哪裡都不去。」

德榮剛走過來，聽到這一句，驀地退後三步，眼觀鼻，鼻觀心。

青唯倒是不曾多想，她知道自己留在宮裡於禮不合，但比起小命，別的都不重要，指不定明早謝容與就把何鴻雲參了，她有取證之功，還能將功補過呢，青唯點頭：「也行。」

昭允殿寢殿的陳設與他們在江家的寢屋差不多，只是格外軒敞清冷些，青唯沐完浴回來，謝容與已坐在矮几前，執筆寫奏帖了。

他披著外衣，宮燈映照著他的側顏，如月一般，分外好看，可是他的臉色卻不大好，隱約可見病色，青唯知道他的宿疾在心裡，沒多問。她走過去，在他身邊的蒲團屈膝坐下，問道：「這就是明早要呈給官家的奏帖？」

謝容與「嗯」一聲。

青唯問：「這奏帖呈上去，朝廷便可以定何鴻雲的罪了麼？」

謝容與的筆鋒頓了頓，「難說，縱使人證物證俱全，一層一層徹查下來，當中還會遇到許多阻礙，何家的勢力不是說說而已，何況無論是洗襟臺還是瘟疫案，距今已過去了數年，當中有許多地方可以辯白。」

青唯道：「可是何鴻雲的罪行不是明擺著麼？朝廷為何還要給他機會？」

「倒不是給他機會。」謝容與別過臉來，溫聲與她解釋，「認真徹查，正反兼聽，也是為了執法清明。昭化年間先帝勤勉圖治，朝廷的底子好，三個法司中多是純臣，還是值得信賴的。再者，像何家這樣的世家，如果要定罪，不能只看一樁案子，昔年官家繼位，他們有輔政之功，這兩年也有政績，雖然功過不相抵，辦他們的案子，朝廷會尤其慎重。」

青唯明白了。

此前曹昆德也說過，何家勢大，不將事情鬧得沸反盈天，哪那麼好動？

青唯道：「何鴻雲這個狗賊做事一點底線都沒有，身上一定背著其他罪名，要不我們再找幾個證人，一起參？」

謝容與沒吭聲，看著她。

說起來可笑，他們相識這麼久了，這還是他二人第一回彼此都以真容相見，宮燈融融將他們包圍，菱格窗外落雪紛紛。

紅泥暖爐，靜夜霜雪。

只差一壺新醅酒了。

青唯被他看得莫名，道：「怎麼了？你是不是想到別的證人了，是誰？要是時間來不及，我先去捆了他。」

謝容與不禁笑了：「是，左右旁人是債多不壓身，妳是罪多不壓身。」

重犯之女、城南劫獄、夜闖刑牢，也不在乎多綁個人回來了。

都道是紅袖添香，她在身旁，大約只能添一泓刀光。

他的笑在燈色下漾開，青唯看著，覺得有點晃眼，她揉了揉眼，謝容與於是低聲問：「睏了？」他停了筆，站起身，「睏了先去睡。」

青唯的確有些犯睏，但她的心思還在何鴻雲這個狗賊身上，見謝容與也上了榻，落下簾，靠坐在她身邊引枕上，不由問：「你呢？那奏疏你不寫了嗎？」

「看妳睡著了我再寫。」

她第一回來宮裡，他擔心她住不慣。

青唯頓了頓，剛想說不用，這時，殿外忽然傳來急促的叩門聲：「殿下，殿下您已歇了嗎？」

是德榮的聲音。

他不敢進屋，卻不得不打擾，「殿下，不好了，出事了——」

謝容與披衣下榻，拉開門：「出什麼事了？」

「是藥商。」德榮道：「那幾戶藥商裡，有幾個人被殺了。」

謝容與一愣。

王元敞被救出後，幾戶藥商為了自保，一直不肯狀告何鴻雲囤積藥材的惡行，玄鷹司費了許多工夫，沒能說動他們，眼下玄鷹司被停職，差事交接給了巡檢司，怎麼才一日就出事了？

謝容與快步回到房中，拿了外袍，一邊穿一邊問道：「什麼時候的事？」

「就是今夜。」德榮道：「巡檢司那邊，守著這幫藥商的正是曲五爺。眼下死了人，曲五爺陣腳大亂，除了跟京兆府報案，只派人跟殿下您送了消息，殿下可是要立刻趕去？」

謝容與「嗯」一聲，吩咐道：「叫上祁銘。」與青唯一起出了殿。

夜裡落雪紛揚，藥商被殺的地方在城郊，謝容與到時，曲茂正披著衣，臉色蒼白地坐在臨時搭建的棚子裡，他身邊就是停放屍身的草席。

京兆府的齊府尹帶人在附近搜查了一圈，見到謝容與，迎上前來：「殿下，您怎麼過來了？」

謝容與翻身下馬，從衙差的手裡接過火把，在屍身前蹲下身：「怎麼死的？」

「割喉。」一旁的仵作道：「應該是在出逃的路上，被人從後方一刀斃命。」

謝容與展眼望去，統共四具屍身，前頸上的刀傷如出一轍，的確是殺手所為。

他問曲茂：「巡檢司不是看著這些藥商嗎？」

曲茂這是第二回見這麼血腥的場面，整個人像丟了半副魂，被謝容與這麼一問，他艱難回神，「看、看著，是看著啊……」

齊府尹急道：「小五爺，您既然看著，這幾個人怎麼會出現在城外呢？」

曲茂道：「……我怎麼知道？」

他看謝容與一眼，心中滋味複雜難言。

他的莫逆之交搖身一變，成了高高在上的王，他被蒙在鼓裡好幾年，又氣惱又彷徨，可偏偏，他攤上事了只能找他，上回去接崔弘義，他闖了禍，朝廷正是看在小昭王的顏面才沒有重懲他的。

「……是真的，」曲茂道：「我為了看著這些藥商，夜裡都沒敢睡……」

一旁的史涼看他解釋不清，拱了拱手：「殿下、齊大人，卑職姓史，是曲校尉麾下巡衛長，校尉大人的話不假，巡檢司今夜確實不曾怠忽職守。只是這幾戶藥商並非嫌犯，而是證人，卑職等奉命保護他們，卻不能如犯人一般嚴加看管，這幾個人是從背巷溜走的，卑職等夜巡時，發現搭在牆根的木梯，循蹤追出城外，他們已經被殺了。」

謝容與問：「屍身辨認了嗎？」

史涼道：「回殿下，死的這幾個人姓祝，乃寶芝藥鋪大房一家，卑職記得大房還有一個小女兒，不在其中。」

這時，一名捕頭來報：「殿下、大人，巡檢司已經將祝家人與餘下藥商帶來了，可要安排認人？」

齊府尹展眼一望，只見幾戶藥商黑壓壓來了一大片人，登時皺了眉。

這是案發地點，哪怕要認屍身，在祝姓裡挑兩人即可，這曲五爺真是不會辦差，找這麼多人，也不怕鬧起來。

齊府尹本欲發作，見小昭王都沒說什麼，將火氣壓了下去。

謝容與道：「祝家人來了嗎？」

「祝家只來了老太爺與一個小姑娘。」捕頭說著，招手示意，讓衙差把這二人帶過來。

青唯看過去，心中驀地一緊。

老叟雙鬢斑白，背脊佝僂，他身邊的小姑娘才十一二歲，牽著她阿翁的手，立在遠處又驚又惶地看著他們——她還不知發生了什麼。

謝容與也是不忍，然而人死燈滅，還能怎麼辦呢，「讓他們去跟親人道個別，脖上的傷就不必露給他們看了。」

他沉默須臾，對齊府尹道：「齊大人，今夜這事蹊蹺，幾名藥商為何忽然出城，出城之後何以被殺，一定得查個分明。巡檢司既已把其餘藥商帶來了，依本王看，不如眼下就審。」

齊府尹立刻道：「就照殿下的意思。」

一眾藥商被京兆府攔在周邊，他們瞧不清這邊的情形，正是著急，見祁銘引著兩名衣飾清貴的大人過來，其中有個身穿褐襖的問：「祁護衛，祝家大哥他們……他們真的死了嗎？」

早前玄鷹司奉命保護藥商，正是由吳曾與祁銘帶兵輪班，是以這些藥商認得祁銘。

祁銘沉默片刻，點了一下頭。

藥商們的臉色一下變了，「他們、他們怎麼死的？」

「是不是……被人殺了？」

祁銘雖然沒吭聲，眾人已從他的沉默中得到了答案。

幾個時辰前還活生生的人，眼下忽然成了屍身，其中一個蓄著短鬚，頭戴棉帽的繃不住，「我就說了，我早就說了，五年前，他滅口林叩春的時候就沒安好心！我們是把夜交藤賣給林叩春的人，他怎麼可能留我們的命！陽坡校場，他把人質一殺，我們就該去告他的，早就該去告他的！」

「葉家大哥，你眼下說這些有什麼用？當初陽坡校場出事，王家要去敲登聞鼓，不是你第一個畏懼何家權勢，打退堂鼓的麼？」

「王家為什麼願意去告？那是因為他們只有王元敞這一個獨子！王元敞活了下來！可我們葉家，上上下下三十口人，我賭不起啊！」被喚作葉家大哥的棉帽男子急聲說道。

「幾位不要吵了。」起先那名褐襖道：「祁護衛帶著大人過來，定是為了給我等做主，你們在這吵嚷不休，讓大人們怎麼斷案？」他朝祁銘拱了拱手，「祁護衛，敢問這二人是？」

祁銘道：「我身邊這位乃京兆府尹齊大人，眼下寧州瘟疫案已重審，正是由齊大人經手，你們有什麼冤情，都可以向他訴明。」他頓了頓，「至於另外這位，正是此前陽坡校場，涉險救出王元敞的昭王殿下。」

這話一出，一眾藥商都愣了。

「昭王殿下？」

「真的是小昭王？」

然而看他佇立在雪夜中，恍若天人的眉眼，除了那個名動京城的小昭王，再不能是旁人了。

「殿下——」葉家大哥先一步在雪地裡跪下，緊接著餘下藥商紛紛跪倒在地，「殿下，求殿下為我等做主啊！」

謝容與道：「關於你等販售夜交藤的枝節，本王已經知曉，證據也拿到了，本王眼下有一問，還望你們如實道來。」

「殿下儘管問。」

「你們來到城郊，問祁護衛的第一個問題，不是官府為何會帶你們來此，你們甚至不曾對死者的身分起疑，而是直接問，祝家幾人是不是死了，可見他們出現在城外，你們並不意外，你們甚至預料到他們會遭遇毒手。」謝容與的聲音有些冷，「怎麼，祝家今夜一行，是你們一起計畫好的麼？」

他這一問來勢緩緩，收勢卻鋒芒畢露。

一眾藥商聽後，面面相覷，竟是一個也不敢接話。

半晌，還是此前的褐襖男子嘆了一聲，「還是草民來說吧。」他朝謝容與拜了拜，「殿下，草民姓王，正是王元敞之父。」

「殿下是知道的，當年賣夜交藤給何家的人，就是我們，何家擔心我們把這事說出去，就從我們各家挑了一個人質軟禁起來。前陣子陽坡校場出事，除了元敞，其餘人質都死了，我們幾家，為了要不要狀告何家，一直爭論不休。不告麼，親人死了，實在嚥不下這口氣；

可是告麼，何家勢大，我等如何得罪的起？眼下死的只是一個，往後要是死得更多，我等豈不是沒活路了？」

「說來慚愧，我們權衡利弊，最終還是決定不告。可是昨日，一直保護我們的玄鷹司忽然撤走了，換成了巡檢司。草民自然不是說巡檢司不好，只是這樣的調換，讓草民意識到一個問題，朝廷不可能一直派兵保護我們，有朝一日，風聲過去了，這些兵撤了，我們這樣的人活著，對何家而言，始終是一個威脅，到那時，何家要對我們下手，便輕而易舉了。所以我們思來想去，還是決定離開京城，從此隱姓埋名。」

「既然決定要離開，那麼越早離開越好，我們人太多，一起行動，太易被人發現，於是決定分成幾撥出城。順序……是我們抓鬮選出來的，祝家大哥挑了『一』，臨行，他擔心遇到危險，把小女與祝家老太爺留給我們照顧，沒想到……」

話未說完，只聽草棚子那邊，忽地傳來淒厲一聲：「娘親——」

青唯循聲望去，竟是適才的那個小姑娘伏倒在一具屍身前，流淚嗚咽出聲。

小姑娘的身影在這暗夜裡單薄似飄零的雪片，而她身後的阿翁早已跌坐在地，不斷地抬手揩淚。

青唯見了這一幕，不知怎麼心中一陣荒蕪，握著劍的手漸漸收緊。

王元敞之父見狀，狠一咬牙，對謝容與道：「殿下，我們知道錯了，從一開始，我們就不該畏懼何家的權勢！為虎作倀，最後只能被虎反噬！我們願意敲登聞鼓，聯合起來狀告何鴻雲的惡行，求殿下為我們做主！」

「殿下！」餘下的藥商也道：「明日一早，我們就到宮門口狀告何家，求殿下為我們做主！」

「求殿下為我們做主——」

謝容與立在雪裡，聽到這聲震四野的懇請，卻是一動不動。

好半晌，他道：「本王還有一問。」

「殿下儘管問。」

「你們……」謝容與的聲音比方才還要涼一些，「除了何家……還有什麼別的仇家嗎？」

一眾藥商面面相覷，棉襖男子接話道：「殿下，草民都是做買賣的老實人，從不曾與誰結仇結怨，若不是五年前賣了夜交藤給何家，何至於有今天？除了何家，不會有人想要殺我們滅口。」

是，他們手裡有何家的把柄，除了何家，不會有人想殺他們。

可是今夜這場慘案，真的是何鴻雲做的嗎？

看看今夜的結果——

所有藥商被逼得走投無路，不得不選擇鋌而走險，將何家狀告御前。

這是何鴻雲想要的嗎？

眼下這個時機，崔弘義被小昭王保下關在刑部，但凡他供出一點枝節，對何鴻雲而言都是莫大的威脅，幸而何家勢大，他們可以從容不迫地應對以後漫長的審訊，找準每一個機會化險為夷。但這一切，都必須在暗中進行，在平靜無波的海面下，以暗湧撫平暗湧，所以他們最怕的是什麼？怕萬丈濤瀾，怕掀天海浪，怕小心渡舟一夕傾覆，怕涉水而行水聚成渦，而所有的民怨、鬧事，對他們而言，正是一發不可收拾的風浪。

幾個祝家人死了，藥商之怒凝結成怨，湧至御前，這是何鴻雲最不想看到的。

所以這個時候，最不可能殺這些藥商的，就是何鴻雲。

青唯在小姑娘跟前蹲下身，半晌，啞聲勸道：「小姑娘，別哭了……」

他們已經死了，哭也哭不回來的。

可是那姑娘恍若未聞，反而抽噎得更加厲害。

也是，年少喪父喪母的悲慟，哪是一兩句安慰能夠緩解的。

她明白的。

青唯看著小姑娘伏在母親身上的身影，忽然覺得這身影似曾相識，似乎在記憶中的某一處看到過。

她倏地一下握緊手中的劍，站起身，在謝容與發現之前，疾步遁入夜色中。

中夜的雪已細了很多，青唯在寒夜裡打馬而行，覺得非常冷，刺骨的冷，寒風如刀颳過她的面頰，她的耳畔浮響起翰林詩會那一夜，她去見曹昆德時，曹昆德與她說的話——

「要拿瘟疫案去治何鴻雲，何鴻雲退一步，認個錯，緩個小半年，這事兒就跟落入海中的石子兒，一點聲響都聽不到了。」

「咱家呢，有個更快的法子。過來，咱家教妳。」

「不將事情鬧得沸反盈天，何家哪這麼好動？心得狠吶。」

青唯到了東舍小院，幾乎沒有停頓，疾步跨入院中，墩子正守在院門口，見青唯不知從何處而來，震詫道：「姑娘，您今夜怎麼過來了？」

青唯沒理他，她到了屋舍前，一把推開門扉，冷目注視著曹昆德。

風雪在這一刻灌入屋中，她的長髮與斗篷在這風中狂捲翻飛——

「那些藥商，是不是你殺的？！」

雪粒子飄灑入戶，幾乎撲滅桌上的燈，冷風刀子似的，寸寸割在面頰。

曹昆德卻不在意，漫不經心地吩咐：「墩子，把門掩上。」

隨後，他從木匣裡取出一把剃指甲的銼子，連眼皮都沒掀，「怎麼？藥商死了？」

「不是你派人做的嗎？」青唯道：「翰林詩會當夜，你說何家勢大，難以連根拔起，除非民怨沸騰人人得而誅之，你教我殺幾個藥商，迫使他們鬧起來、告御狀，今夜發生的一切，不正如你預期的一般？！」

「法子是咱家教妳的，可妳為什麼認為是咱家做的呢？」曹昆德慢條斯理地道：「再說了，百餘藥商狀告何家，這不是好事麼？何家偷梁換柱，牟取暴利，何拾青何鴻雲父子行事心狠手辣，視人命如草芥，早就該有此下場了。藥商不死，妳想等朝廷慢慢兒查，慢慢兒審？不知道要等到猴年馬月呢。」

青唯道：「何家視人命如草芥，今夜濫殺藥商之所為，難道不是視人命如草芥？藥商何其辜，為達目的不擇手段，這樣與何家有什麼分別！」

「可是人死都死了，妳眼下來找咱家，有什麼用呢？咱家又沒有起死回生之術。」曹昆德道：「不過妳說得對，這幾個藥商，死得確實可惜了，屍身怎麼先被巡檢司發現了呢？若換了咱家，咱家可不這麼幹。」

青唯聽了這話，沉默須臾，「義父這意思，今夜藥商之死，確實不是您做的？」

「若是咱家做的，咱家可不在那荒郊野外動手，咱家會命人把藥商們堵在流水巷，將屍身拋在最繁華的沿河大道，待明早天一亮，千百人一起發現慘案，豈不更好？既然要把事情鬧大，何必侷限於藥商，不如將整個上京攪得人心惶惶。」曹昆德道。

他看青唯一眼，語氣和緩，「雖然妳誤會了咱家，咱家呢，不會怨妳。妳出生江野，朝中的局勢看不分明，何家在高處立得太久了，難免不把下頭的人當人看，到了何拾青何鴻雲這兩輩，寡義狠性幾乎是刻在骨子裡的，朝中有人看不慣他們，自然會在恰當的時機出手。那些都是老狐狸，想法麼，難免會跟咱家不謀而合。」

青唯聽曹昆德說完，一時不言。

她不信曹昆德與藥商的死全然無關，但有句話他說得對，做事做絕，這案子若換他做主謀，手腕必然更狠。

青唯問：「如果不是義父，那麼是誰？」

這一問擲於濃夜的幽暗裡，無人回答。

她與曹昆德之間的信任本就脆如薄冰，在幾年歲月裡寸寸皸裂，適才她破開門的那一瞬，薄冰瓦解支離，她知道，他什麼都不會告訴她。

青唯垂下眸：「我先走了。」

「等等。」曹昆德喚住她，他翻開兩個茶盞，提起瓷壺，「茶還溫，坐下來，陪義父再說幾句話吧。」

「……咱家撿到妳時，妳才十四歲，半大的小姑娘，在廢墟的碎瓦礫裡翻了一夜，臉上全是髒灰，咱家走過去，問，『小姑娘，妳找什麼呀』，妳說妳找妳爹，他被埋在下面了。咱家當時看著妳，那麼單薄一個小人兒，眼眶通紅，十根手指挖出了血，那是真心疼吶。咱家把妳撿回去，讓妳喚咱家『義父』，妳就乖乖喊了一聲，妳說咱家救了妳的命，妳會跟著咱家，咱家那時只當妳乖巧，後來才知道，溫小野就是溫小野，一直有自己的主意，其實妳哪裡是想跟著咱家呢，妳知道咱家是朝中人，想跟著咱家找魚七。」

冬夜太冷了，茶放在桌上，擱了一會兒就涼了，青唯沒飲，只說：「我的確是想找師父，可那時義父救下我，幫我隱去身分，我說跟著義父，想要報答義父，亦是出於真心。」

「罷了，過去的事了，不提了，或許這就是妳我的緣分吧。」曹昆德道：「緣分這東西，誰說得準呢？當年小昭王親赴辰陽，請妳父親出山修築洗襟臺，妳不也沒想到多年以後，妳與他會相逢在上京麼？」

曹昆德說到這裡，語鋒一轉，「說起來，溫阡趕回辰陽，是給妳母親守喪的，若不是小昭王相邀，他後來恐怕不會死在洗襟臺下，而今義父瞧著……妳竟不怎麼記恨這位小昭王？」

青唯沉默須臾，「我父親是什麼樣的人，我很清楚，前往修築洗襟臺，如果不是他心中所願，誰都請不走他。我少時天真，總把自己的想法加諸他人身上，以為父親就應該留在辰陽為母親守喪，殊不知我有我的執念，父親也有父親的執念，他錯失了見母親的最後一面，心中悲悔，這個樓臺，在他心裡，或許就是為母親而建的。父親前去修築洗襟臺，這是他自己的選擇，怪不到小昭王身上，我這些年，亦從未因此事怨怪過他。」

「難得妳能想得透澈。」曹昆德長嘆一聲，「既然如此，有樁事，義父也不瞞著妳了。其實洗襟臺修成前，溫阡因連日暴雨，屢屢喊停，樓臺修成前夜，他被玄鷹司擄走，一開始是不在的。所以後來洗襟臺塌，玄鷹司的指揮使、都點檢均被問斬，朝廷對於溫阡是否有罪，卻是爭論不休。最終，妳能猜到溫阡的罪名是怎麼定下的嗎？是小昭王。是他，親自在溫阡的定罪文書上署了名。」

「義父這意思，」青唯問，「是想告訴我，我父親背負冤名，是小昭王的過錯？」

「義父此前有句話說得不錯，我出生江野，朝中的局勢看不分明。可我身為溫阡之女，跟洗襟臺這案子這麼久了，當年上至朝堂，下至民間，究竟是什麼樣的，我卻是清楚的。當年洗襟臺塌，死傷士子百姓數以百計，先帝一病不起，皇位即將更迭，朝局動盪不穩，民間更是怨聲四起，甚至有人聚眾於宮門前，以請降罪參與修築洗襟臺的所有工匠。這樣的情況下，總督工如果不定罪，難以平眾怒。換任何一個人在小昭王的位置上，恐怕都沒有別的選擇。是小昭王讓我父親背負冤名的嗎？他只是不得不在定罪文書上署名罷了。真正讓我父親背負冤名的，是那些讓真相掩埋在煙塵下的人，是何鴻雲、何拾青、魏升、徐途，還有我尚未揪出來將來一定會揪出來的罪人。」

青唯說著，垂下眸，沉默良久，「話既說到這了，有樁事，我心中一直好奇，想跟義父打聽。當年海捕文書下來，我的名字上被打了紅圈，後來我去打聽，那是因為朝中有人說，我已經死在洗襟臺下了。我想問義父，這個人，」青唯抿了抿唇，「是不是就是謝容與？」

屋外夜雪聲聲。

曹昆德聽得這一問，倒是想起來一些無關緊要的枝節。

說起來，海捕文書擬好那日，還是他拿去昭允殿給小昭王過目的。

那時謝容與身上的傷好了些，可惜心疾成災，幾乎是不能見外人的。

殿外落著雨，曹昆德躬身在榻前，將海捕文書呈上。

年輕的王倚在引枕上，面色蒼白如紙，神情寂然地掠過文書上一個又一個的名字，直至在某一處停下，他的眸色稍稍一動。

片刻，他提起一支朱筆，在海捕文書上，「溫氏女」三個字上畫了一道圈，啞聲道：「這個小姑娘，洗襟臺坍塌那天，我見過她，她……已經死在洗襟臺下了……」

曹昆德悠悠笑了笑：「正是呢，說起來，那份文書還是咱家呈給小昭王的，親眼瞧見他在妳的名字上畫了紅圈，只是，他到底是給溫阡定罪的人，這事咱家便沒與妳提。」

他在燭色下端詳著青唯的神色，忽地另起話頭：「對了，等何家定了罪，崔弘義也該平冤了，妳那妹妹，今後是個什麼打算呢？」

青唯道：「這是芝芸的事，我尚不曾過問。」

「叫咱家說，她一個弱女子，最終還是要嫁人的，她是貌美，可這天底下，貌美的女子不只她一個，哪那麼多如意郎君讓她挑呢？不如跟了高子瑜。左右佘氏已跟高家解親了，崔芝芸嫁過去，指不定能做正妻。」

青唯愣道：「佘氏解親了？」

「可不麼？佘氏是兵部尚書家的嫡出千金，五年前，她的庚帖可是遞到了榮華長公主手上，若不是小昭王在洗襟臺出了事，這門親指不定成了呢。高家什麼門戶，哪配得上她？再說了，眼下小昭王執掌玄鷹司，他想幹什麼，朝中那些老狐狸都觀望著呢。嘉寧朝到底不比昭化朝，小昭王能走到什麼地步，尚沒有定數，好在他年輕，也沒有真正成親，還是有捷徑可挑的，若是跟哪家高門權戶強強聯姻，這朝中的格局，很快就要改寫了。妳說，是不是這個理兒？」

青唯沉默許久：「……這是小昭王的事，義父與我提來做什麼？」

「人老了，閒談麼，難免扯得遠了些。」曹昆德一嘆，「適才與妳說話，恍惚覺得妳還是當年那個小姑娘，可妳到底已經長大了，風霜雨雪，都想自己去闖。罷了，再說下去，天都快亮了，妳且去吧，仔細天黑路滑……」

青唯離開後不久，墩子推門進屋。

他將洗腳水擱在榻前，將燭燈撥亮了些許，俯下身為曹昆德脫靴：「姑娘是個聰明人，公公適才離間她與小昭王，她看得出來。」

曹昆德悠悠道：「咱家為何要離間她跟小昭王？咱家只不過是想試試溫小野和謝容與之間的羈絆有多深罷了。」

「可是姑娘對小昭王十分信賴，往後只怕不會真心實意地為公公辦差了。」

「她幾曾真心為咱家辦過差？」曹昆德道，雙足浸到水裡，他喟嘆一聲，「從咱家撿到她，她一直有自己的主意。願意跟著咱家，一方面，是念及咱家救她，一方面，是想從咱家這裡打聽消息，她清醒著哩，在心裡把帳算得明明白白。不過呢，咱家眼下也不需要她事事聽從咱家了。」

「人麼，這樣可以用，那樣也可以用，只要有弱點，不一定非得攥在手裡。你瞧瞧，溫小野、謝容與，多聰慧澄明的兩個人，可他們太在乎洗襟臺，太在乎真相本身，反而忽略了他們周圍的神神鬼鬼，人心鬼蜮啊，他們今夜不就中計了麼？」

墩子道：「公公這意思，去緝拿溫氏女的兵衛，已經出動了？」

「溫小野在左驍衛跟前露了臉，謝容與以為只要把她留在身邊，就護得住她。他想得不錯，只是他們一個是王，一個是重犯，久而久之，只能相互拖累彼此。咱家呢，從前的確是盼著溫氏女能查清洗襟臺的真相，盼著她能告訴世人，這座樓臺，根本就不該建，而今時移世易，小昭王總算露面了，要查洗襟臺，還有比這位殿下更合適的人選麼？咱家今夜把溫氏女的畫像遞去刑部，正是為了幫小昭王一把，畢竟留這麼一個人牽絆在身邊，束手束腳的，不如就此割捨了。」

海捕文書上，對溫氏女的判決只有四個字：格殺勿論。

墩子道：「公公把姑娘的畫像遞去刑部，朝廷那些人伺機而動，姑娘恐怕自身難保了。小昭王宿疾未癒，而今摘下面具，不過勉力支撐，倘得知姑娘出事，只怕會心病復發。」

「正是因為他宿疾未癒，才該來一劑猛藥。心病在心，愛恨悲歡皆是良藥。」曹昆德道：「朝中那幾個人啊，貪心不足蛇吞象。看著何家倒了，又不想看小昭王起勢，利用藥商之死把溫小野逼出宮，打算擒住她，往小昭王身上潑髒水？未免心急了些。咱家呢，多留溫小野這麼一會兒，讓她趕不及去城西，不至於牽連昭王殿下，算是全了我們所有人的心願。且咱家不是沒提醒過她，如果是為了扳倒何家，這些藥商最好是死在流水巷，而今死在城外，那麼殺人者的目標，究竟僅僅是何家，還是包括了她？」

「是死是活，且看她的造化了。」

破曉時分，天色尚是昏沉，青唯取了馬，正外城外走，忽然覺得不對勁。

四周太靜了，除了落雪聲，幾乎什麼都聽不到。

眼下接近卯初，尋常這個時候，哪怕落著雪，也該有早食鋪子張羅著買賣了，而她眼下驅馬走在大道上，四下鋪門緊閉，樓舍裡連一點晨起的光亮都沒有。

青唯幾乎本能地勒停了馬，朝周遭望去。駿馬不耐地在雪地裡蹭了蹭蹄子，呼哧出幾口熱氣。

下一刻，她調轉馬頭，往一旁的深巷走去。

她的心是懸著的，就在她停下馬的瞬間，她聽見了緩慢的拔刀聲，聲音極其細微，近乎要與簌簌落雪混在一起，但是瞞不過她的耳朵。

有人跟著她。為什麼？

青唯耳畔忽然浮響起曹昆德適才說的話：「妳且去吧，仔細天黑路滑。」

「適才與妳說話，恍惚覺得妳還是當年那個小姑娘，可妳到底已經長大了，風霜雨雪，都想自己去闖。」

「若換了咱家，咱家可不在那荒郊野地裡動手……要將事情鬧大，將上京城攪得人心惶惶才好。」

是啊，如果僅僅是為了對付何鴻雲，大可不必將藥商殺在城郊，這一點曹昆德能想到，朝中那些老狐狸難道想不到嗎？

既然想到了，他們依舊決定讓巡檢司第一時間發現屍身的目的是什麼？

青唯一念及此，心中驀地一寒。

藥商之死事發突然，她看見那個喪失雙親的小姑娘，不管不顧闖來東舍，卻忘了多想想，自己如今處於何種境地。

是，哪怕她露了臉，時隔經年，朝廷想要查出她的真正身分，多少要些日子。

可她怎麼忘了呢？在這座上京城中，還有一個人，可以隨時隨地置她於死地。

曹昆德。

或許是五年前，她在洗襟臺下得他相救，五年時日，他盡心盡力地幫她隱瞞身分，讓她誤以為他不會輕易害她。

所以她忘了，她在曹昆德手中，自始至終只是一枚棋子，一枚只要有更好的選擇，就可以隨時拋棄的棋子。

青唯第一反應是往城外趕，驅馬沒兩步，她立刻頓住。

來不及了，曹昆德既然決定絆住她，不可能留時間讓她尋求庇護。而她與謝容與相識太短，她念及曹昆德的救命之恩，甚至沒在謝容與面前提及過他。

今夜這一關，只能靠自己。

青唯若無其事從深巷裡打馬而過，走到巷角盲區，她以迅雷之勢飛身下馬，折入牆後草棚之下。

青唯併指捻著一枚石子，往街頭另一端的高窗擲去，石子擊在窗櫺，發出一聲悶響，剎那間，只聞長矢如破風，幾乎是同一時間射向窗櫺之處。

埋伏在街巷中的兵衛齊齊拔刀，青唯立刻就向巷子另一頭奔去。

她將身法提到極致，盼望著昏沉的黎明能掩去自己身形，腕間纏繞著的布囊已經解下，軟玉劍握在手中，蓄勢待發。

然而，就在青唯逃出深巷的一瞬，前方火光乍然亮起，幾乎要灼透天光。

左驍衛輕騎在巷口列陣，中郎將高坐於駿馬上，冷目注視著她：「原來足下竟是溫阡之女，久仰。」

半個時辰前，城門西郊。

藥商在荒野裡跪了滿地，伴著祝家小女一聲接著一聲的啜泣，義憤填膺地道：「殿下，齊大人，今日死的是祝家，來日死的就是我們，何家人心狠手辣，五年前的林叩春就是被他們滅口，他們不會放過我們的！我們豁出去了，現下就去宮門口跪著，哪怕凍死在這雪天裡，也好過死在何家手上！」

齊府尹見局勢難以控制，勸解道：「諸位，諸位聽本官一言，你們若想告御狀，不可如此莽撞，你等推選出一人，將冤情寫成狀書，明日卯時到紫霄城外敲登聞鼓即可，屆時會有御史帶你們到宣室殿上，官家問什麼，你們答什麼。」

「我們到了宣室殿，官家便能治何家的罪麼？」

「倘若官家不定何家的罪，何家事後報復我們，我們的安危如何保證？」

「今夜祝家人的死，殿下與齊大人乃親眼所見，明早我們到了殿上，二位會幫我們說話嗎？」

齊府尹道：「諸位放心，倘何家真是罪大惡極，朝廷定會派人保護你們，本官與昭王殿下也會站在你們這邊。」

藥商們還有問題要問，一時間吵嚷不休，祁銘立在一旁，見謝容與臉色十分不好，上前來低聲道：「殿下，這裡有齊大人，您去草棚下歇一會兒吧。」

今日出宮得急，謝容與沒帶什麼人，眼下身邊可信賴的只有祁銘一個。他「嗯」一聲，到了草棚裡，說：「幫我找點水。」

雪天的荒郊地裡，找點水並不容易，兵衛們身上倒是帶著水囊子，但那是粗鄙之物，哪配給昭王殿下用呢？祁銘正預備打馬去附近的驛站取水，一旁的史涼心明眼亮，摘下腰間的扁銅壺，呈給謝容與：「殿下，這銅壺裡的水是小的為曲校尉備的，壺也是新的，殿下若不嫌棄，將就著先吃一些。」

謝容與接過，道了聲「多謝」。

他自摘下面具回到禁中，幾日下來幾乎是連軸轉，尋常人都撐不住，何況他有宿疾。宿疾雖在心，病了五年，到底十分傷身，況且他乍然停了藥，整個人難免不適，今夜驚聞藥商之死，雪夜裡往來這麼一程，到了這會兒，渾身上下已是細汗涔涔，連呼吸都粗重起來。

幾口涼水並不能緩解多少，他沉了口氣：「她呢？」

祁銘念及青唯獨來獨往慣了，沒多想，「屬下適才見少夫人打馬離開，興許過會兒就回來了。」

謝容與稍蹙了蹙眉，不知怎麼，他心中感覺有些不好，正想吩咐祁銘去找青唯，一張口，經不住一陣咳嗽。

咳嗽聲沉悶遲緩，一聲接著一聲，像沒個歇止，連一旁的曲茂都忍不住問：「你、你怎麼了？」他見謝容與面色蒼白如紙，「你……這是病了？」

謝容與還沒答，正這時，一名巡衛過來稟道：「校尉大人，左驍衛隊長求見。」

曲茂忍不住皺眉：「左驍衛來這裡做什麼？」他這人最煩公務，今夜攤上藥商這事兒已經夠折騰的了，左驍衛過來攪和什麼？

「聽說是巡邏到此，瞧這邊像是出了事，過來看看。」

史涼道：「校尉大人，左驍衛這個衙門沒有巡邏之責，他們如果出巡，通常是配合六部三司辦案，既然到了城西，興許是有要事，還是當見上一見的。」

曲茂只好道：「哦，那就讓他們過來吧。」

不一會兒，巡衛便引著左驍衛的衛隊長過來了。衛隊長見到謝容與與曲茂，解釋道：「下官帶邏卒巡邏到此，聽是吵嚷不止，擔心出亂子，所以過來看看，沒想到昭王殿下與齊大人已在此主持大局，下官這就退下了。」

曲茂困惑道：「你們左驍衛不是來辦案的麼？」

「……校尉大人誤會了，沒什麼案子。」衛隊長頓了頓，目光似不經意，在周遭搜尋一圈，「不過是近日大案頻發，中郎將擔心上京城治安，給底下各衛隊添了夜巡任務。」

言罷，他朝謝容與和曲茂拜了拜，後撤幾步便要離開。

「等等。」謝容與道，他將銅壺遞給祁銘，站起身，「你們當真只是夜巡至此？」

「回殿下，小的不敢欺瞞殿下。」

謝容與道：「若是擔心上京治安，左驍衛大可以稟明朝廷，由巡檢司、京兆府等衙門加強防衛，再不濟武德司、殿前司也比你們合適，你們中郎將是個做事守規矩的人，他把底下人手調來夜巡，就不怕六部三司突生急案，左驍衛中無人可用麼？」

他說著，語氣一涼，「你們到此，究竟想查什麼案子？」

「……回殿下，小的當真不是為查案而來。」

謝容與冷目注視著衛隊長，他今夜心中一直有不好的預感，或許是因為藥商吵嚷不休，或許是宿疾復發，直到眼下，他都分不出神去思考這感覺緣何而來。適才劇烈的咳嗽傷及肺腑，每一下呼吸都粗重而遲緩，出的汗太多，銅壺裡的水只是杯水車薪，暈眩與耳鳴姍姍來遲，謝容與甚至開始後悔自己那麼倉促地停了藥，吳醫官說得對，饒是病在心裡，病了五年也難以根治，他不該那麼急於求成的，他不欲再與衛隊長糾纏下去，「你想瞞著本王？」

衛隊長垂首不言。

謝容與一拂袖，動了怒：「本王命你說！」

這一聲如金石擲地，連曲茂都嚇了一跳。雪夜驟靜，巡檢司巡衛與京兆府衙差通通拜下，衛隊長伏倒在地，半晌，道：「殿下恕罪，不是小的不願透露，實在是……實在是左驍衛所辦之案與殿下有關，不能透露……」

這話一出，謝容與就愣住了。

與他有關？有什麼案子能與他有關？

他這五年都藏在一張面具之下，身邊之人皆是清白，除了……小野。

這個念頭閃過，謝容與心中驀地一空。他終於意識到在他心上盤桓不去的雲霾是什麼了——她是溫阡之女罪名纏身，他為了護她，無論走到哪裡，都把她帶在身邊，可他們太執著於洗襟臺的真相，今夜藥商之死事發突然，他匆匆帶她來此，卻忘了多想想他們今夜為何會出現在這裡。

是啊，如果僅僅是為了扳倒何家，何必將這些藥商殺在城外呢，讓他們死得昭然若揭些不是更好？

謝容與回過身，問曲茂：「你們今夜，是怎麼找到這裡的？」

他的聲音虛弱而沙啞，帶著一絲連他自己都不曾覺察的惶然，臉上連一點血色都沒有了。曲茂不由道：「你、你究竟怎麼了，是不是病了？不然我請大夫幫你看看——」

「回答我！」

「我……」不待曲茂開口，史涼道：「回殿下，巡檢司得知藥商出逃，一路循蹤找到城西的。」他說到這裡，也回過味來了，藥商出逃得這樣隱祕，怎麼就輕易被人發現了蹤跡呢？

「殿下，是不是有什麼不對？」

謝容與剛開口，冷風湧入肺腑，激起又一陣劇烈的咳嗽，曲茂從旁扶住他，才發現他渾身上下幾乎要被汗液浸濕了，可尋常出汗，額角也罷，後頸也罷，哪有手背出汗的？

「你……怎麼會病成這樣？」曲茂呆了片刻，隨即吩咐，「史涼，快去請大夫——」然而不等史涼應聲，謝容與一把推開曲茂，折身便往拴馬樁走去。他卸馬的時候，手指幾乎在顫抖，但他的動作很快，匆匆上了馬，揚鞭便往城裡奔去。

曲茂並不知他在擔心什麼，見了這情形，只能憑直覺吩咐：「快，帶齊人手，追上他！」

謝容與不知青唯去了哪兒，直到眼下，他才後知後覺地想起來，她一直以來都跟一名朝中人有往來的，而那個人，當初既然可以救她，而今也可以害她。

否則今夜，左驍衛怎麼會忽然出動呢？

城南劫獄案被他攬下了，但是她是溫阡之女的牽連之罪，他攬不下來。

五年前海捕文書上的一道紅圈，已經是他能做到的極致了。

而今夜，左驍衛找的已經不是城南劫案的劫匪，而是早已定下格殺勿論的溫氏女。

天色已經浮白，青唯的蹤跡並不難找，欽犯出現，城中各街道戒嚴，每個路口都有兵衛把守。

快到紫霄城時，謝容與望見一處深巷守備重重，似乎還有邏卒在附近探尋，他的心倏地一緊，倉促間下了馬，疾步上前。

周遭兵衛見了他，紛紛拜下喚道：「殿下。」

謝容與恍若未聞，只管往深巷裡走。

深巷裡沒有青唯的蹤跡，只有數灘血跡與打鬥過的痕跡。

巷中的中郎將與幾名刑部大員回過頭來，見了謝容與，皆是一愣：「昭王殿下。」

謝容與的目光落在雪地上最黏稠的一灘血上，啞聲問：「她人呢？」

幾名大員面面相覷，均是不敢作答。不知道內情的，只當是大案不能透露，知道內情的，小昭王與溫氏女的淵源擺在那裡，這個時候，哪能多嘴半句。

半晌，還是中郎將道：「回殿下，刑部接到線索，發現今秋上京的崔氏女其實是多年前出逃的溫阡之女，朝廷已派重兵追捕欽犯，無奈她功夫高強，逃脫重圍，好在……」

謝容與的目光仍在那灘血上，靜得寂然，「好在什麼……」

「好在她身受重傷，難以支撐，一時半刻定然跑不遠，下官等已下令全城戒嚴，定能將欽犯緝捕歸案。」

「你胡說八道！」曲茂好不容易擠進巷子，聽到這裡，忍不住道：「弟妹她分明姓崔，功夫高是高了些，但她定然不是、不是什麼欽犯！」

「曲校尉有所不知，適才溫氏女為了逃脫追捕，祭出了軟玉劍。軟玉劍原本是岳魚七的兵器，十分特別，雖為劍，軟韌如蛇，我等習武之人一見便知。岳魚七是溫氏女的舅父，也是她的師父，倘要在這世間尋一軟玉劍傳人，只能是……」

「殿下——」

話未說完，只聽祁銘一聲疾呼。

謝容與注視著那灘血，再撐不住，跌跪在地，空蕪的寒意灌入心肺，絲絲抽出最後的氣力，耳畔再次浮響起坍塌時的嗡鳴聲，一聲比一聲震耳欲聾，可這一次，他卻不知道坍塌的是什麼，他明明在繁華無恙的上京城中。

雪在膝下融成水，滲入肌理，砭膚刺骨一般，宿疾徹底復發，他在這片雪裡閉上眼，往前倒去。

第二十一章　天涯

「……登聞鼓一響，何家囤積藥材的惡行想不傳開都難。眼下京中藥商鬧得沸沸揚揚，昨日上街遊行，打油詩寫了好幾首，連小兒都會傳唱。加之明年開春就是科考，到京貢生聽聞瘟疫案與洗襟臺有關，最是不忿，昨日他們中已有人撰寫檄文，請求朝廷全面徹查何氏一黨。」

宣室殿上，刑部尚書一面揩著額汗一面稟道：「外頭鬧成這樣，壓都壓不下去，為今之計，只能防著不出亂子，今日廷議過後，臣跟樞密院商量，看能否調兵嚴守京中街巷。不過調兵是大事，臣是故偕同章大人、曲侯一起來請示官家。」

趙疏聽了刑部的稟報，抬手往下壓了壓，意示他稍安，隨後問章庭：「何家的案子，大理寺查得如何了？」

章庭道：「回官家，臣這幾日已連續傳審了證人崔弘義、扶冬、梅娘，與王元敞，加上昭王殿下早先查到的證據，已足以給何鴻雲定罪。只是，何家所涉罪名之重，一旦昭示天下，定會引起軒然大波，臣不敢這麼輕易地擬定罪書，只好暫將何鴻雲關押，一切還待御史臺覆核過案件，再行承稟官家。」

趙疏點了點頭：「那就催促御史臺快些辦吧。洗襟臺下死傷無數，明明白白給天下百姓一個交代，才是朝廷應該做的。你等查明事由，擬好告示，即可將何家罪行如實張貼於城門口，切記不可遮遮掩掩，不可因擔心生亂畏手畏腳。」

一眾臣子作揖稱是。

趙疏續道：「不過刑部擔心的很是，而今京中群情沸騰，增兵戒嚴勢在必行。」他看向章鶴書與曲不惟：「章卿、曲侯隨刑部一同前來，是已有應對之策了麼？」

章鶴書道：「回官家，五年前洗襟臺塌，京中也鬧過這麼一回，當時先帝把戒嚴的差事交給了曲侯爺。自然曲侯爺所率征西軍乃沙場精銳，放在今日場合，難免大材小用，但適才大理寺說了，待告示張貼出來，京中恐怕還會亂一陣，能者多勞，未雨綢繆，樞密院的意思，仍是希望曲侯爺能接手此事。」

趙疏問：「曲侯以為呢？」

曲不惟道：「官家，末將一介武夫，放在哪兒不是用？只要是為朝廷辦事，末將甘之如飴。」

「那便這樣定下吧。」趙疏道：「近日數案並行，諸事繁雜，辛苦諸位了。」

下列臣子皆稱不敢，俯身作揖：「是官家辛苦。」

待一干臣子退出殿外，趙疏倚上椅背，長長舒了口氣。

自從藥商敲了登聞鼓，連著好幾日了，廷議一結束，前來稟事的官員一茬接著一茬，連個喘氣的機會都沒有。今日算結束得早的，從殿門的縫隙望出去，天竟還沒暗，趙疏閉目養了會兒神，喚來曹昆德，問：「外頭還候著人麼？」

「回官家，沒人了。」曹昆德道，跟趙疏打趣，「今兒可真早，太陽才落山，他們就各忙各的去了，官家回會寧殿，能趕上口熱乎飯。」

趙疏笑了笑，說：「回吧。」

天的確還沒暗，不過太陽落山是瞧不見的，雪下了好幾日，上京城的雲霾也不見散，晝夜的分割只能靠天光晦明分辨，有時候不知怎麼的，一個轉身就入夜了，趙疏在一片昏色裡邁入會寧殿，瞧見殿中立著端麗身影，他怔了怔：「妳來了？」

章元嘉已在殿中候了一時，上前來福了福身：「官家近日辛苦，臣妾為官家送參湯來。」

趙疏微頷首，「外殿冷，到裡面說話。」

進到內殿，趙疏任墩子為自己去了龍氅，他在長榻前坐下，雙手撐著膝頭，遲疑了一會兒才問：「妳近日……去看過母后嗎？」

章元嘉正將參湯擱在龍紋小案上，聽了這話，她退後兩步，欠身道：「去過。母后她聽聞何家出事，很傷心，何家……到底是她的母家，小何大人更是她最疼愛的姪子，臣妾瞧著，母后似乎有話想親自對官家說，可官家近日總也不去西坤宮。」

趙疏沉默了一會兒，道：「不是朕不願去，何家罪重，即便朕是皇帝，也無法網開一面。妳近日得空，多去西坤宮陪母后，幫朕勸解勸解她。」

章元嘉點了點頭：「臣妾知道的。」

她見趙疏目色沉鬱，疲態盡顯，知他近日操勞，於是將語鋒一轉，溫聲道：「殿下，臣妾午過去昭允殿探望姑母，表兄已醒過來了。」

趙疏聽了這話，眸中染上一抹神采：「表兄眼下怎麼樣？」

「臣妾不曾親眼探望，不敢確定，但是臣妾離開前，姑母讓臣妾帶話，稱是官家辛苦，許多事，她知道官家已盡了心。」章元嘉說到這裡，笑了笑，「左右官家今夜得閒，不如親自去昭允殿看看，也算散心了。」

然而趙疏聞言，眸中剛浮起的神采又隱去了。

他垂眸坐著，手仍撐在膝頭，半晌，安靜地道：「不了，朕就不去了。」

趙疏心中其實是愧疚的。

他知道洗襟臺在謝容與心上烙下的陰影有多深，可他雖高坐於九霄之上，力量實在太薄弱了，以至於他想要查一個瘟疫案，都不得不假手小昭王，把一個殘缺不全的玄鷹司交給他，任他在外出生入死。那夜刑部發現溫氏女蹤跡的奏稟來得太突然，各部衙司震動，當年海捕文書急調而出，他甚至來不及多說一句什麼，眼睜睜看著左驍衛出了兵——雖然他知道，他說什麼都沒用。

小昭王的宿疾復發得突然，趙疏卻清楚這宿疾因何復發。

責任在他。

他身為九五之尊，三年了，他忍辱負重，勤勉克己，本來以為一切都在好起來，到頭來，竟是一點長進都沒有。

章元嘉立在一旁，將趙疏目中的愧色盡收眼底，她有點心疼，都道是高處不勝寒，但他們一起長大，她這些年，只看到他獨立雲端的無助。

章元嘉輕聲道：「今夜，臣妾陪著官家吧。」

趙疏聽了這話，愕然抬頭。

她是個極其自矜的人，甚少說出這樣的話。

章元嘉知道他會誤會，別過臉，也不看他，只道：「臣妾知道官家政務繁忙，陪著官家，不必做什麼，官家要看奏章，看就是。」

趙疏沒吭聲，順手拿過頭一份奏疏，目光頓了頓，竟是章鶴書的。

他又看向章元嘉，遲疑了一下，本想說「不必了」，然而話到了嘴邊，竟變成溫聲一句：「過來坐吧。」

章元嘉聽了這話也似意外，半晌，她才挪了步子，在龍紋小案的另一側坐下，垂眸時，眸底竟閃過一絲難以覺察的悅色。

趙疏瞧見這抹悅色，心一下就軟了，他笑了笑：「朕看奏疏通常要看到天際浮白，只怕妳要熬不住。」

「官家怎麼知道臣妾熬不住？」章元嘉道：「官家忘了，小時候我們在角樓頂上等日出，官家總是比臣妾先睡著，等官家醒來，臣妾的雲紋帕都繡好了。」

她說著，吩咐：「芷薇，把本宮的繡繃取來。」

天更晚一些，謝容與的第二道藥煎好了。

吳醫官親自端著藥，往東偏殿走，還未進到殿中，隱約聽到裡頭傳來說話聲，他皺了眉，問候在外間的小宮婢：「怎麼回事？」

不是說了要靜養嗎？

小宮婢怯怯地答：「回醫官，適才您一走，殿下執意要傳祁護衛，殿裡的人拗不過，只得應了，眼下祁護衛剛到。」

吳醫官的目光冷下來：「我看殿下是不想好了！」

他板著臉邁入內殿，祁銘一見他，頃刻息聲，吳醫官將藥碗遞給德榮，寒聲道：「老夫老了，勸不動殿下，連這大殿裡的人都把老夫的話當耳旁風。適才老夫去煎藥，都是怎麼叮囑你們的？」

他這話看似在斥責德榮幾人，句句指向謝容與。

謝容與聽得明白，低聲道：「醫官莫怪，人是本王讓傳的。」

他剛清醒不久，氣色很不好，這會兒倚在引枕上說話，姿態倒是放得很低。

吳醫官見他這副形容，火氣慢慢散了，他在病榻邊坐下，為謝容與把了脈，語重心長道：「老夫知道殿下憂心，但事已至此，急是急不來的，上回殿下執意停藥，虧了身子，眼下宿疾復發，耐心將養才是最要緊的。」

他說著，看謝容與低垂著眼不吭聲，終於還是讓了步，「便是殿下真想打聽什麼，好歹把藥吃過再說。」

那藥一聞便知極苦，但謝容與吃得急，藥湯過喉，幾乎沒嘗出滋味。

用完藥，他對祁銘道：「繼續說吧。」

「是。眼下可以確定的是，藥商死在城外，是有心人設的局。他們見何家倒了，擔心殿下起勢，想利用少夫人打壓殿下。」

青唯是溫氏女，若她被擒，小昭王只要相幫，便會惹上包庇重犯的嫌疑。

「那些人的計畫，應該是趁殿下不備，當著殿下的面擒下少夫人。不過，也不知是巧合還是有人刻意插手，少夫人當夜落單，殿下反而獨善其身。」

「……那她呢？」謝容與聽完，安靜地問，「你們找到她了嗎？」

這話他剛醒來就問過一遍，德榮告訴他不曾。可他想著德榮在宮中，消息或許沒那麼靈通，祁銘在外奔波了幾日，說不定有她的蹤跡。

「不曾。」祁銘道：「少夫人自逃脫後，一點蹤跡也沒有，朝廷的人馬四處搜尋，什麼都沒搜到。」

謝容與握著藥碗的手微微收緊。

吳醫官道：「沒消息就是好消息，那溫氏女是欽犯，如果被找著了，是生是死，朝廷怎麼都得有個說法，那些人還想利用這一點來拿捏殿下呢。」

謝容與啞聲問：「那日她逃脫重圍，受了重傷，你……可去左驍衛問過她是怎麼受傷的？」

「……問了。」祁銘看吳醫官一眼，有些猶豫，「聽聞是寡不敵眾，追逃時受傷的，左臂、後背中了幾刀，腰間還中了箭，照理應該跑不遠，除非得人相救……」

謝容與閉上眼，臉色比適才更白三分，握著藥碗的指節收緊發白。

祁銘立刻拜下：「殿下，屬下與吳校尉已在暗中追尋少夫人的蹤跡，朝天這幾日也去會雲廬查訪了，只是此前與少夫人在會雲廬相見的人手腳太乾淨，朝天暫時沒查出他的身分，相信假以時日……」

「不要查了。」不等祁銘說完，謝容與道。

他仍閉著眼，語氣卻分外清醒。

吳醫官說得對，就眼下的局勢而言，沒消息才是好消息，有人想用她拿捏他，必然會派人盯著玄鷹司與朝天。

他在明，那些人在暗，他已經吃過一次虧，痛定思痛只能冷下心做利弊權衡。

「哪怕要找，也只能暗中找，萬不可讓人看出端倪。」謝容與吩咐道。

「是。」

謝容與再問：「三日後，是不是就是冬祭了？」

德榮道：「回殿下，正是，不過冬祭在大慈恩寺，距上京有大半日路程，殿下病勢未緩，長公主已幫殿下請了辭。」

「不，你去告訴官家，今年大慈恩寺的冬祭，本王會去。」謝容與道：「從今以後，昭允殿要做什麼，想做什麼，通通來請示本王，絕不可再讓任何人看出昭允殿的意圖。」

得了謝容與的吩咐，祁銘當夜回到衙門值守，哪兒也沒去，隔日一早打馬回營，路過宮門口，濺起一地雪粒子。

宮門口正好立著幾人，雪粒子飛濺起來，拂髒一人的衣擺。

另一人拉著他後退幾步，瞥一眼祁銘的背影，涼聲說：「那是祁護衛，早年跟著吳曾在殿前司當差，眼下調去玄鷹司，聽說很得小昭王重用，年紀輕輕，升了一等護衛，連張二公子都不放在眼裡了。」

張遠岫笑了笑：「瘟疫案的大半證據都是玄鷹司遞上去的，祁護衛行色匆匆，或許有急事吧。」

適才說話的人是翰林一名編撰，姓劉，他見張遠岫並不計較，便不多提祁銘，後退兩步，對張遠岫與高子瑜俯身作揖：「這兩日真是多謝忘塵兄與景泰兄了。」

他們三人是嘉寧元年春闈的同年，交情非同一般，眼下何家罪行敗露，到京貢生群情沸騰，檄文遞到刑部，刑部忙不過來，轉交給翰林。士子需要安撫，翰林讓劉編撰寫回函，可檄文太多了，劉編撰一人難以應付，便拉來高子瑜與張遠岫幫忙。

高子瑜道：「客氣什麼，瘟疫案本來是京兆府的，眼下轉交給大理寺，我反倒清閒。」

張遠岫道：「我與景泰一樣，閒人一個，眼下京裡鬧成這樣，總不好白拿朝廷俸祿，能幫得上忙，我反而心安。」

劉編撰稱是二位高義，又說府上備了薄酒，請兩人過府一敘，高子瑜應下了，張遠岫卻道：「劉兄的好意，忘塵心領了，今日初五，我還得回城西草廬一趟。」

城西草廬是老太傅的舊邸，不大，統共只有兩進院子，現如今雖然空置了，張遠岫若在京城，每旬都會回去打掃。

劉編撰聽他要回草廬，便不再相邀，張遠岫與他作了別，很快上了馬車。

馬車跑了小半個時辰，在城西一處僻巷裡停下。白泉聽到動靜，迎出來道：「二公子回來了？」

張遠岫「嗯」一聲。

待他進到府內，門口閽人也不消他吩咐，匆匆把府門掩上。

冬日天寒，緊閉府門也正常。

張遠岫往裡院走，這才問：「怎麼樣了？」

白泉道：「姑娘的高熱退得很快，昨日清早醒來，大夫為她把脈，說她身子底子十分好，身上的傷看著雖重，沒有傷及要害，只要養上兩月，就能痊癒了。」

張遠岫聽了這話，稍稍鬆了口氣。

那夜緝捕溫氏女的命令下得太急，若非他擅作主張，驅著老太傅的馬車找過去，只怕無法幫她避開追兵。她後背、手臂都中了刀，流了許多血，為防行跡敗露，後腰的長矢還是被她自己折斷的，饒是這樣，她上了馬車，吭都不曾吭一聲，知道危機尚未解除，連草廬都是她自己走進去的，直到看到薛長興，她才閉上眼，昏暈過去。

張遠岫道：「我去看看她。」

張遠岫到了裡間，沒有直接進屋，叩了叩門：「溫姑娘，是我。」

「張公子進來吧。」青唯很快應了聲。

張遠岫進到屋中，卻是一愣，青唯倚在榻邊，已經穿戴齊整了。

她剛到草廬還傷重虛弱，將養了幾日，臉色竟不算難看，看來大夫說得不錯，她的身子底子果真很好。

見張遠岫詫異，青唯解釋道：「我眼下是朝廷欽犯，在哪兒都不安全，收拾好，隨時能夠離開，這樣不會給張公子招來麻煩。」

張遠岫道：「姑娘不必擔心，這間宅子是老太傅的舊邸，老太傅德高望重，朝廷的人馬等閒不會找來此處。」

青唯「嗯」一聲，「張公子有心了。」她道：「外間的事，薛叔已經跟我說了，聽聞京中藥商鬧得厲害，朝廷已下令徹查瘟疫案與洗襟臺的關聯，敢問張公子，何鴻雲已經被拿了麼？」

張遠岫在桌畔坐下，「幾名藥商死得無辜，眼下不單是京中藥商，連士子貢生也鬧了起來，大勢所趨，何家不查也得查了。」

薛長興嘆道：「這樣也好，我本來還擔心哪怕證據遞上去，憑何家的本事，想要為何鴻雲洗脫死罪不難，照眼下的情形看，藥商之死蹊蹺，何家經此，也要徹底敗落了。」

可是藥商的死何止蹊蹺，原本就是有人刻意為之。

青唯一念及此，問張遠岫：「敢問張公子，小昭王眼下怎麼樣了？他可曾因我受牽連？」

張遠岫搖了搖頭：「倒是不曾。昭王殿下舊疾復發，這幾日都不曾露面，他身邊的人似乎在找姑娘，那名叫朝天的護衛還去會雲廬打聽過幾回，不過……在下並未把姑娘的行蹤透露給他。」

至於他為什麼不透露，青唯沒問。

各人有各人的因果緣由，張遠岫犯險救她，她已經欠下一份恩情，哪能要求他做得更多？

何況她眼下背著欽犯之名，見不得光，任何人沾上她，只會惹上麻煩，這樣的關頭還是不要與謝容與扯上干係更好。

張遠岫道：「有樁事，在下想問一問姑娘的意思。」

青唯道：「張公子儘管問。」

「姑娘可曾想過離開京城？」

青唯一愣：「離開？」

張遠岫道：「近日京中到處都是鬧事遊行的人，兼之幾樁大案併發，朝廷一時間應接不暇，只能將姑娘的案子往後壓。街巷中雖張貼著姑娘的通緝畫像，朝中追捕姑娘的人馬暫時只有左驍衛，恕在下直言，姑娘要逃，眼下正是最好的時機，倘錯過這幾日，京中鬧事平定，瘟疫案審結，三司中，至少刑部的主要精力便會回到姑娘身上，姑娘那時再想離開，怕是難上加難了。」

青唯聽了這話，沉默下來。

薛長興看她不接話，說道：「忘塵這話有理，左右何家已經落網，偷換木料這案子，總算真相大白，妳保住自己才是要緊。即便妳還想往更深一步追查，想為妳父親洗清冤屈，也不能急於一時，左右京中還有忘塵，還有我，宮中還有小昭王，我們都不會善罷甘休的。」

張遠岫看著青唯，「溫姑娘是有什麼顧慮嗎？」

青唯不知道該怎麼回答。

就在張遠岫說出「離開」的瞬間，她心中竟沒來由的一陣空茫。

大概是在江家過得太好了吧。駐雲留芳待她好，朝天德榮待她好，江逐年也待她好，還有謝容與，他待她很好，所以她險些忘了，從洗襟臺坍塌的那一日起，她就該是漂泊無依的。

走至一處，輕輕地扎下根，隨時準備連根拔起。

只是這一次，根扎得稍微深了一些，拔起時，也要用力一些罷了。

青唯道：「……我沒什麼顧慮，敢問張二公子，我該如何出城？」

張遠岫道：「兩日後是朝廷的冬祭大典，宗親朝臣們會跟著皇輦去大慈恩寺行祭天禮，我眼下暫無官職在身，這個祭天禮是可以不去的，屆時我可以用送輦之名，免去城門武衛搜查，將姑娘平安送至城外。」

他說著，稍頓了頓，「我知道姑娘傷勢未癒，眼下出城十分勉強，我會為姑娘備好馬車，打點好行裝，沿途請大夫照顧，定然將姑娘送至安全之所。」

青唯卻道：「不必。我此行是去逃命的，跟著的人越少越好，張公子只需幫我備一匹馬即可。若說一定要麻煩公子什麼，」青唯垂著眸，手不自覺，撫上垂在腰間的玉墜子，「我想見一個人一面。」

「是誰？」

玉墜子裹在掌心，溫涼清潤，青唯鬆開手，「我的妹妹，芝芸。」

「好，我為姑娘安排。」

青唯的傷勢不輕，此後兩日，她沒再打聽外頭的事，甚至不再過問何鴻雲的案子，仔細休養，及至第三日天色未明，張遠岫一到，她很快跟他上了送輦的馬車。

「崔姑娘等在城外二十里的驛站，我不得已，只能託景泰將她約出來。為姑娘備好的馬也拴在附近。姑娘離開驛站，看形勢挑方向走，這份名錄，姑娘收著。」張遠岫遞給青唯一張白箋，「名錄上的人，都是我這些年結交的可信賴之人，姑娘路上若遇上困難，盡可以找他們相幫。」

青唯將白箋收好，點頭道：「多謝。」

「待會兒馬車到了朱雀大道，會稍停片刻。這是冬祭的規矩，當年太祖皇帝定都上京，朱雀大道的中段，他是親自下馬在雪中走過的，所以每年冬祭皇輦出城，到了朱雀大道中段，天子宗室都需下馬步行。屆時我們的馬車從街巷裡繞行即可，等官家重新上了輦，我們就可以出城了。」

青唯點點頭。

馬車很快到了朱雀大道，跟隨皇輦行了一程，及至中段，車夫調轉車頭，往一旁的深巷駛去。

青唯原本倚著車壁閉目養神，正這時，忽聽車外有奔去看熱鬧的百姓道：「跟在御輦後的那個，是小昭王的輦車麼？」

「小昭王來了？小昭王不是好幾年都不去冬祭了麼？」

「正是呢，正是小昭王的輦車！」

青唯陡然睜開眼，撩開馬車的後簾，朝街口望去。朱紅的御輦後，跟著一輛玄色的寬闊輦乘，她出生江野，不認得車馬的規格儀制，可她直覺那輛輦乘就是他的。

他不是病了麼？怎麼會來？

青唯緩緩放下車簾，垂眸端坐回車室內。

心中一個念頭猶如浪潮翻湧而至，她坐得筆直，拉扯後背的刀傷，垂在兩側的手不斷握緊鬆開，可這念頭扶風而上，驚濤拍岸，怎麼都壓不下去。

下一刻，青唯動了。

她忽然離座，掀開車簾便往下跳。

張遠岫怔道：「溫姑娘？」

薛長興伸手就攔：「丫頭，妳做什麼！」

可青唯的動作太快了，簡直不像一個受傷的人，薛長興根本攔不住她，眼睜睜就看她跳下馬車，在雪地裡踉蹌幾步，順著人群就往巷口奔去。

薛長興急得大喊：「丫頭，回來！妳要幹什麼！」

妳不要命了嗎？！

冬祭是一年一回的祭天禮，御輦出行，百姓們爭相到街口仰瞻天顏，加之近日藥商士子鬧得沸沸揚揚，人心難免浮躁，今年朱雀街的人格外多。

青唯擠在人群裡，被推攘著渾渾噩噩往前走，傷處牽動，渾身上下哪裡都疼。

她知道薛長興追著她下了馬車，張遠岫也下了馬車。

他們想問她到底要做什麼。

不做什麼。

道個別不成麼？

她要走了，他不知道。

好歹、好歹假夫妻一場。

朱雀大道十分寬闊，御輦已經在中段停下了。

殿前司禁衛先行，在長道兩旁列陣，擋開前來瞻仰天顏的百姓。青唯藏在人群裡，天色未明，四下熙攘擁擠，禁衛並沒有發現她。

不遠處有人喊了聲「官家」，青唯循聲望去，趙疏與章元嘉已下了御輦。

謝容與就跟在他們身後，他披著絨氅，髮束玉冠，不苟言笑的樣子顯得有些凜冽，但那姿容依舊如玉似霜。

「過長街」並沒有什麼特別的禮制，宗親們下了輦乘，侍從驅車跟隨其後。青唯看清為謝容與驅輦的正是朝天，握緊手中碎石，趁殿前司不備，併指一擲。

碎石擊中輪軸，發出細微的「喀嚓」一聲。

朝天愣了一下，立刻勒停了輦乘。前方，謝容與的眉心微微一蹙，他竟在鼎沸的人聲中辨出這聲異響，向人群看過來。

就是這一刻了。

青唯抬手要掀兜帽，正這時，只聽一旁激昂一聲：「官家！」

十數名身著襴衫的貢生不知何時聚在了一起，「敢問官家，何家偷換洗襟臺木料，貪墨官銀的傳聞確係屬實嗎？」

「洗襟臺坍塌，是否何氏才是罪魁？！」

「當年洗襟臺下死傷無數，朝廷何時會治何氏的罪？！」

貢生們詰問聲聲，帶動周遭的百姓一起往長街上湧，禁衛們見此處群情激奮，集合兵力朝這裡趕來，層層阻隔在百姓與宗室之間，青唯見狀，握住帽沿的手一鬆，兜帽重新垂下。

禁衛們人高馬大，青唯被推攘著阻在後方，她的視線被遮擋，剎那間望不見長街，但她沒有立刻離開，撥開人群，又欲往前方人少的地方去。

身後巷口忽然傳來低詢：「見過這個人嗎？」

「十九歲，姓溫。」

青唯心中霎時一涼，她回頭望去，居然是左驍衛拿著她的畫像正在人群裡搜尋。

是了，她怎麼忘了呢？

左驍衛是知道她和小昭王的關係的，今日小昭王出現在長街，左驍衛算準她會來，必然會在此守株待兔。

那日藥商死在城外，那些人打的就是當著謝容與的面擒下她的主意。

今日的朱雀大道，宗室在，朝臣也在，更有為了洗襟臺憤慨難安的士子藥商，她若被擒，謝容與一旦保她就會惹上包庇之嫌，髒水沾上就洗不掉了，她不敢想到時會發生什麼。

青唯一念及此，心中只恨自己衝動，她立刻後撤，所幸張遠岫就跟在身後不遠處，她藉著他的掩護，避開左驍衛的搜尋，重新回到馬車上。

薛長興一見她，氣不打一處來：「妳是欺負妳薛叔跛了腿，追不上妳！今日這場合，妳要是被拿住，九條命都活不下來！」

青唯自知理虧：「對不住，我……」

她不知當怎麼解釋，半晌道：「給張二公子添麻煩了。」

張遠岫看著她，溫聲道：「姑娘傷勢未癒，適才人群擁攘，姑娘可有再受傷？」

青唯垂下眼，搖了搖頭。

張遠岫於是沒再說什麼，青唯跳下馬車究竟想要做什麼，適才他跟在她身後，看得很明白。

他撩開車簾，朝外望去，快到城門了，「雖然姑娘再三說什麼都不要，在下還是給姑娘備了行囊，裡面除了衣物與盤纏，另外擱了些傷藥，姑娘此去天涯，養好身上的傷固然重要，」他說著一頓，放下簾，看向青唯，「萬望心安。」

近日城中戒嚴，城門口也增派了人手，並不是所有的送輦馬車都不搜，只不過張遠岫這一輛掛著老太傅的牌子，城門守衛是故輕易放行。

很快到了二十里外的驛站，崔芝芸與高子瑜已等在官道外了。

青唯與張遠岫薛長興作別，來到驛站外，崔芝芸立刻迎上來喚道：「阿姐。」

高子瑜對青唯作了個揖：「表妹的馬就在驛站的馬廄裡，在下已與驛丞打過招呼了，他不會向任何人透露表妹的行蹤。」

青唯頷首：「多謝。」

高子瑜搖了搖頭，對崔芝芸道：「我回馬車上等妳。」說著，先行一步離開了。

青唯看著他的背影，回過頭來與芝芸道：「抱歉，我眼下是欽犯，想見妳一面，只能透過高子瑜的名義將妳約到此處。」

崔芝芸垂下眸，安靜地笑了笑：「……適才表哥與我說，佘氏與他解親了。他說，惜霜這小半年折騰得厲害，背地裡……做了許多醃臢事，眼下無論是他，還是姨母姨父，都十分厭棄她。他說他心裡只有我，仍希望我能嫁給他，他會讓我做正妻，待惜霜的孩子生下來，也只會認我這一個母親。」

青唯看著崔芝芸。

說起來，芝芸比她小一歲，眼下還不到十八。

「不過我拒絕了。」崔芝芸說道：「阿姐，我這幾日在江府等妳，看明白了許多事，我知道了妳究竟是誰，小昭王究竟是誰，我爹爹為何獲罪，去年江家一封狀書遞到御前讓欽差來岳州捉拿爹爹，不過是為了先一步保住崔家。我才知道許多事的好壞，並不是表面看到的那般簡單，而我之前被這表象蒙蔽了太久，以為他人許諾我的，便會是真的。我若應了表哥，嫁給他做妻，或許會安樂個一兩年，可是今後，誰知會不會有第二個惜霜呢？我出生低微，不過是商戶之女，以後表哥若仕途鵬程，誰知會不會有第二個佘氏呢？」

寄住在高家的數月，或許在外人看起來沒什麼，於崔芝芸而言，卻是銘心刻骨的。

「我不想再回到那樣的日子了。我想像阿姐一樣，無論走到哪裡，都能憑靠自己站穩。我已打算好了，等案子審結，我就和爹爹一起回岳州，跟著他學著做買賣，打理鋪子，等我能撐住家業，到那時再尋一個良人不遲。」

崔芝芸說著，抬手挽了一下鬢髮，她生得美，模樣還和初上京是一般明豔，但她看上去又有些不一樣了，或許是那份從小嬌養的柔弱終於在這一路風霜裡洗去了吧。

人就是這樣長大的。

每一個人都一樣。

「我之前一直害怕見到表哥，我喜歡他，我擔心見到他就動搖了，就不想回岳州了。可是我今日看到他，發現其實釋然以後，割捨並沒有那麼難，所以我要多謝阿姐，多謝阿姐一路帶著我這個負累上京，又替我嫁去江家，多謝阿姐把我從高家接出來，讓我見高子瑜最後一面，明白原來我也可以這麼堅定。」

青唯道：「妳不該謝我，妳應該多謝妳自己。」

她這麼一說，崔芝芸就笑了：「嗯，還有我自己。」

青唯道：「妳既然決定徹底離開高家，當初我嫁去江府，羅姨母給我準備了一箱嫁妝，妳把它還了吧。那嫁妝我沒動過，不過箱子的暗格裡，有個小木匣，裡面有幾張圖紙，那是我自己的東西，妳把它收好。」

崔芝芸點了點頭：「好。」

「還有，」青唯說著，從斗篷的內兜裡取出一封信，「何鴻雲的案子裡，有個叫扶冬的證人，她這些年一直在尋找她的教書先生，那先生喚作徐述白，關於他的下落，我已經跟人打聽分明寫在信裡了，妳收好，來日轉交給她。」

崔芝芸接過信：「我是要把這信交給玄鷹司嗎？」

「不是玄鷹司。」青唯道：「交給小昭王。那個木匣，還有信，等妳見到小昭王，都給他。」

「還有……」青唯沉默許久，解下腰間的玉墜，遞出去，「還有這塊玉。」

玉的水色很好，被青唯小心握在指尖，觸及生溫。

深宮波雲詭譎，步步機鋒，一封信、一個木匣，未必能取信謝容與，加上這枚玉，應該夠了。

他知道她喜歡這塊玉，總是帶在身邊。

「妳告訴他，我一切都好，記得幫我跟他道別，跟他說，我走了。」

崔芝芸點點頭，伸手接過玉。

玉石離手，指尖只餘下荒蕪的風。

頰邊覆上點點寒意，青唯仰頭一看，竟是又落雪了。

就這樣吧。

再耽擱一會兒，雪變大了，她怕是趕不到下一個鎮子了。

青唯於是去馬廄裡卸了馬，牽著馬，最後跟崔芝芸道：「我走了，妳多保重。」

「阿姐。」崔芝芸追了兩步，「阿姐，不管妳姓崔還是姓溫，妳永遠都是我的阿姐。我……我一定會在岳州立住腳跟，岳州的崔宅，一直都是妳的家。」

青唯聽了這話，很淡地笑了一下。

她回頭望去，目光從崔芝芸，移向不遠處的城。

雪倏忽間就大了，上京城在這雪中只餘下一個寥落的輪廓。

青唯看不清，於是牽著馬，往前走。

家麼？

這個字於她而言已經有些陌生了。

辰陽故居是夢中舊景，洗襟臺坍塌後，成了她再也回不去的地方。

適才芝芸提到家，她第一個想到的竟是江府。

紅燭滿眼，他挑開蓋頭——

「所以我嫁過來，實在是天上月老牽線，沒有別的路可走了。」

「妳我這哪裡是月老牽線？妳我簡直是月老拿捆仙繩綁在了一起，外還加了十二道姻緣鎖，借來蓬萊的昆吾刀都斬不斷……就怕到了陰曹地府，十殿閻羅也把妳我的名字寫在三生石上……」

虛情假意，兩廂試探，到後來竟成了她風雨兼程這一路的片刻皈依。

可惜那樣的日子太短了。

紅燭褪色過往斑駁，他是高高在上的王，她是無法見光的重犯，那座巍峨的深宮，她永遠也進不去，誠如人群熙攘她被層層阻隔，他獨立遠街卻看不見她。

這才是被燭色掩去的真相。

風聲蒼茫，青唯往前走。

一如她從前輾轉漂泊的每一回一樣。

一個人，罩著斗篷，遮著臉，向著天涯，不再回頭。

第二十二章　初心

夜深，宣室殿中燈火通明。

趙疏倚在龍椅上，伸手揉著眉心：「何鴻雲怎麼說？」

「大理寺草擬的罪條，臣已經一一念給何鴻雲聽了。」刑部尚書道：「何鴻雲沒有抵賴，但他不肯畫押，直言要見小昭王，不過……」

刑部尚書頓了頓，「官家交代過的，何鴻雲的一切要求，先行稟明官家，小昭王在病中，等閒不可叨擾，臣尚未去昭允殿請示。」

趙疏聽了這話，道：「既然罪狀何鴻雲都認了，事已至此，不必再給何氏任何優待，案子該怎麼辦怎麼辦吧。」

清晨冬祭的路上，士子的聲聲詰問言猶在耳，趙疏回到宮中，立時催促六部三司加緊辦案，眼下各衙門點燈熬油，都快子時了，竟沒幾個回的。

見趙疏往殿外去，章鶴書幾名大員立刻跟上，低聲道：「官家，何大人還在雪地裡跪著呢。」

何拾青已在拂衣臺跪了一整日。他的髮鬚被雪染得蒼白，人似乎一夕間就老了，見趙疏拾級而下，他高聲道：「官家，官家！請聽老臣說兩句吧！老臣自知犬子罪大惡極，不求官家寬恕他，但求官家看在老臣這麼些年盡心輔政的分上，哪怕把他剝皮抽筋，好歹留他一條性命！」

「官家！陛下！」看著趙疏走近，何拾青在雪地裡膝行數步，佝僂著背去扶他的袍擺，「再不濟，求您看在太后的顏面，太后與官家母子一場，官家知道的，念昔是太后最疼愛的姪子啊！」

何拾青老淚渾濁，「念昔是有過，被貪欲蒙眼，一步錯，步步錯，可他的初衷，絕非令洗襟臺坍塌，官家讓他遊街、受刑，老臣都認了，何家歷經數朝，也曾為朝廷立下汗馬功勞，出過多少文臣良將，那麼多樁功績，難道在官家眼裡一文不值嗎？」

趙疏靜默地立在雪裡，聽到這，垂眼去看何拾青。

這個在朝廷屹立多年的中書令，而今褪下官袍，摘去髮冠，看上去只是個尋常老叟罷了。

「天子犯法，與庶民同罪。」趙疏輕聲道：「何念昔手上的血債太多，只能以命償命。何大人既與朕論功績，便該知道，自古功過不相抵。」

言罷，他不再停留，吩咐道：「來人，拂衣臺上不為十惡不赦的人鳴冤，把何大人請下去。」

小黃門聽令上前，扶起何拾青，攙著他往宮門去了。

章鶴書在雪裡看著他的背影，喚來一名提燈內侍，也往小角門走去。

夜很靜，章府的駕車廝役在角門外等候，車室內明燈已擱好了，章鶴書養了片刻神，很快就著明燈，翻開一頁書。

這是他的習慣，章氏雖也是名門望族，章鶴書卻是正兒八經考功名升上來的官，早年念書風簷寸晷，而今做了重臣也不敢懈怠，章府去皇城遠，大半個時辰路途，他多半都用來苦讀，及至馬車停下，車外廝役低聲喊了句：「老爺。」章鶴書才將書擱下。

夜深了，府外十分安靜，章鶴書繞過照壁，卻見正堂裡掌著燈。

「蘭若回來了？」章鶴書問。

「哪能呢？大理寺公務繁忙，大少爺一早就讓人捎信兒，說近幾日都宿在衙門。」跟在身旁的老僕道：「是張二公子。」

「忘塵？」章鶴書稍頓了頓，不動聲色地讓老僕退下了。

他獨自步入堂中，帶進來一身寒露，「忘塵，你怎麼等到這時？」

張遠岫起身作揖：「傍晚聽說先生有事尋我，左右閒著，便過府來了，靜夜聽雪，閒茶佐月，談不上等。」

早年張遠岫入仕前，受章鶴書指點過文章，故而私下稱他一聲先生。

正堂裡焚著爐子，章鶴書脫了外氅，他雖已年逾不惑，鬢髮微霜，看上去仍是個清臒書生，「是有個好消息要告訴你，洗襟臺，官家已定好重建的日子了。」

張遠岫撥著茶蓋的手一頓：「果真？」

章鶴書頷首：「眼下天寒地凍，尚不是時候，待明年開春，官家便要派工匠去柏楊山。」

張遠岫垂眸看著茶水，半晌，緩緩道：「能重建就好。」

「是啊，能重建，便不枉費你這麼一番工夫。」章鶴書道：「千辛萬苦救下薛長興，又說動當年的寧州府官到京平冤，要求徹查瘟疫案，眼下何家這麼快被問罪，也與上京、寧州藥商士子聯名上書脫不開干係。」

張遠岫起身，對著章鶴書又施一揖：「朝廷能這麼快定下重建洗襟臺，忘塵實在沒想到，此番還得多謝先生籌謀了。」

「忘塵何必多禮？」章鶴書道：「這是順理成章的事，洗襟臺本就為士人而建，何氏偷換木料的罪行被揭露，士人定然不忿，朝廷為了安撫他們，自然會答應重建樓臺。」

章鶴書笑了笑，「當年你父親率士子投身滄浪江，而今樓臺既建，後世都會銘記他們英魂，你也能安心了。」

然而張遠岫聽了這話，不由沉默。

半晌，他撩起眼皮看向章鶴書：「有樁事，忘塵心中一直困惑，不知先生這裡可有答案？」

他生得白淨，眼瞼十分單薄，這麼乍然盯著人看，彷彿淡泊春光裡藏了細芒，讓人覺得不安生。

章鶴書似乎無所覺：「你問。」

「幾日前，上京西郊幾名藥商死得蹊蹺，先生可知道，這事——究竟是誰做的？」

「不知。」章鶴書悠悠然道：「朝廷不是正著人查麼？怎麼，你覺得這案子不對勁？」

張遠岫道：「太巧了。祝姓藥商不死，那些被何鴻雲脅迫的藥商未必會敲登聞鼓，登聞鼓不響，何家的罪行不至於敗露，京中的貢生士子便鬧不起來，他們不鬧，朝廷便不會為了安撫士人情緒，這麼快應下重建洗襟臺。我擔心此事因我而起，故而有此一問。」

他說著，不等章鶴書回答，「不過這些只是忘塵私底下的揣度，先生當玩笑聽聽便罷，不必當真。今夜太晚了，忘塵不叨擾，這便告辭了。」

「忘塵留步。」

見張遠岫步至堂門口，章鶴書喚道。

「忘塵近日，可有見過那溫氏女？」

張遠岫微蹙了蹙眉，回過身：「不曾，先生怎麼會這麼問？」

「沒什麼，想著你既出手救了薛長興，保住溫氏女只怕不是什麼難事。老太傅視你如子，連太傅府的馬車都任你驅使，那馬車，誰敢去搜呢？你說可是？」

張遠岫道：「先生想多了，溫氏女是欽犯，朝廷查得緊，借忘塵一百個膽，也不敢保她。」

言罷，他再度一揖，推開堂門，往外走去。

雪一停，天地就起了霧，清晨的天亮得緩慢，謝容與撩開冷霧，匆匆往正殿走去。

崔芝芸等在殿中，見謝容與到了，怯生生喊了句：「姐夫。」

這是她第一回來宮裡，心中惶恐得緊，「姐夫」喊出聲，才意識到稱呼錯了，想改口，謝容與已「嗯」著應下了，他意示她坐，溫聲道：「近日在江府怎麼樣？」

崔芝芸道：「多謝姐夫，江家上下很照顧我。」她遲疑片刻，「姐夫，我昨日……見到阿姐了。」

謝容與聽了這話，並不意外。

他與崔芝芸之間談不上熟識，崔芝芸能進宮來見他，只能是為了青唯。

「……她還好嗎？」

「阿姐一切都好，雖然受了傷，看上去已經無恙，只是，京城危機重重，阿姐她不能多留。」

謝容與「嗯」一聲，好半晌才道：「她走了？」

崔芝芸點了點頭。

她拿過手邊布囊，「阿姐有東西讓我轉交給姐夫。」

布囊打開，入目的是一枚水色通透的玉，謝容與的目光微微一滯，「她……沒有話帶給我嗎？」

「阿姐只說，等見到您，代她跟您道別。」崔芝芸道：「何家的案子裡，有個證人叫扶冬，阿姐幫她打聽到了徐先生的下落，寫在信中。阿姐說，讓我把信、木匣裡的圖紙，還有玉，一併交給姐夫。」

謝容與道：「多謝。」

深殿寂然，崔芝芸辦完青唯交代的事，又侷促起來，她很快請辭，謝容與沒多留她，差人將她送回江府。

日色穿過薄霧照進殿中，謝容與在案前靜坐良久，修長的雙指撈起玉，收入掌心。

京城大雪封天，追兵重重，她應該是一個人走的吧。

眼下離開是最正確的決定，溫小野輾轉經年，遇事從來果決俐落。

所以他沒問她去了哪裡。

也許連她自己都不知道該去哪裡，她這些年，不就是這麼過來的麼。

謝容與看過洗襟臺的圖紙，收入木匣，隨後拿起信。

信是青唯寫給扶冬的，都是白話，就像她平時閒談時的口吻：「扶冬，關於徐先生的下落，我近日略有所獲。我有位薛姓叔父，這些年一直在追查洗襟臺坍塌真相，他對照喪生的士子名錄，暗中造訪過許多人家，徐先生的雙飛燕玉簪，他是在慶明府一戶馮姓老夫婦家中尋到的。」

「這對老夫婦有個舉人兒子，五年前被選中登洗襟臺，洗襟臺坍塌後，老夫婦驚聞噩耗，趕赴陵川。路上，他們遇到一名書生。這名書生自稱姓徐，應該正是徐述白。他聽聞老夫婦有親人喪生洗襟臺下，稱自己此行上京，正是為告御狀而去，他要揭發修築洗襟臺的真相，讓事實大白於天下。徐述白說，自己此行艱險，恐會遭遇不測，身上有一珍貴之物無人託付，希望老夫婦代為保管，即薛叔後來在老夫婦家中找到的雙飛燕玉簪。」

「依照老夫婦的說法，徐先生最後出現的地方是上京附近，這與扶冬姑娘此前的說法不謀而合，可見徐先生並沒有死在洗襟臺下，他會出現在洗襟臺喪生士子名錄之上，定是有人故意弄虛造假。」

「薛叔這些年汲汲追查洗襟臺坍塌真相，得知徐先生或知曉內情，他苦尋他的下落，可惜一無所獲。後來他到了陵川，輾轉打聽到徐先生與姑娘熟識，循著姑娘的蹤跡，於幾月前找來上京，彼時姑娘為接近何鴻雲，剛在流水巷開了折枝居酒舍。薛叔後來遇險，無奈藏匿行蹤，將雙飛燕玉簪轉交給我，這正是我憑玉簪找到姑娘的緣由。」

「對不住，關於徐先生的下落，所述已是我能打聽到的全部，恕我直言，時隔經年，先生只怕凶多吉少。萬望妳勿要耽於過往舊事，前路漫漫，但請珍重。勿念。」

「青唯。嘉寧三年十一月廿八。」

謝容與看完信，喚來德榮，吩咐道：「把這封信帶去玄鷹司，交給扶冬。」

德榮稱是，接了信正要走，身後謝容與忽道：「等等。」

他像是想到了什麼關鍵的節點，起身離案，從德榮手裡拿回信，將其中一行反覆看了數遍——

「這名書生自稱姓徐，應該正是徐述白……稱自己此行上京，正是為告御狀而去，他要揭發修築洗襟臺的真相，讓事實大白於天下……」

揭發修築洗襟臺的真相，讓事實大白於天下。

修築洗襟臺的真相。

什麼叫……修築的真相？

徐途販賣次等木料，何鴻雲從中牟取暴利，致使洗襟臺塌。

這不該是洗襟臺坍塌的真相嗎？

而修築洗襟臺，是昭化帝提議，朝廷明令頒布，臣工士子乃至天下人擁護的決策，這其中，能有什麼真相？

修築在前，坍塌在後，短短幾字之差微乎其微，說不定只是青唯的筆誤，只是老夫婦或者薛長興在轉述時的口誤，但不知怎麼，謝容與就是直覺這幾筆看似謬誤的措辭事關重大。

他握緊信紙，吩咐德榮：「幫我傳祁銘。」

不一會兒，祁銘便到了昭允殿，謝容與問，「何鴻雲可曾畫押？」

「尚不曾。」祁銘道，他遲疑了一會兒，又說，「屬下今早去刑部打聽，何鴻雲此前請見過殿下，但是官家念及殿下在病中，沒讓刑部轉達。」

「何鴻雲要見我？」謝容與怔道。

而今何鴻雲的罪名鐵證如山，他認與不認，結果不會不同，可他在這個時候拒不畫押，究竟是為什麼呢？

還是說，刑部寫成的供狀上，有某條罪名的確冤枉了何鴻雲？

謝容與想到一種可能。

徐述白上京要告的御狀，不是針對何家呢？

如果……只是如果，徐述白會不會不是何鴻雲殺的呢？

徐述白是徐途的姪子，徐途就是販賣次等木料的人，所以所有人都會理所當然地想到，徐述白上京告御狀，是為了揭發何鴻雲偷梁換柱牟取暴利的惡行。

可是徐述白決定上京是在洗襟臺修成之前，他若在那時得知木料被換，是來得及阻止士子登臺的，他為什麼不阻止呢？

還是說，他另有要事，才不得不馬不停蹄地上京？

思緒彷彿開了閘，謝容與驀地憶起徐述白在臨上京前，對扶冬說的話——

「這個洗襟臺，不登也罷！」

「我上京為的就是洗襟臺！是要敲登聞鼓告御狀的！」

洗襟臺是為士子而建的，在天底下每一個士人心中，都象徵著尊榮，哪怕徐途換了木料，徐述白恨的也該是徐途，是利用洗襟臺立功升官的何鴻雲，而不是洗襟臺本身，可當他說出「洗襟臺不登也罷」時，分明是帶著對這座樓臺的憎惡的。

徐述白一個士人，為何會憎惡洗襟臺？

他上京要告的御狀，究竟是何家，還是另有其人？

他最後與馮姓老夫婦說，揭發修築洗襟臺的真相，「修築」二字，指的到底是被偷換的木料，還是樓臺修築的緣由？

謝容與將信函一收，一刻不停地往天牢走：「讓刑部把洗襟臺的重審案宗拿給本王，本王要見何鴻雲，快！」

如果當年徐述白上京，不是為了狀告何家，那麼何家哪怕殺了徐述白，大可以說他是畏罪失蹤，何必做出他死在洗襟臺下的假象？

還是說，何家當年並沒有殺徐述白。

徐述白的失蹤，也與何家無關？

三司定罪，要將草擬的罪條一一念給嫌犯聽過，包括所有被害人的名錄，何鴻雲遲遲不肯畫押，是因為這個徐述白嗎？

他在這生死關頭直言要見自己，是在這短短的三個字中聽出了什麼被掩埋在塵埃下的真相嗎？

「調玄鷹司所有在衙兵馬到刑部天牢！」

「何鴻雲可能有危險！」

長道上深雪未掃，晨霧被日光沖淡，謝容與穿廊過徑，一路從昭允殿趕往刑部，走得又急又快，玄鷹司的動作亦快，謝容與到時，衛玦與章祿之也帶著鴞部趕到了。

然而，還是晚了。

刑部尚書臉色慘白地立在天牢前，見了謝容與，怯乏地喊了聲：「殿下。」

天牢外還立著許多禁衛，所有人，俱是靜默無聲。

謝容與怔了片刻，心涼下來：「……他死了？」

「半刻前死的。」刑部尚書嚥了口唾沫，「不知怎麼回事，何鴻雲是重犯，這裡明明……明明有禁衛嚴加看管的，老夫……」他脫下官帽，顫手抱在懷裡，「老夫這便去向官家磕頭認罪。」

半刻前死的，那就是他決定來天牢之後。

適才在趕來的路上，謝容與恨自己錯過了與何鴻雲相見的最後機會。

哪怕趙疏顧及他的病情，不讓人打擾他，他不會在刑部多放些眼線嗎？

他明明知道的，那些被煙塵掩埋的真相，遠不是幾根被替換的梁柱那麼簡單。

又或者說，早在一切的伊始，在朝廷決定要重新徹查洗襟臺之案的時候，早在昭化帝病亡，趙嘉寧繼位的時候，就有人一直蟄伏在暗處。

他們伺機而動，靜觀其變，否則何鴻雲怎麼會死得這麼巧呢？

「我……去裡面看看他。」謝容與道。

重犯驟亡，本來幽暗的天牢火把四明，將裡頭照得如白晝一般，吏胥將謝容與引到最深處一間，何鴻雲的屍身就在地上。

他是被一名守衛強行灌下毒藥身亡的，身上有受刑後的鞭傷，在牢裡苦了幾日，原本穠麗的眉眼竟沒什麼變化，甚至嘴角還殘留一抹嘲弄的笑。

也不知他在嘲笑什麼。

是在笑自己聰明一世，最後卻落得如此荒唐又潦草的下場麼？又或是在嘲笑世人眼盲，皆被浮眼雲煙遮去真相？

謝容與問：「這間牢房，你們搜過了嗎？」

「搜過了。」牢外候著的刑部郎官答道：「灌毒的守衛已經自盡了，什麼都沒留下，牢裡除了一份小何大人自己謄抄的罪書，其他什麼都沒有。」

「罪書？」

「是這樣，小何大人看了大理寺的草擬罪條，不願畫押，稱是要將罪書自行謄抄一遍，仔細斟酌後再做決定。尚書大人……念他是何氏人，便應了，小何大人將謄抄後的罪書擱在草席後的牆縫之中，下官也是適才才搜到。」

郎官說完，立刻將罪書呈給謝容與過目。

罪書謄抄得一絲不苟，上頭除了幾滴血，甚至堪稱乾淨。

何鴻雲受刑後受了傷，罪書上有血很正常。

一條一條的罪狀過後，便是受害人的名錄。

而那幾滴血，似是不經意，恰好滴在了「徐述白」三個字上，將這一個名字，染得觸目驚心。

重犯死在天牢，這是大過，刑部尚書去宣室殿請罪了。

一旁的郎官再度看了眼謝容與，想著官家與小昭王手足兄弟，昭王的意思，多多少少就是官家的意思了。

郎官於是問：「殿下，何鴻雲的死因已經驗明，眼下可要安排收屍？」

謝容與沒應聲。

深牢陰寂，他不知怎麼，想到了些別的——

他還是江辭舟的時候，與何鴻雲走得很近，有一回二人一起吃酒，酒過三巡，何鴻雲握著杯盞，漫不經心地說了句話：「我們世家子弟，也有世家子弟的辛苦，同輩中那麼多人，想要出類拔萃，總要犧牲點什麼。」

謝容與於是問，犧牲什麼？

何鴻雲笑了，看著杯盞裡水波流轉的佳釀，「子陵，你兒時可偷嘗過烈酒？還記得那滋味嗎？」

那滋味，辛辣濃烈，入喉如同火燒。

「可酒這東西，吃一口甘烈，吃多了成癮，年歲一久，千杯下肚，反而沒滋味了。」何鴻雲淡笑一聲，「別的事，也一樣。」

他是何家行四的公子，母親是平妻，故而他既非長子也非嫡孫，可他到最後，竟成了何拾青最得意的兒子，犧牲掉的是什麼呢？

那是何鴻雲唯一一回跟謝容與說真心話。

一路殺伐養成冷硬肝腸，或許第一回害人尚且心顫，到後來，血見得太多，誠如他所說，反而沒了滋味。

他是這麼清醒自知地視人命如草芥。

謝容與問：「為何要收屍？」

死囚哪怕枉死，也是死囚，他的屍身，是該扔去亂葬崗一把火燒了的。

郎官道：「照理是不該收的，但老中書令為了小何大人，聽說在拂衣臺上跪了一日夜，巨艦入海，亦有傾覆之日，樹生千年，也會一夕枯敗。何拾青在拂衣臺上跪的是何鴻雲嗎？他跪的是他自己，是大廈將傾的何氏。

謝容與道：「不必收屍，扔去亂葬崗吧。」

「姓何如何？」謝容與問。

何鴻雲到底姓何……」

謝容與離開天牢。

何鴻雲死了，最後只留下一張罪書，與染著血的「徐述白」的名字。

他是個早已剔除了悲憫心腸的人，最後要見謝容與，未必出於對真相的探究亦或善意的提醒，他只是想過這一個名字，與名字背後藏著的線索，為自己與何氏博取一線生機罷了。

他不值得絲毫同情。

只可惜線索斷在這裡。

謝容與見衛玦、章祿之仍率玄鷹衛等在天牢外，說道：「你們回衙門吧，這裡已無事了。」

然而衛章二人竟沒聽他的吩咐，一路跟著謝容與來到刑部外的迴廊，兩人拱手拜道：「殿下，屬下有事要稟。」

「敢問殿下，您可是在查一個叫徐述白的秀才？殿下想要的線索……玄鷹司或許知道。」

謝容與驀地回過身來。

他沒出聲，抬目看向後頭跟著的玄鷹衛，玄鷹衛們會意，立刻把守住迴廊前後出入口。

謝容與問：「你們知道徐述白？」

衛玦道：「知道，他是陵川木商徐途的姪子，秀才出身，洗襟臺修成之前，他被遴選為登臺士子，後來洗襟臺塌，他……失蹤在上京的路上。」

謝容與眉心微蹙。

徐述白的出身籍貫並不難查，但他上京一事卻是個祕密，玄鷹司是怎麼知道的？

謝容與不動聲色地在廊椅上坐下：「說吧。」

「是。」衛玦拱手道：「殿下該有印象，洗襟臺最初只是洗襟祠，改為樓臺，是因為先帝決定在昭化十三年的七月初九，遴選士子登臺，以紀念當年投身滄浪江的士子。」

「改建樓臺的聖令一下，虞侯前往辰陽，請溫工匠出山督建樓臺，七個月後，即昭化十三年的二月，玄鷹司接到調令，由指揮使、都點檢帶領隼部前往陵川，執行樓臺建成前後的護衛之責。」

謝容與頷首：「這些事本王記得。」

「玄鷹司到陵川，是昭化十三年的三月，此後近四個月的時間裡，除了最後連日暴雨，溫督工喊過幾次停工，幾乎沒出什麼岔子。但是在昭化十三年的七月初八，即洗襟臺建成的前一天，出了一樁意外。」

「什麼意外？」

「柏楊山，來了一名書生。」

那時洗襟臺已快建成，第二日士子就要登臺，柏楊山中有書生到來很正常，甚至有士人為了一睹登臺祭先烈的風采，於是年五月就到了崇陽縣上等候。

然而這名書生不是別人，正是徐述白。

「指揮使大人負責洗襟臺周遭的護衛，所以有士人來柏楊山，都是由都點檢接待的。徐述白到了以後，直言要見溫督工，因為當時暴雨連日，溫督工正忙著驗查排水管道，點檢大人便回絕了他，跟他說明日登臺後再見也是一樣，沒想到徐述白卻說自己不登臺了，他稱自己另有要事要往京裡去，又問能否求見小昭王。」

「而今回過頭來想，或許正是這個求見殿下的請求令點檢大人起了疑，他告訴徐述白，殿下眼下不在山中，而是去崇陽縣主理登臺事宜了，他還說，『你有什麼要事，不如寫成信函，等溫督工回來，我一定代為轉交』，徐述白心思單純，當時便信了點檢大人，他匆匆寫了信，很快動身上京。」

「點檢大人得了信，大概是因為隼部老掌使與幾個校尉都在，他沒有立刻拆開看，直到當夜溫督工回來，玄鷹司輪班了，老掌使與校尉們撤去，他才將信交給溫督工。」

「後來的事，殿下都知道了，溫督工被點檢大人軟禁一夜，直到七月初九清晨，士子們在洗襟臺下等候登臺，他都不曾出現。」

及至士子登上樓臺，隼部的老掌使才帶著衛玦、章祿之幾人在後山的值房裡找到溫阡，他聽聞士子已經登臺，臉色頓時煞白，根本來不及多解釋什麼，只顫聲道：「不能登，會塌的……會塌的！」一路奔至洗襟臺下。

可惜他到得太晚了，仰頭看去，天地嗡鳴，煙塵石礫伴著暴雨簌簌落下，撲面來襲。

謝容與聽到這裡，神情幾乎是寂然的。

他問：「你們都點檢，當時為何要軟禁溫督工？」

玄鷹司後來被問罪，自然是因為護衛失職，至於都點檢軟禁溫阡一事，因兩人都死在了洗襟臺下，無可追查。而事實上，知道片許內情的老掌使與衛章等人一直三緘其口，對外只稱不知。

章祿之道：「回殿下，我們當時確實不知，只猜測與徐述白留下的信函有關。直到多日後，朝廷徹查洗襟臺坍塌緣由，發現木料的問題，斬了魏升、何忠良，我們才想到，徐述白是徐途的姪子，也許他留給溫阡的信中，揭發的正是木料的問題。」

早在洗襟臺建成之前，因為連日暴雨，趕工排洪等問題，溫阡就不只一次喊過停工，如果他得知在洗襟祠修建之初，支撐樓臺的上等鐵梨木是次品，無論如何都會阻止士子登臺。

「點檢或許希望士子們能順利登臺，而溫督工意圖阻止此事，這才軟禁了溫督工吧。至於他為何如此希望士子們登臺，我們至今未能查明。」

「你們沒查明的不止於此。」謝容與道：「如果徐述白在洗襟臺修成的前一日，已將替換木料的內情寫信告訴了溫督工，那麼他後來急趕著上京是為什麼呢？」

倘他只是為了揭發何家的惡行，大可以留在柏楊山，等溫阡、小昭王回來，一起查明木料問題，拿到證據再行上京，可他沒有這麼做，他甚至沒有在柏楊山多留一晚。

衛玦與章祿之的話，真正證實了謝容與此前的揣測——

徐述白上京要狀告的並非何家，而是另有其人，另有其案。

「回殿下，這正是屬下要向殿下稟報的最重要的一點。」衛玦道：「洗襟臺坍塌後，老掌使也有過同樣的困惑，如果徐述白留下信函是為了揭發徐途替換木料，那麼他上京又是為何呢？是故就在魏升與何忠良被問斬的幾日後，老掌使為屬下與祿之作保，令我二人平安脫罪，隨後循著徐述白的蹤跡追往京城。」

「你們……找到他了嗎？」

衛玦與章祿之沉默許久：「找到了……但也可以說，沒有找到。」

「徐述白消失在了上京的路上。後來……我們多方打聽，在慶明府附近聽聞了一樁焚屍案，據說死者是一名年輕書生，死前，像是要往京城去的，種種線索表明，他應該就是徐述白。」

雖然早有預料，謝容與聽到這裡，心中仍是沁涼一片：「徐述白真的死了。」

衛玦「嗯」一聲，「洗襟臺下喪生的人太多了，玄鷹司護衛失責，當時被推上了風口浪尖，先帝徹查玄鷹司，點檢已經死在了樓臺之下，老指揮使見是滿目瘡痍人間地獄，自責不已，甘願梟首謝罪，為屬下與祿之脫罪的老掌使被處以杖刑，玄鷹司自此被朝廷雪藏。故而屬下與祿之也不能在外逗留太久，很快回到了京中。沒想到……」

「沒想到半年後，洗襟臺案審結，屬下與衛掌使再度前往慶明府，當初那樁焚屍案竟從官府的案錄上抹去了，抹得一乾二淨，什麼都不剩，而徐述白這個人，反而出現在了洗襟臺喪生的士子名錄中。」章祿之接過話頭，握緊拳頭說道：「屬下不甘心，本想立刻上報朝廷，但是衛掌使攔住屬下，稱是無憑無證，消息洩露出去，反而會令有心人再度警惕。也正因為此，我們明白了徐述白這個人身上大有文章。」

「他清清白白一個秀才，查來查去就那麼些東西，太乾淨了。故而我們又回頭查起了徐途，徐途這個人，攀高踩低，生意人勢利眼一個，說實在，也沒什麼好查的，只有一個疑點。」

「什麼？」

「跟徐途來往的人，往往非富即貴，但在洗襟臺修建的那一年，他跟陵川的一個山匪寨子來往過許多回。自然這也不是什麼異事，可能是匪寨子要新修樓舍，跟他買木頭呢？屬下與衛掌使之所以會起疑，是因為在洗襟臺坍塌不久後，這匪寨子忽然就被官府剿了。」

謝容與道：「陵川早年山匪橫行，多地都鬧過匪患，尤其洗襟臺塌民生不安，一個匪寨被剿，這沒什麼。」

章祿之道：「是，可是土匪生在山裡，長在山裡，朝廷的兵來了，總有那麼幾個漏網之魚。這個匪寨子被剿得太乾淨了，屬下與衛掌使想往下查，竟然沒找到什麼活口。後來我們回到京中，將這事稟給老掌使，想要帶些兵馬前往陵川，老掌使卻阻止了我們。」

衛玦垂眸道：「老掌使說，這案子太大了，我們不該再查下去，便是查得真相，事已至此，未必能扭轉乾坤，反會招來殺身之禍。老掌使還說，他希望我們能把所知道的一切藏在心裡，再也不要對外言說，與坍塌的洗襟臺一起，塵歸塵，土歸土。」

「彼時先帝病重，朝綱不穩，老掌使也因為受過刑，養了一年，仍是病入膏肓，我們不忍看他擔憂，只能聽從他的叮囑，再也沒對任何人提過彼時洗襟臺下的種種。」

「殿下——」衛玦說到這裡，凝聲喚道，與章祿之一起拱手單膝向謝容與拜下，與此同時，守在迴廊內外的玄鷹衛盡皆拜下，「殿下，今秋您初任玄鷹司都虞侯，屬下等不知您的身分，不知您為徹查洗襟臺真相用心良苦，一直對您多有猜疑，請殿下恕罪。」

「然昔年洗襟臺塌，點檢大人縱然有過不假，指揮使大人、老掌使、各部校尉及隸下玄鷹衛，未曾有過半分擅離職守，樓臺坍塌喪生無數，指揮使擔罪身死，玄鷹折翅衙司雪藏，我們認了，可要論甘心與否，我等絕不甘心！」

「是故哪怕老掌使臨終叮嚀再三，我們亦願將所知一切線索告訴殿下，唯願殿下等帶領玄鷹司諸位令真相大白於天下，有朝一日若能見雄鷹再度翱翔天際，玄鷹司列下當肝腦塗地，在所不惜！」

長風拂過迴廊，謝容與沉默良久，想起何鴻雲的罪書上，染著血的「徐述白」三個字，問道：「徐述白的線索，你們除了我，確實不曾與任何人提過？」

衛玦與章祿之對看一眼，「回殿下，除了殿下，此前官家問起洗襟臺，我二人不敢欺瞞聖聽，與官家提過徐述白這個人。」

「官家？」謝容與眉心微微一蹙，「什麼時候？」

「年初章大人提出要重建洗襟臺，朝中有人說，重建可以，但是要將洗襟臺坍塌的疑點通通查明，以免重蹈覆轍。彼時官家單獨召見過玄鷹司一回，問我們的意見。因為老掌使的叮囑，我們不敢細說徐述白的案子，只提議說，朝廷可以從當年被遴選登臺的士子身上開始查，畢竟洗襟臺塌得突然，許多士子的屍身都沒找到，其中有個叫徐述白的，當日似乎沒有登臺。但官家並沒有採納我們的意見，還提醒我們暫不要對任何人提起此人，此後不久，鑒於朝中諸臣建議，官家最終還是決定從當年的在逃工匠、可疑人員查起，派欽差去各地重新審查崔弘義等人。」

謝容與聽了這話，不由愣住了。

換言之，早在年初決定重審洗襟臺案伊始，趙疏就有兩個選擇：一是直接從士子，甚至徐述白身上查起；二是按照當初查案的步驟，依舊去查工匠、查與木料相關的崔弘義等人。

他選擇了後者。

選擇後者無可厚非，當初王元敞寫信到宮中，揭發何鴻雲囤積夜交藤的罪行，趙疏是知情的，他猜到何鴻雲種種罪行或與洗襟臺有關，想要揪出這個罪魁禍首，這沒什麼好質疑的。

可為什麼，在謝容與和青唯找到徐述白的線索後，這位年輕的皇帝依舊對所知的一切按下不表，不曾過問玄鷹司一句徐述白究竟去了哪裡，甚至不願派上一兩個暗衛去尋一尋這名士子的蹤跡，反而全力支持玄鷹司將何家查到底呢？

為什麼，在何鴻雲發現徐述白這一疑點直言要見昭王時，趙疏以一句昭王養病，叮囑刑部按下此事，讓謝容與錯過了與何鴻雲相見的最後一面呢？

謝容與默然片刻，說道：「我知道了，你們回衙門吧。」

待一干玄鷹衛撤去，謝容與在迴廊裡靜坐良久，忽地站起身，疾步往宣室殿走去。

今日沒有廷議，奈何政務繁多，晨間面聖的人依舊絡繹不絕，謝容與到的時候，刑部尚書躬身從殿裡退出來。

天牢裡意外死了人，這是大過，但趙疏似乎並沒有怪罪這位老尚書，刑部尚書的目中有愧色，官帽倒是重新戴上了，見了謝容與，拱手作揖：「殿下。」

謝容與沒應聲，逕自邁入宣室殿。

趙疏正在問翰林貢生鬧事的事，見謝容與一臉霜色地進來，稍稍一滯，擺擺手，讓殿中諸人都退下了。

趙疏道：「表兄是從刑部過來的？」

「臣是從哪裡過來的，官家難道不知？」謝容與涼聲道：「官家沒有治刑部的罪，是因為你早就料到何鴻雲會死，是嗎？」

趙疏垂下眼不吭聲。

「洗襟臺喪生士子名錄中，有個叫徐述白的書生，官家早就知道他的死有蹊蹺，可當臣查到徐述白時，官家非但不告訴臣此事背後另有隱情，為何還叮囑玄鷹司將線索按下不表？」

謝容與道：「讓臣來猜一猜好了。」

「何家屹立朝堂太久，朝中早就有人看他們不順眼，章鶴書提出重建洗襟臺，只是一個契機，官家利用這個契機，順勢而為，心照不宣地做了一個或許能夠對付何家的決策，即借用瘟疫案，重查木料問題。這個決策，天知、地知、你知——畢竟那封寫給我揭發何鴻雲哄抬藥價的信，彼時只有你看過。是故在最開始，眾朝臣包括何家都沒有覺察到官家的真正目的。而作為順勢而為的酬勞，官家換取了一部分大臣的支持，藉機復用玄鷹司。」

趙疏靜坐於龍椅上，「這一點表兄早就猜到了不是嗎？否則這半年來，表兄如非必要，絕不面聖，初秋你進宮養病，朕原本要去昭允殿探望，你養好病後匆匆離去，不正是對朕避而不見？」

以至於日前青唯重傷脫逃，謝容與舊疾復發，章元嘉提議趙疏探望，趙疏猶疑再三卻稱不去，真的是因為沒有保住溫小野心中有愧麼？他是知道表兄不願見他。

「我是猜到了，但我沒想到官家能把這筆交易做得這麼純粹。徐述白之死官家按下不表，不正是為了讓玄鷹司全力徹查瘟疫案直至將何氏徹底連根拔起嗎？官家要的何止是復用玄鷹司？官家要的是沒有何家以後，那個殘缺不全的朝廷！何氏如巨木，巨木枯倒卻能滋潤大地，荒野上養出一個個肥沃的空槽，何家沒了，鄒家沒了，許許多多依附何家的大小官職通通出缺，官家盡可以把自己人填進去，今日何鴻雲之死，不正是官家想要的結果，官家滿意了嗎？」

謝容與看著趙疏，聲音冷下來，「可官家這麼做的時候，可曾想過幾日前無辜枉死的藥商？官家不把這條線索隱下來，起碼我會知道徐述白之死背後另有其人，起碼在藥商死的時候，我們不會這麼被動，不會來不及阻止。」

趙疏聽謝容與提起藥商，眼眶不由慢慢紅了，他啞聲道：「三年了，三年……朕高坐於這個龍椅上，下頭空空如也，這個龍椅，朕哪裡是坐上來的，朕是被人硬架上來的。雙手被縛，足不能行，張口無聲，身邊連個說真心話的人都沒有。好不容易等到這麼一個機會，朕……不得不伺機而動，藥商之死朕亦不曾想到，近日想到他們被害有我之過，也曾夜夜夢魘，表兄是覺得這權術骯髒嗎，朕也覺得髒，但是朕……沒有辦法……」

「我憎惡的不是權術。」謝容與看著趙疏，「權術在這朝堂之中本就是司空見慣的東西，我長在深宮，談何憎惡？」

他穿著玄色親王袍服立在殿中，一身侵染風霜。

「官家要我說實話嗎？」謝容與的聲音是寂寥的，「那座樓臺，是為投身江河、戰死邊疆的英烈而建，它本該是無垢的。所以——」

謝容與笑了笑，「所有拿洗襟臺做文章的人，都不是東西。」

「何鴻雲不是東西，章鶴書不是東西，如今看來，」謝容與望著趙疏，「官家，也不是個東西。」

趙疏聽了這話，愕然抬頭看向謝容與。

他的嘴角掛著一抹極淡的、嘲弄的笑，清冷的眼尾微微上挑，目光竟似不羈。

這麼看上去，他竟不像謝容與了，反而做回了那個未曾摘下面具的江辭舟。

可是真正的謝容與又是怎樣的呢？

只有趙疏還依稀記得，在士子投江之前，那個常常伴在自己身邊的表兄是如何逍遙自在，便如他那個醉意欄杆，寫下「乘舟辭江去，容與翩然」的父親一樣。

只可惜謝楨故去，謝容與被接來深宮，自此肩負重擔，不得不承載所有人的希冀長大。

帶上面具後，謝容與做江辭舟做得淋漓盡致，昭允殿的人都嘆，小昭王是心疾未癒，可趙疏卻覺得，或許這樣，才是謝容與真正的樣子，誤入深宮，將那份天生自在收進骨子裡，所以忽逢劫難墮入深淵，也許只有做回自己，才能真正治癒心疾。

摘下面具不是他，帶上面具才是他。

謝容與這副譏誚的語氣，忽然把趙疏拽回了兩兄弟時時吵鬧的兒時，他忍不住道：「表兄說不要拿洗襟臺做文章，朕可願拿洗襟臺做文章！洗襟臺除了是表兄的心結，亦是父皇的心結，朕的心結！但朕沒有辦法，朕不能一直這麼無能為力，朕除了是皇帝，也是個人，朕除了天下蒼生，也有想要完成的心願，想要實踐的諾言，想要守住的初心，想要保護的人……」

他倏地站起身，清秀的頰邊透著一絲蒼白，看向謝容與，一字一句道：「朕之心，天地可鑒。」

謝容與看著趙疏，片刻垂眸：「臣不是不理解官家，臣或許只是……」

或許，對於洗襟臺，他總是草木皆兵。

他笑了笑，低聲道：「有樁事，官家不覺得不合規矩嗎？我不姓趙，我姓謝，深宮該是帝王的居所，可我一個異姓王，卻在這宮裡住了二十年。」

這話聽上去不過一句喟嘆，若往深處忖度，其中寓意令人不寒而慄。

趙疏愣了愣：「朕並不覺得不合規矩，也從未懷疑過什麼，時勢所致，你我兄弟一同長大，對朕而言，任何揣度都是無稽之談。」

謝容與道：「我知道官家至今未曾懷疑什麼，只是——」

他頓了頓，沒再說下去，合袖朝趙疏一揖，往殿外退去。

趙疏見狀，不由追了兩步，「表兄這樣說，是不願再追查洗襟臺的真相了麼？」

謝容與的步子一頓，「查，怎麼不查？查得明明白白，清清楚楚才好。」

這個樓臺，有人欲建，有人欲毀，有人在煙塵下苦心經營，有人立於塵囂獨看風浪。

謝容與道：「這半年來，我看明白了一樁事，在這場災難裡，沒有一個人能獨善其身，每個人都有自己的目的，我自然也有。我還盼著有朝一日，官家能答應我一個請求呢。」

「表兄的請求是什麼？」

謝容與卻沒回答，他笑了笑，迎著淡泊的日光，轉身離殿：「等真相大白的那天再說。」

謝容與離開後，趙疏一人在宣室殿中獨坐良久，隨後站起身，出了殿。

正午已經過後，雪停霧散，冬暉刺目，曹昆德端著拂塵迎上來，喚了聲：「官家。」

趙疏卻擺了擺手，「你退下吧，朕獨自走走。」

他往後宮走，卻在通往會寧殿的第一個甬道頓住步子，半晌，他折轉步子，入了甬道頭的岔口，穿過迴廊，沿著花苑一條無人打理的荒蕪小徑，來到一個宮所門口。

宮所名叫「聽春」，早年是昭化帝一位貴人的居所，貴人早逝，宮所就此荒蕪，已許多年無人打理。

然而當年輕的皇帝推開宮所的門，荒涼的院中竟立著數名披甲執銳的禁衛，他們見了趙疏，盡皆拜道：「官家。」

趙疏「嗯」了一聲，吩咐道：「把門敞開吧。」

「聽春」的宮門其實沒上鎖，或許是久住其內的人僻居慣了，終日掩扉而已。

禁衛聽命上前，把門推開，一股辛辣的酒氣霎時飄出，覆過荒涼的宮院。

是燒刀子。

日暉鮮亮極了，將浮在半空的塵埃照得粒粒可見，趙疏沒進屋，他立在門扉外，對裡頭傾壺而飲的人說道：「溫小野已經平安離開京城了，前輩可以放心。」

那人吃酒吃得正酣，聽了這話，含糊地應了一聲。

趙疏又道：「前輩如果想離開，朕也可以安排。」

屋中人聽了這話，笑了笑問：「官家掌權了？」

趙疏垂下眸，「嗯」了一聲，「朕為了拔出何家，讓滿朝同仇敵愾，隱下了一條線索，暫將洗襟臺的過錯，全推到何家身上，何家傾覆，朕大概……可以掌一點權了。」

「官家這麼做，只怕有朝一日，您的親近之人會恨您吧。」

趙疏靜了好半晌：「朕只知道，朕尚有諾言要踐，尚有真相要尋。」

「朕將永遠記得當初在父皇病榻前立下的誓言，永遠記得為何會做這個皇帝。朕之心，無需向任何人證明——」

他回過身，抬目看向天地。

風雪退潮，遠處卻有雲層奔湧，似乎天邊還在積蓄著更大的霾，但有什麼要緊呢？

待到春來雪化，流風自散。

趙疏輕聲道：「朕之心，天地自鑒。」

第二十三章　追鬼

五個月後。

傍晚，暴雨急澆而下，前方一段山路在滂沱的雨水中模糊不清，雖然太陽才落山，四下裡已暗得如夜晚一般了。

繡繡趕著驢車，綴在人群後方艱難前行，山路是泥石鋪就的，平日走著還好，這會兒一腳深一腳淺地踩下去，冷不防就是一個水窪。隱約間，她聽見喝止聲，抬目望去，前方山驛外似乎立著許多官兵，火把的光在暮色裡漫開幾丈，被大雨截斷。

「是不是出什麼事了？」

「是啊，怎麼這麼多官差呢？」

人群裡，有人竊竊私語。

「都停一停——」見狀，前方領路的皂衣漢子道：「我先過去問問。」

這一行同路的上山人，都是陵川上溪縣人。陵川多山，尤以上溪為最。上溪這個地方，就坐落在群山之中。閉塞注定了它的窮苦，尤其在紛亂的咸和年間，上溪幾乎人人落草為寇，後來昭化帝繼位，大力整治匪患，上溪才還田予民，有了縣城的模樣。可惜那時匪患並未得到根治，六年前洗襟臺塌，陵川一帶人心惶惶，上溪山匪趁機作惡，下山洗劫了幾戶人家，朝廷於是痛定思痛，出兵圍剿山匪。

當時死得匪賊可太多了，聽說那山寨子的大火燒了三天三夜才歇，太多血流進深山中，後來縣城裡還鬧過一陣鬼，攪得人心不寧。上溪人自此有了習慣，不管是出山還是進山，總要在山腳下等一等，等到十來人結成伴了，才一起上路——活人多，就不怕鬼氣了。

繡繡這一行人，正是一道回鄉的上溪人。

不一會兒，去山驛打聽的皂衣漢子回來了，他神情有點異樣，對一眾人道：「官爺封路了，這裡過不去，驛站也住滿了，大夥兒往回走吧，到十里外的舊廟湊合一夜，等明早再回來山驛。」

有人問：「出了什麼事要封路啊？」

漢子猶豫了一下，只含糊道：「好像是命案，跟山匪有關。」

聽是山匪，眾人臉色皆是一變，很快噤聲，調頭往來路的舊廟走。

繡繡也趕著驢車調頭，那倔驢拉了一日的車，沒吃東西淨淋雨了，這會兒居然有點撂挑子不幹的意思。驢車上還坐著繡繡的跛腿祖父，被驢帶著在原地轉了幾圈，險些摔下去，他拿起木拐，哀嘆一聲：「罷了罷了，我自己下來走。」

正是這時，適才的皂衣大漢看他們沒跟上，逆著人群往這裡來了。

他從繡繡手裡拿過鞭，三鞭將驢打服了，說，「繡妹子，妳去車上坐著，這驢我來趕。」繡繡道：「劉大哥，多謝您，雨太大了，大夥兒還等著您領路呢，這驢我自己能趕，再說還有阿姐呢。」

劉大栓聽這話，朝驢車邊攙著葉老伯的女子看了一眼。

風橫雨斜，這女子黑衣黑袍，罩著一頂黑紗帷帽，幾乎要與零落的夜色融在一起。

大夥兒都是上溪人，雖然只同行了三兩日，彼此之間還是親切的，唯獨這女子跟他們格格不入——雖然繡繡說，她阿姐有宿疾，平日見不得風，總不至於一路下來一句話都不說吧。

劉大栓猶豫了一下，抬目一望，只見前方一行人都停下步子等他，只好道：「行吧。」

所幸舊廟不遠，沿山路往回走七八里，順著岔口小徑拐進去就到。

舊廟統共只有一間，因在深山，受不到什麼香火，守廟的和尚早跑路了。瓦梁經年失修，甚至還有點漏雨。這樣的破廟，深夜住進來，難免有些嚇人。不過劉大栓他們倒不怕，他們人多，足足二十來號兒呢，陽氣很足。

到了廟裡，劉大栓很快幫繡繡三人找了塊乾燥地方，其餘人生火的生火，整行裝的整行裝，他們都帶了乾糧，倒是不用格外找吃的，待篝火燃起來，眾人圍著光明坐下，有人就問了，「劉大哥，你適才說山裡是因為命案封路，究竟什麼命案啊？」

「是啊，還說與山匪有關，上溪的山匪不是五年前就殺盡了麼？眼下怎麼又鬧匪患了？」

劉大栓啃了一口手裡的窩頭，就著水嚥下，「其實……也不是真的山匪。」

「不是真的山匪，那是什麼？」

劉大栓有點猶豫，好一會兒才實話說道：「……是鬼。鬧鬼了。」

廟裡一下子安靜下來。

片刻之間，眾人只能聽見急雨山風的呼嘯聲。

「大概十來日前，山裡似乎出現了鬼影。沒過多久，山下就死人了，死相太慘，都說是鬼殺的……官差們查得緊，所以在山驛設了關卡，不是不讓人走，只是進出山裡要嚴查，到了晚上有宵禁，說是等案子破了再說。」

眾人聽了這話，面面相覷，半晌，一人怯生生地道：「這怎麼……又鬧鬼了？」

「又」之一字心照不宣——五年前朝廷出兵剿匪，殺戮太多，山上也鬧過鬼，不過不到半年，這事就不了了之了。上溪人只道這鬼投胎轉世去了，沒承想竟出了鬼殺人的案子。

眾人心中都有些發毛，圍著火，再沒心思說其他。

他們這些人，多數是大戶人家的扈從。上溪閉塞，並非沒有富戶，有些物件兒上溪買不到，主子們便要打發下頭的人去東安府城採買。這些下人遇到禍事都得自己扛，聽是上溪山裡又鬧鬼，只覺得泥菩薩過河。

趕了一天的路，一行人也累了，沒了說話的心思，各自安睡下來。

繡繡安頓好葉老伯，見那位阿姐不在身邊，輕手輕腳地起了身，來到舊廟外。

廟簷下倚牆立著一名黑紗女子，繡繡見了她，輕聲喚了句：「阿姐。」

黑紗女子別過臉看她一眼，抬手在唇上比了個噤聲的手勢，將她帶到廟外矮牆的簷下，問：「怎麼了？」

她的聲音出乎意料的年輕，似乎並不比繡繡大多少。

繡繡很快改了稱呼，說道：「江姑娘，阿翁讓我來問問您，看是要今夜留宿寺廟，明早跟著劉大哥他們過山驛進上溪，還是……還是辛苦一些，走附近的一條山徑小路，繞回上溪？」

黑紗女子聽了這話，沉默須臾：「上溪我不熟，你們的意思呢？」

她二人說起話來，彼此之間尚是疏遠，似乎剛認識沒幾天，並非什麼姐妹。

而事實的確如此，因這黑紗女子不是別人，正是青唯。

卻說青唯離開京城後，輾轉來到陵川。數日前，她在東安府逗留，遇到葉繡兒被一家富家公子刁難，於是出手相助。

事後，青唯為掩藏自己身分，假稱自己姓江名唯，是陵川崇陽縣人。她說她被家中人逼著嫁入東安一戶殷實人家，因這家的少爺是個混不吝，她被迫逃婚，想去閉塞的上溪躲上一陣。

葉繡兒正巧就是上溪人，她得青唯相救，於是決定暫以姐妹相稱，幫青唯掩藏身分，躲過「夫家」追蹤。

葉繡兒抬目看了眼滂沱的雨勢，說道：「我跟阿翁覺得，我們還是走小路繞回上溪最好，一來江姑娘說過，您的夫家認識官府的人，若您的行蹤被官府發現，指不定會告訴您夫家；二來……」葉繡兒猶豫了一下，「鬼神本就是以訛傳訛的邪說，我跟阿翁都不信的，眼下山驛那邊守著那麼多官差，進山出山要一個一個盤查，指不定要拖到什麼時候。我此番下山是幫家中女主子採買胭脂水粉的，她是個急脾氣，多等一日，往後都有我好受的。」

青唯頷首道：「那好，妳先回去睡，等後半夜，人都睡沉了，我們再離開不遲。」

葉繡兒問：「江姑娘不睡麼？」

青唯搖了搖頭。

她是朝廷海捕文書上的重犯，這半年來，她的畫像雖不至於張貼出來，但左驍衛擒她未果，捉拿她的文書包括她的人像畫必然傳到了各個地方衙門，孤身在外趕路，附近就有官差，比起小命，睡覺太奢侈了，倚牆閉目養半宿神即可。

青唯在牆根邊靠坐到了後半夜，確定廟中眾人都睡熟了，悄無聲息地進了廟中，拍醒葉繡兒與葉老伯，悄聲道：「我們走。」

山間的小徑是被人踩出來的，崎嶇難行，所幸到了後半夜，雨勢漸小，三人走了一個來時辰，望見不遠處星星點點的光亮，知道這就進縣城了。

葉繡兒驅著驢車，正欲朝那光亮走，青唯忽地覺得不對，眼下子時已過，山郊縣鎮，怎麼可能點著這麼多火把？

夜太暗了，雨絲如霧，她仔細看去，那些舉著火把的人個個身穿盔甲，更遠處還有一個臨時搭建的草棚——此處儼然是另一個關卡！

看這些官兵整頓有素的樣子，儼然像是朝廷派來的。

朝廷怎麼會派兵來這樣的地方？

青唯直覺不好，正欲調頭隱去山林間，正是這時，身後傳來雜亂的腳步聲，居然是劉大栓一行人。

葉繡兒一愣：「劉大哥，你……你們，怎麼到這裡來了？」

劉大栓責備道：「後半夜醒來，妳們兩姊妹和葉老伯都不在，叫大夥兒一通好找！」

還好這條山徑他也知道，一路循著驢車的蹤跡過來，眼下見到人，總算放心了。

說話間，幾名關卡的官兵也到了近前，青唯看清其中一人的臉，立刻隱去劉大栓一行人身後——這是左驍衛中郎將身邊的武衛，曾經在京城追捕過她！

武衛高舉火把，掠過眾人，寒聲問道：「你們是回鄉的上溪人？怎麼走這條路？」

劉大栓拱了拱手：「回官爺的話，草民等正是上溪人，因急趕著回家，山驛封路，所以走小徑回上溪。」他早年往來陵川各地，見過世面，稍稍一頓道：「敢問官爺，你們是京裡來的吧？上溪……這是出了什麼事麼，怎麼把京中官兵都驚動了？」

他這問武衛本可不答，但見他姿態恭謙，武衛想了想，言簡意賅道：「上溪又鬧匪患，我等繞道過來看看。」

青唯明白了。

今年初春，洗襟臺重建動工，朝廷從各軍司抽調兵馬發往陵川崇陽縣，是故武衛口中的繞道，不是從京裡繞道，而是從崇陽縣繞道至上溪。畢竟當年上溪的匪患是因洗襟臺坍塌而起，後來也是由朝廷出兵平定的。

只是撥來陵川的這一批官兵中，居然有左驍衛的人，不知是不是巧合。

眼下再逃已經來不及了，青唯只能跟隨著人群，由適才的武衛引著，到關卡處查驗身分。

「叫什麼？」

「姓江……江氏，家裡沒起大名。」

「籍貫？」

「陵川崇陽縣。」

「崇陽縣人？」草棚下，持筆的官兵不由抬目看向青唯，洗襟臺正是建在崇陽縣，「外鄉人？來上溪做什麼？」

一旁的葉繡兒看青唯一眼，幫忙答道：「官爺，她是我的表姐，來上溪投奔民女和阿翁。」

官兵點點頭，指了指青唯的帷帽：「摘了。」

黑紗之下，青唯也是易了容的，但她不能畫斑，只能將臉色塗得蠟黃，再撲上髒灰，饒是如此，見過她本人的左驍衛很容易認出她。

而此刻，那名左驍衛武衛正立在官兵身後，目如鷹隼地盯著她。

青唯低聲應說：「好。」似是不經意，扶上自己的左腕。

左腕布囊裡纏繞著的軟玉劍在這一刻積蓄足了力量。

今時不同往日，她已不再是海捕文書「死去」的溫氏女，她是朝廷的通緝重犯，任何一次露面，於她而言都是生死之危。

事已至此，只能一搏，青唯正要出手，這時，只聞馬蹄聲由遠及近，一名衙差翻身下馬，對左驍衛武衛稟道：「校尉大人，縣衙的人巡山時發現了『鬼影』，請您過去看看！」

那武衛臉色立刻一變，扔下一句：「去客舍請曲校尉到關卡來。」匆匆翻身上馬，打馬而去。

左驍衛一走，青唯暗自鬆了口氣，餘下官兵驗查過她的模樣，似乎並未發現異樣之處，很快放行。

上溪縣說是縣城，因占地廣，人家稀稀落落，看上去更像是一個大鎮。劉大栓離開關卡，聽是葉繡兒的家在城西靠山的地方，本欲相送他們，被葉繡兒謝絕了。

葉繡兒趕著驢車在夜中慢行，等到同路人都散了，這才對青唯道：「江姑娘，我此前沒對妳說實話。」

「我之前說，我和阿翁是一家大戶人家的下人。其實不是，我們是在城西莊子上伺候的，那莊子裡……住著的是，縣令大人的小夫人。」

青唯聽了這話，有點沒反應過來：「小夫人？」

她上一個聽說被人喚作小夫人的，還是京城高家的丫鬟惜霜。

不過話一出口，青唯就明白了，說白了就是當地縣令養在外頭的外室。

「江姑娘於我和阿翁有恩，我們本該為您另尋落腳處，不過……」小夫人的莊子說到底見不得光，葉繡兒覺得難以啟齒，「一時找不著地方，只能委屈江姑娘了。」

青唯卻覺得這莊子好。

眼下上溪鬧鬼，又生了命案，到處都是官兵搜查，她住去客棧未必能平安，若能藏身去縣令小夫人的莊子，倒是免了她一通麻煩。

「不委屈，倒是麻煩妳了。」青唯應道。

回到莊上已是丑時，天地最暗的時刻，莊上居然還點著燈火，似乎所有人都未安歇。葉繡兒的驢車在側門一停，立刻就有人來應門，來人喚作吳嬸兒，一見葉繡兒便埋怨道：「三更半夜的回來，仔細驚著小夫人。」說著，又打量青唯兩眼。

葉繡兒道：「這是我遠房表姐，過來投奔我，想在莊上謀個差事。」她問，「夫人還沒睡呢？」

然而這話一出，吳嬸兒卻諱莫如深地看她一眼，拋下一句：「出事了，妳自己去正屋裡瞧瞧吧。」

正屋裡亮著燈火，青唯跟著葉繡兒一到，只見屋子裡環立著七八名下人，當中有一身著綾羅繡衣的女子，手裡握著一條絹帕，正捂著胸口來回地走，似乎驚魂未定。

她生得其實好看，眉如新月，一雙吊梢眼媚中帶了點嗔，只可惜臉上的粉抹了大概有半寸厚，唇色過豔，倒像是檯子上的戲子似的。

一見葉繡兒，余菡疾步過來，抬指狠狠一點她的額頭：「死丫頭，半夜裡敲門，也不怕驚著妳家姑奶奶！」

說著，也上下打量青唯一眼，見她面色蠟黃發灰，儼然一臉病色，「嘖」一聲嫌棄道：「這誰啊，怎麼什麼人都往莊子上帶？」

「這是我遠房表姐，崇陽縣過來的，姓江。夫人不是嫌伺候您的人少麼，我在東安遇著她，好不容易才說動她到莊上來。」葉繡兒慣來伺候這位，熟知她的脾氣，一頓又道：「夫人，我這表姐會功夫，根底也乾淨，您可以打發人去查。」

余菡斜乜她一眼，一甩絹帕，扭身往正屋裡走，「查什麼根底，姑奶奶哪有這份閒心？罷了，妳帶回來的人，我信得過。」她在上首坐下，「左右是個會喘氣兒的就行，給這莊上添點活人氣。」

她把這話說完，適才被拍門聲驚擾的怒火也就壓下去了，可惜餘悸未退，她很快叮囑下人將正屋的門掩上，門閂插緊。

葉繡兒上前，提壺為佘菡斟了盞熱茶，「夫人，出了什麼事，您怎麼這麼晚不睡？」

佘菡沒接茶，往一旁掃一眼，示意葉繡兒將茶擱在几案上，隨後緊緊握住她的手腕，把她拉近，「我跟妳說，我適才──撞見鬼了！」

「撞見鬼了？」葉繡兒愣了愣，「在莊子上？」

「可不就是在莊子上麼！」佘菡甩開她的手，「那鬼殺人哩！」

佘菡貧賤戲子出身，得縣老爺看中，到莊上當了主子，但她這個主子，只有眾星拱月的驕縱，卻沒有高人一等的自覺。莊上幾個下人裡，她最信任的就是葉繡兒，這姑娘雖然年紀不大，樣貌也平平，勝在伶俐穩妥，所以她有什麼事，都愛交給她辦，有什麼話，也愛與她說。

葉繡兒勸道：「夫人莫要怕，上溪這幾年偶爾也鬧鬼，從不曾聽說鬼殺人，這雨夜風大，指不定是夫人看走眼，將樹影看成鬼影了呢。」

「怎麼不殺人？妳知道近日為什麼封山麼，就是鬼殺人！」佘菡的聲音尖細，「且妳知道死的是誰麼？家裡府上的綢綢！妳家小姐身邊的大丫鬟，殺人殺到了縣老爺邊上！」

佘菡口中的家裡，倒不是眼下這個莊子，而是上溪縣令的正經家裡。

縣令夫人不待見她，不允她進門，不妨礙她將縣令府當作自個兒家。

「死相可慘哩！肚子被剖開，腸子被扒出來，眼珠子也被挖走了，不是鬼做的是什麼！」佘菡道：「妳說這鬼，前腳去了家裡，後腳就來莊子上，祂是怎麼著，死盯著一戶下手麼？我這是招了誰！」

余菡目色裡驚懼交加，她已熬了半宿了，眼下腦子昏沉沉的，卻不敢睡，端起濃茶一口飲盡，示意葉繡兒再斟。

葉繡兒勸道：「夫人去睡吧，這麼坐著，難不成要等天亮麼？」

「等天亮怎麼著？我打的就是等天亮的主意，戲文裡都唱呢，『待天明，枯骨化盡，紅塵葬黃泉』，鬼怕大天亮，天陽下一曬，祂就化成氣兒了。」

余菡說著，看葉繡兒一眼，「罷了，妳趕了幾日路，先去睡會兒，帶妳這個表姐也去。」她盯著青唯，「我告訴妳，到了莊子上可不興偷懶，妳會功夫，今日歇好了，待明晚，妳可要守夜盯鬼的！」

莊上的屋子多，葉繡兒給青唯在正屋後的菜園子邊找了一間，說是莊上的下人都住在園子附近。

到了後院，青唯才發現這莊子並不能真正稱為莊子，莊中幾間屋舍零星分布，中間菜畦花圃錯落。看來此處早先是山腳下幾家散戶的住處，後來人去屋空，幾份地契被縣老爺一併買下，拆了屋宅間的籬柵欄，在最周邊修一圈牆，權且充作莊宅。

青唯冒雨趕了半宿的路，到了眼下，確實有些累了。

她洗漱完，和衣躺在榻上，卻有些睡不著。

鬧鬼的上溪、山徑外守著的朝廷官兵、還有莊子上驚魂未定的人們，都讓青唯覺得怪異。誠然不是因為這一點怪異，她也不會到上溪來。

卻說幾個月前，青唯離開京城，本來想去富庶的中州暫避，都走到半程了，卻忽然掉頭折往陵川，原因無他，只因她也意識到徐述白上京告御狀另有其因。

青唯到了陵川，先是在崇陽與東安兩地徘徊，反覆打聽徐述白與徐途二人的生平。徐述白就是一個清白書生，沒什麼好查的，反是徐途身上有一個疑點——洗襟臺修成之前，跟徐途頻繁接觸的人中有一個山匪，而這個山匪，正是上溪縣竹固山上的大當家。

外鄉人或許覺得這一點沒什麼好質疑的，徐途生意人麼，必然三教九流都有結交。然而到了陵川，親自體會到上溪的閉塞，才知其中蹊蹺。兼之洗襟臺塌，竹固山的山匪緊接著被剿，一個活口也不剩，青唯心中疑雲漸深，便生了來上溪的心思。

她在東安逗留了幾日，往來各家有上溪人常去的商鋪，挑中了葉繡兒與葉老伯接近。

為何接近這兩人？一是有富家公子刁難葉繡兒，便於她出手相助；其二麼，葉繡兒分明是來幫主子採買胭脂水粉的，可她買到貨物後，沒有立刻離開，而是頻繁地，甚至謹慎地出入幾間藥鋪，可見她有事瞞著她家主子。這麼一個人，行事會更加小心不提，萬一以後出事，青唯行跡敗露，也拿得住她的把柄，不怕她說出去。

只是……此刻讓青唯不安的，不是葉繡兒也不是余菡，甚至不是那些在上溪徘徊的朝廷官兵。

青唯不信鬼，在她心中，鬼神之說都乃無稽之談，可自從進入上溪，似乎處處都透著詭異——人人都覺得，這裡真的有鬼，人人都認為，真的是鬼在殺人，是鬼在作惡。

這一點實在太古怪了。

青唯閉上眼，將睡未睡時，屋外忽然傳來一聲刺耳的尖叫。

她陡然翻身坐起，循著尖叫聲繞過菜畦，正屋廊外，驚魂不定的余菡由三四個下人攙著，不斷地撫著胸口。更遠處的花圃邊立著葉繡兒與葉老伯幾人，葉繡兒鬢髮微亂，她手裡的風燈光亮太弱，神情瞧不清，只能聽見她的喘氣聲。

「怎麼了？」青唯問。

「……鬼。」好半晌，余菡身邊的一個小丫鬟答，「那鬼又來了……」

「豈止又來了！」余菡跺腳道：「祂還要殺人，祂要殺繡兒！」

青唯聞言，朝葉繡兒走近，「妳見到那鬼了？」

葉繡兒臉色蒼白，似乎說不出話，一旁的吳嬸兒道：「適才夫人要在正屋裡等天亮，繡兒幫夫人取褥子，剛到廊邊，就看到那鬼又來了，要掐繡兒的脖子。」

青唯聞言，朝葉繡兒的脖間一看，果然有一圈紅痕。

她又四下看去，「鬼呢？」

余菡抬手，往幾間屋舍後的荒院一指，「往、往那邊去了……」

似乎就為了證實她的說法似的，正是這時，荒院傳來一陣微弱的「沙沙」聲。

雨早已停了，周圍一點風也無，這樣寂靜的夜裡，莫名的「沙沙」聲讓院中所有人汗毛豎立。

青唯縱然不信鬼神，此刻心中也有些發緊。

余菡望向她：「妳……不是會功夫麼？那妳……會治鬼麼？」

青唯回頭看她一眼。

當年上溪山匪被剿殺後，鬧過一回鬼，那時人人都說那鬼是山匪的冤魂所化。而青唯來到上溪，就是為了查這些山匪，查那名與徐途有過往來的竹固山大當家。

眼下上溪有朝廷官兵，青唯不能逗留太久，她必須盡快確定當年山匪之死到底與洗襟臺有無關係。

是故哪怕整個上溪都透露著詭異，山匪的「冤魂」再現，她不能錯過這條線索。

青唯沒應聲，抬手拿過一名下人的風燈，一言不發地就往屋舍後荒院走去。

這莊子裡的人本來就少，加上雜役，統共只有七八個，眼下全都聚在正屋外不敢跟來，加之荒院常年無人打理，草木旺盛婆娑，盤桓在夜色裡，像張牙舞爪的鬼影，一點兒人氣也無。

青唯提著燈剛繞進荒院，適才的「沙沙」聲就停了。

四周靜得一點聲息也沒有，風燈的光圈出的幾尺光亮，似乎反倒把她暴露在重重鬼目之中。

青唯握著木柄的手稍緊了緊，微一思忖，沒有扔開風燈。

她屏住呼吸，一步一步往更深處走，算著自己與圍牆、屋舍、菜畦的距離，以便真出了意外避身躲藏。

正是這時，身旁的高槐下傳來一聲窸窣聲。

青唯立刻提燈往旁邊一照，一個虛虛的影一閃而過，除了荒草木，什麼都沒有。

青唯頓了頓，她相信自己的目力，確定自己絕沒有看錯。

她提著燈，朝虛影掠向的照去。

半丈之內除了荒草什麼都沒有。

然而當她把燈舉得再高一些，直至靠近院牆的地方——

只見一片昏色裡，有一隻穿著灰白長袍，長髮遮住半張臉的「鬼」靜靜立著，他的目光掩藏在髮絲間，正目不轉睛地盯著她。

見青唯望來，幾乎是一瞬之間，那「鬼」便消失在了這片微弱的光亮裡。

青唯愣了一下。

適才一瞬雖然極為短暫，她確定自己看到了鬼的影子。

這鬼不是鬼，是人！

下一刻，青唯立即循著鬼遁去的方向追去。

雨已停了，月色十分明亮，鬼翻牆而出，逃跑的速度極快，幾乎要與有功夫在身的青唯不相上下，青唯原本緊隨其後，無奈她對上溪太過陌生，漸漸還是被鬼落下一段距離。

上溪說大也大，說小——因為四面環山，城鎮統共也就那麼一丁點地方。這鬼不知在忌憚什麼，並不敢貿然進山，見甩不掉青唯，他一咬牙，竟是往出城的山間小徑狂奔。他並不知道那小徑外已設了嚴查關卡，待看到前方隱隱有亮光，他才猛地剎住腳。

時機正好，青唯正欲上前擒住鬼，就在這時，身後傳來橐橐的馬蹄聲，青唯立刻隱去暗處，朝後一看，竟是一輛馬車正朝關卡這邊駛來。

與此同時，那鬼飛身往道邊一撲，避去山道另一側。

他晚了一步，馬車的光亮捕捉到他轉瞬即逝的身影。

「什麼人——」車前當即有人喝問。

山道靜極了，青唯不敢動，那鬼似乎也不敢動。

藉著車前的燈籠，青唯看清驅車人穿著的鎖子甲——朝廷的官兵。

官兵將馬車停下，拎著風燈往這處照了照，沒照著人。他下了馬車，欲往山道搜尋，這時，車簾被人一掀，一個不耐的聲音道：「幹什麼啊，怎麼不走了？」

青唯一愣，這聲音，怎麼聽著這麼耳熟。

她朝馬車望去，燈籠映照下，掀簾人圓臉圓眼，一副紈褲公子哥模樣，不是曲茂又是誰。

此前她過關卡，聽那左驍衛吩咐喚曲校尉過來輪值，沒承想這曲校尉還真是曲茂。

官兵稟道：「回校尉大人的話，屬下適才瞧見山間掠過一道虛影，恐是官府要捉拿的凶鬼，想過去查探一番。」

「凶……凶鬼？」曲茂一聽這話，聲音就發起虛來，「可、可適才你們不是傳話說，那鬼影在竹固山麼？」

竹固山在城西，離這二三十里呢，怎麼這鬼一會兒在山上，一會兒在山外，總不至於上溪有兩隻鬼？

「正是因為不確定，屬下才想過去看看。」

與曲茂說話的官兵是左驍衛的人，除他以外，馬車後還跟著曲茂幾名護衛。

深山老林鬧鬼城鎮，曲茂身邊少一個人都不願意，但他沒辦法，他跟左驍衛那名姓伍的校尉被調過來，就是為了捉鬼的，只有早日捉到鬼，他才能早日脫身。

也不知道為什麼，這倒楣催的差事，怎麼就落到他頭上了呢？他爹也不幫他說說話。

曲茂嚥了口唾沫：「那、那你去看看吧。」

「哎——」官兵剛走了沒幾步，曲茂又喚住他，「那個關卡，是不是就在前面不遠了？」

「是，順著這條道直走，前面有光亮的地方便是，適才伍校尉離開，縣令大人應該已到關卡輪值了。」

曲茂「哦」一聲，隨便點了身邊一名護衛，「你去關卡找他們縣老爺，讓他多派幾個兵過來接我。」

官兵漸漸逼近，在適才虛影消失的地方停下。

若是從白日高空看去，官兵的兩側都有人。

青唯避身於左側一個草垛子後，那隻鬼正蜷身於右側山道草木間。

鬼的位子並不好，稍一動，足下的碎枝就會發出聲響，是以直至此時，他都未曾挪動半寸。

官兵記得虛影消失的方向，他沒有思考，很快朝山道邊的草木林裡尋去。

下一刻，山間一個灰影忽然暴起，張手成爪，直直襲向官兵的脖頸，官兵心中一突，立刻後撤，無奈這鬼動作太凌厲，剎那間便將官兵襲倒在地。

曲茂身邊幾個護衛見狀，急忙趕來幫忙，然而鬼襲倒官兵後，一刻也沒有逗留，很快往林間逃去。

不多時，縣令得聞此間異狀，也帶著官差們趕來了。

這縣令看上去近不惑之齡，身形乾瘦，蓄著一對八字鬍，身邊還跟著一名慈眉善目的師爺。

師爺檢查了官兵的傷勢，看是不重，吩咐隨行的官差去追鬼，縣令提著袍來到馬車前，對曲茂拱了拱手：「五爺，您受驚了。」

曲茂的確受驚了。

他癱坐在馬車前，額上細汗淋漓，張了幾次口，沒能說出句完整的話來：「找、找幾個人……保護我。你們這地方，到處都是鬼。我……那關卡，我不守了……回客棧。」

「這……」縣令十分為難。

山徑外的關卡是伍校尉親自設下的，因幾日前，有人走這條捷徑入城，隨後便消失得無影無蹤。伍校尉於是明令示下，這關卡只由他和曲校尉輪班看守，其餘人概不能插手。

眼下伍校尉趕去竹固山了，曲校尉又撂挑子不幹了，這關卡難道要棄守一夜麼？

不過話又說回來，任誰不知道曲茂官職雖不高，可他爹是當朝堂堂三品侯爺，縣令哪敢得罪了他，當即道：「曲校尉受驚，是該回去歇著，這關卡，不如就由在下幫校尉守著。」

說著，讓人送曲茂回客棧去了。

待青唯回到莊子，天已大亮了。

余菡這會兒睏勁兒早過去了，聽人叩門，帶著一干丫鬟僕從迎到屋門口，就見青唯隻身朝正屋這裡走來。

余菡驚訝極了，拈著手帕指她：「妳……妳沒被那鬼害死啊？」

青唯沒應這話，逕自進了屋中坐下，「有水嗎？」

余菡點點頭，忙讓繡兒給青唯斟上水。

青唯連吃了兩盞，才說：「我把那『鬼』追丟了。」

這話出，一屋子的人面面相覷。

昨晚他們聽到荒院有異動，猜到青唯遇著鬼了，誰也不敢過去幫忙。今早鼓足勇氣到荒院一看，只見青唯的風燈掉落在地，人消失無蹤，還當是她被鬼捲跑了。沒想到，不是鬼捲她，是她追鬼。

常人看到鬼都是跑的，哪有直接追上去的？

真是人不可貌相，這姑娘膽也忒大了！

余菡矮下身去看青唯，問：「妳真瞧見那鬼了？」

青唯點了下頭，將茶盞往手邊擱了，「灰袍，長髮，瞧不清臉，應該是男的，但個頭不高，和我差不多。」

余菡一愣，當即拍手：「是了是了，就是這一隻，我這幾日在莊上瞧見的，就是這隻老鬼！」

青唯聽得「老鬼」二字，一時又想起昨晚曲茂說山上還另出現過鬼影，不由問道：「你們上溪，是不是不只一隻鬼？」

除了「老鬼」，還有「新鬼」。

「是啊。」余菡道：「本來是只有一隻的，就是妳昨晚看到的那個。但最近也不知道為什麼，另來了兩隻鬼。一隻是最近常出現在山裡的，穿著紅衣的鬼，另一隻前幾日來的，他們管他叫做『鬼公子』，聽說邪乎得很哩，眼下我們夜裡都不敢出門呢。」余菡說著，又遺憾道：「不出門，鬼還找上門來！妳說昨晚找上門來的，怎麼是灰的這個呢，要是那『鬼公子』，我就是死在他手裡也甘願啊！」

青唯聽余菡說完，有點糊塗了。

怎麼這麼多鬼？

她問：「那鬼殺人又是怎麼回事？」

余菡這個人有點我行我素，這幾年又被縣老爺慣壞了，不是你問什麼她就答什麼的，但青唯不一樣，她敢追鬼，她就佩服她！

余菡笑咪咪的，「廚房裡有蜜餞兒，妳吃不吃，我叫人去拿？」

青唯搖了搖頭。

余菡瞪她一眼，高聲吩咐：「繡兒，去拿蜜餞兒。」說完她一甩絹帕，扭身往正屋外走，「跟我過來，我從頭到尾地說給妳聽。」

「這事兒呀，得從頭說起。」

到了自己屋裡，余菡往妝奩前一坐，語氣唱戲似的，拖著長長的調子。

「上溪這地兒呢，山多，閉塞，早年是很窮的，大夥兒吃不飽、穿不暖，走投無路了，怎麼辦呢？難保就要落草為寇。當時上溪出了這麼個人，他叫耿常。他年少時父母早亡，靠著小偷小摸混日子，咸和年間，世道不是亂麼，他就跟上溪那些日子過不下去的人說，只要大夥兒願意跟他上山，他保管大夥兒今後餓不著。」

當時還真有不少人信了他，跟著他，先將竹固山那些七零八落的匪寨逐一吞併，然後在山上建起自己的寨子，時日一久，漸漸成了氣候。

「這個耿常，打的是劫富濟貧的旗號。在最困苦的時候，什麼叫劫富濟貧呢？就是有餘糧的人家就搶。但他有一點好，講究萬事留一線，搶了別人，多少還給人留一點口糧，且他腦子好使，後來到了昭化年間，日子好了起來，他就不幹這種營生了，他從劫人，變成了劫道。」

竹固山的位子好，山腳下，有條商家鏢局常走的路段。耿常帶人劫道，倒也不把事情做絕，最初搶貨物，跟過路商家熟一些了，就收點路錢，待更熟一些了，偶爾他還會大手一揮，說這回路錢就免了。

余菡道：「人吶，都是賤胚子！一開始他搶你貨物，你恨他恨得牙癢癢，後來他不搶貨物了，說給你行方便，收點銀子當路錢就好，你便覺得他沒那麼討厭了，到再後來，他偶爾免你的路錢，還說什麼『這回的路錢，權當洒家給你們買酒了』，什麼『出來做營生都不容易，今兒你們打這道上過，洒家只當沒瞧見』，你就會覺得他非但不壞，還是大好人一個！」

加之耿常為人豪爽，與誰相交都分外投契，久而久之，他非但沒被這些過道商賈恨上，反而還跟陵川一帶的不少商賈結下交情。

陵川匪患由來已久，今日滅了東山頭，明日還有西山頭，簡直就像山上荒草，野火燒不盡，春風吹又生。

是以像竹固山耿常這樣的，官府也就睜一隻眼閉一隻眼。

而朝廷真正下令剿除匪患是什麼時候呢？

是昭化十二年。

昭化十二年初，朝廷決定修築洗襟臺。因昭化帝格外看重這座樓臺，這在當時，儼然是當朝第一要務。洗襟臺修在陵川，朝廷自然要剿當地的匪。

不過剿匪雖是「剿」，並不是指誅殺。

昭化帝是個勵精圖治的盛世君主，對敵手腕鐵血，治世堪稱柔仁。

所以朝廷的意思還是以勸服為主。

「規勸能起什麼作用？」余菡對鏡摘下一對耳環，回身看著青唯，「咱們這位縣老爺，跟那竹固山的耿常可熟了，那會兒我還沒嫁給這冤家做小，有幾次，我們戲班子被請去山上唱戲，我還見他來吃酒呢。讓他勸耿常？只怕耿常三兩杯酒就能把他堵回去。」

青唯問：「那時竹固山的縣令，就是眼下這位？」

「是呀。」余菡道：「這麼窮的地方，誰愛來當官？只有我這冤家。」

後來是什麼時候出的事？

余菡記不大清了，只記得洗襟臺塌了以後，整個陵川都亂了，朝廷大軍入駐，匪患四起，恍惚間像是又回到咸和年間的離亂日子，甚至就連閉塞的上溪也人心惶惶。

「上溪雖然窮，背靠大山好吃飯，不是沒有商戶的。後來有一天，有家姓蔣的商人著急忙慌地跑去縣衙告狀——他們家做什麼買賣來著……我忘了——總之他們說，他們運去東安的二十多箱貨物，到了竹固山山腳，被耿常帶人劫了，且那耿常不但劫了貨，還殺了他們的人！」

青唯聽到這裡，蹙眉道：「妳不是說這耿常做事留一線，不害人性命麼？」

「是呀，所以這事才離奇麼。」余菡道：「不過事有例外，山匪就是匪，妳還指望著他們都能像那柏楊山的岳氏？匪要立住腳跟，多少都得傷人，當時亂成那樣，殺幾個人麼，也是有可能的。」

「官府將信將疑，剛想查，」余菡雙手一攤，「又出事了。」

耿常有個義弟，叫寇喚山，是竹固山的二當家。蔣姓商人報官還沒一日，這個寇喚山也帶著十數山匪下了山，一連劫了三戶人家，也殺了人。

這樣的事一而再，官府自然不能坐視不理，加之朝廷早就說要剿匪，洗襟臺修建期間，已派有官兵駐守山外，縣老爺見死了人，唯恐再生亂，快馬將事由稟給了幾十里外的駐軍將領。

將領於是連夜帶著官兵趕到，上山剿匪。

「殺得可狠哩！半夜都能聽到鬼哭狼嚎，有住得近的，膽兒大的，半夜把頭探出窗去望，說整座竹固山都是紅的，血染紅的！」

耿常雖然在竹固山上吃得開，他手下左不過數百人，都是草寇，怎麼能跟訓練有素的朝廷官兵較量。

從蔣姓商人報官，到二當家下山劫戶，再到縣衙將案子報給駐軍，最後到駐軍趕來，統共也就一日光景。

一日過後，天亮了，竹固山上便再也沒有山匪了。

「人殺乾淨，屍身堆在一起，跟寨子一起燒了。」余菡道：「事情發生得太突然，大夥兒都懵了，有人還可憐起那些山匪。不過官府說了，山匪可憐，那些因山匪死去的人不可憐麼？他們已經犯下了殺孽，以後行事會更加肆無忌憚，縣城裡這麼多人，難道要日日活在提心吊膽之中，隨時隨地等著被作惡的山匪害死？官府不是沒給過這些匪賊機會的。我後來想了想，覺得官府說得也有道理。」

「……我覺得有道理，旁人未必覺得有道理。朝廷官兵撤去不久，竹固山就鬧鬼了。就妳昨夜去追的那隻灰袍，縣上的人都說，他是竹固山死去山匪的冤魂，還有個說法——」余菡說到這裡，壓低聲音，以手掩唇地對青唯道：「有人說啊，竹固山山匪的死，其實和洗襟臺有關。」

青唯心底一緊，「為何有這樣的說法？」

「不知道。照我猜呀——」余菡的聲音神神祕祕，「是洗襟臺下的人死得太冤了，想要回魂，就得拉人間的生魂來替代，所以朝廷殺了這些作惡的賊匪，就是想讓閻王爺改一改生死簿，以命換命，讓洗襟臺下的那些重回陽間呢。」

青唯：「……」

算了，她是真的不知道。

「哎妳知道麼？」余菡樂道：「我能嫁給縣老爺，還虧得朝廷剿殺這些山匪呢。山匪沒了，戲班子生意也少了，人太多養不活，當家的就打算把我賣了。結果妳猜怎麼著？早在耿常請戲班子上山唱戲，縣老爺就瞧上我了。這冤家，聽說我要被賣，火急火燎地拿著銀子來給我贖身。他夫人瞧不上我，不讓我進門，他就給我找了這宅子，還把繡兒發來伺候我。」

她說著，恍然意識到什麼，一撫額梢：「哎呀，扯遠了。我這人除了唱戲，就愛說點兒話，我們該說什麼來著？鬼殺人。妳怎麼不提醒我？」

青唯道：「沒事，妳接著說。」

「適才說到哪兒了？哦，縣上鬧鬼。自從鬧了那灰袍鬼，那官府鐵定得抓呀，可是呢，沒抓著。」

青唯的眉心不著痕跡的一蹙，「沒抓著？」那鬼分明是人，怎麼會抓不著？

「祂消失了。官兵山上山下能搜的地方都搜過了，就是找不著。」余菡道：「鬼麼，又不是自由身，都是給閻王爺當差的，指不定閻王爺有差使，把祂們招回去，等事兒辦完了，又能回到老地方轉悠。所以這幾年，這鬼也不是完全消失，出現過幾回，每回都是在墳頭附近，就妳瞧見的那個灰影，一下子就不見了。」

青唯道：「既然這幾年都是同一隻灰鬼，眼下上溪怎麼這麼多鬼呢？」

「這我就不知道了。可能是地府改朝換代了，眼下這個閻王是個庸碌的，不愛辦正事，把今年鬼節提早了吧？」余菡又說，「鬼節提早了，鬼不就都出來了麼。上溪這地兒，冤魂聚集，本來就招鬼，也就半個月前，有好幾個人到官府報案，說在山中撞見了鬼，一身紅衣，樣子可嚇人哩，接著不到一日，縣上就死人了，死相太慘，都說是鬼殺的。還有那個鬼公子——」

余菡湊近，悄聲問：「我聽繡兒說，你們回上溪，走的是山裡的那條捷徑吧？妳知道那捷徑的關卡是怎麼設下的麼？」

青唯沒答，等著她往下說。

「大概幾日前，上溪有人回鄉，為了趕時辰，走了山間的捷徑，半道上遇到一個公子。跟他打聽進上溪的路。這個公子，怎麼說呢？雖說拿帽紗遮著臉，聽說單看身姿，單聽聲音，那簡直是天人下凡，整個人間尋不著第二個了。他予了鄉人點銀錢，請他帶他進上溪，鄉人自是應了，誰知剛走出那條山徑，一個轉身的工夫，這公子便消失得無影無蹤，鄉人再找不著了，妳說這事奇不奇？鄉人也覺得奇！他回到家，聽聞上溪近日鬧鬼，愈想愈不安生，隔日就到官府報了官，說夜裡在山間遇到了一名鬼公子，轉眼就不見了。官府就是接了鄉人的報官，才在捷徑外另設關卡的。」

青唯問：「這事妳怎麼知道的？」

余菡得意洋洋，「我那冤家告訴我的。我那冤家的夫人是隻母老虎，他成日在府裡憋得慌，有什麼話，就愛與我說。」

余菡說到這裡，再次遺憾道：「昨晚找上門來的，怎麼不是那鬼公子呢？妳說，他會不會不是鬼，是狐妖化的，不然他怎麼遮著臉呢？聽說狐妖的眼瞳與常人不一樣，一眼就能瞧出異樣，看得久了，還能攝人魂魄，能陷進去，被他迷得五迷三道。要真是鬼公子，我就把我那冤家踹了，今夜敞著門，撩著床簾等他來！」

青唯聽完余菡的話，若有所思。

照這麼看，上溪這幾年出沒的只有一隻鬼，餘下的無論紅衣鬼還是鬼公子，都是最近一月出現的。

尤其是那紅衣鬼，祂出現以後，朝廷的官兵就到了，竹固山也封了山。

這整樁事，倒像一個有意為之的局。

追本溯源，癥結應該就在她昨晚見過的灰袍鬼身上。

青唯覺得自己有必要再見這隻灰袍鬼一面。

從洗襟臺塌，到山匪被剿，再到他的出現，冥冥之中一定有緣由。

眼下正值辰初，青唯這邊低頭思索，那邊余菡便好奇地盯著她看。晨光鮮亮，青唯的膚色雖然暗沉發黃，膚質其實很好，在日色下堪稱潤澤，五官像是畫師畫出來的，乍一看秀麗，細看去，才發現每一筆都耐人尋味，尤其是那雙眼，眸子乾淨得像用春水洗過似的。

余菡不禁道：「昨兒怎麼沒發現，妳還挺好看的。」又問，「哎，妳嫁人了麼？我聽繡兒說，妳其實許過人家，可惜不登對，夫家待妳也不好，所以妳自己跑了？」

青唯聽了這話，沒吭聲。

她這張臉在官府有通緝畫像，不慣被人這麼盯著看。

她很快起身：「夫人一夜未睡，眼下想必累了，我也去歇一會兒，養足精神夜裡幫夫人盯鬼。」

余菡聽她這麼說，一時間果真睏意來襲，揮了揮手：「去吧去吧。」

青唯洗漱完，回到屋中，在榻前坐下。

她已經很倦了，卻沒有立刻睡，心中不知怎麼，想起余菡適才問她的話。

——「哎，妳嫁人了麼？」

——「我聽繡兒說，妳許過人家，不登對，夫家對妳不好，自己跑了。」

陵川這裡的姑娘嫁人都早，她要是連人家都沒許過，說不過去，她遇到繡兒時，假稱自己是逃婚出來的，繡兒用同樣的說法應付余菡，這沒什麼。

何況她也不算騙人。

她應該……算是許過人家。

他們身分天差地別，的確不登對。

後來她走了，甚至來不及跟他道別。

都是真的，除了對她不好這一點。

離開京城後，青唯其實輾轉打聽過京裡的事。何鴻雲死在牢獄，何家很快被降罪，何拾青雖仍領中書令的銜，已久不居朝野之上。瘟疫案告破，朝廷沒有遲疑，立即將洗襟臺替換木料的真相告昭天下，在各地士人之間引起軒然大波。及至今年開春，朝廷一紙令下，決定重建洗襟臺，召集工匠，並派張遠岫、章庭等人前往督工，才平息士人之怒。

這麼多消息裡，有關小昭王的只有一條，說他為查清何氏罪狀不辭辛勞，以至舊疾復發，開春至今都在宮中養病。

青唯知道他病了，深冬她闖深宮遇到他，他已是一臉病色。

其實在離開京城的很長一段日子裡，青唯夜裡總是難以入眠，她反覆想起在江家的短暫時光，除了最初相互試探的日子，她一直能睡得穩妥，到後來，甚至連辰陽舊事都不入夢了，而今再度漂泊，日日枕戈待旦。

回憶無用，青唯從不是個拖泥帶水的人。

隨著離京城愈來愈遠，在江家的時光，便如辰陽故居一樣，變得如夢一樣，她很快再度適應這種沒有根的日子，往來奔走，十分俐落。

第二十四章　捉鬼

青唯是被一陣急促的腳步聲吵醒的。

外間天陽大亮，已近正午了，奴僕們都在往前院趕，似乎正屋那邊來了人，急著過去伺候。

青唯寄居莊上，不敢怠慢，匆匆起了身，等她趕到前院，還沒進正屋，就聽裡頭傳來嬌嗔一聲：「真是冤家！」

正屋裡除了余菡，上首還坐著一個蓄著八字鬍，穿著官袍的男子，正是青唯昨晚見過的縣令孫誼年。

青唯駐足在門口，她沒做過下人，見葉繡兒已在裡間伺候，不知該不該進去，所幸余菡已經看到她了，跟她招招手：「哎，妳進來。」

余菡有些得意地對孫誼年道：「這是我昨兒剛招的，還會功夫哩，你瞧瞧，可人不？」

孫誼年粗略地掃了青唯一眼，沒怎麼在意。余菡是在戲班子裡長大的，自小身邊就熱熱鬧鬧的，來了莊子上，她嫌人丁單薄，總琢磨著給自己招人，是故莊上除了葉繡兒祖孫與吳嬸，其餘都是她自己僱的。

見孫誼年沒接這茬兒，余菡提起壺，為他把茶水滿上，嬌聲細氣地說：「來都來了，午間這頓就提早在這兒用吧，前幾天他們捉了條肥魚，我叫人養在水缸裡，就等著你來。」

孫誼年卻擺擺手：「魚留著妳自己吃吧，衙門裡忙，我待不了多久。」

余菡聽了這話，不高興了。她扭身在側首坐下，「老爺往常有差事，不都交給秦師爺辦麼？眼下好不容易來了，卻拿衙門忙來敷衍，分明是故意冷落人家！」

孫誼年道：「往常是往常，近日能跟往常比麼？那個曲——」

話未說完，他似是意識到什麼，擺了擺手，對周遭侍立的人道：「你們都下去吧。」

青唯出了正屋，沒有立刻離開。

孫誼年適才提到「曲」，指的應該是曲茂。朝廷官兵來上溪這事蹊蹺，如果有線索，她不能錯過。

她趁人不注意，躍上正屋屋頂，藉著屋後大樹掩藏住自己身形，悄無聲息地揭開一片瓦。

「……妳是不知道這曲五爺有多難伺候。他來了，我給他在府上安排得好好兒的，他住了幾日，忽然不住了，說我府上死了人，他害怕，硬要搬去客棧。綢綢是在家裡死的嗎？她分明死在外頭！東邊客棧他住得不滿意，要搬去西邊，西邊住了兩日，又說吵，非要把城中的雲去樓包下。那麼大一個雲去樓，他一個人住，倒是住舒坦了，可眼下城中鬧鬼呢！官府要捉鬼，這兩日得在城中布置，妳道我有什麼差事？我得去雲去樓一趟，勸他明晚前從那客棧裡搬出來！」孫誼年負著手，一邊來回踱步，一邊抱怨道。

余菡道：「奇了，他住他的客棧，官府捉官府的鬼，非要他搬出來做什麼？」

孫誼年道：「這是衙門的事，跟妳無關。」

余菡心道怎麼無關，昨晚那灰袍鬼可是在她莊子荒院出現了。

這事他一來，她就跟他提過，但他似乎覺得這只是意外，當耳旁風過去了。

她於是另起了個話頭：「我聽說那曲五爺可是京中的貴公子，爹是當朝軍侯，還認得官家！」

孫誼年聽她語氣裡有嚮往之意，冷哼一聲：「是認得，那又怎麼樣？等妳見了他就知道了，凡夫俗子一個！」

他說著，覺得留得夠久了，站起身往外走，「妳不是說昨晚在莊上瞧見鬼了麼？我帶了幾個衙差來給妳守莊子。外面捉鬼呢，這兩日妳跟妳府上的下人甭管聽到什麼動靜，都不許出去。」

余菡聽了這話，擋在屋門前把孫誼年攔下，「你什麼意思？你這是要禁我的足？」

她的語氣本來著惱，到末了，瞧見孫誼年面色不悅，猜到他是吃那句「貴公子」的味，臉上跟變天兒似的，先時陰，一下子就晴了。她捏著手帕，手指在他心口一點，柔聲細氣地說：「冤家，你禁我足，好歹給點好處呀？我這麼苦等著你來，你也不多留一會兒。」

孫誼年就吃她這一套，當下骨頭軟了三分，回屋坐下：「禁妳的足，也是為了妳著想，等到捉起鬼來，誰知外頭有多亂呢？」他嘆一聲，「是有幾日不見了，好吧，我就再留一會兒。」

余菡聽了這話，喜上眉梢。屋門掩著，屋裡也沒旁人，她扭身過去，逕自往他腿上一坐，蹬掉繡鞋，拿淨襪去蹭他，在他耳畔悄聲道：「一會兒是多久一會兒呀？」

孫誼年受不了她這樣，稍一頓，撩開她的衣擺，把她往自己身上摁。

余菡被他的鬍鬚蹭得發癢，笑說：「適才還說要走，冤家，怎麼不走了？」

孫誼年不管了，「衙門裡還有秦師爺守著，讓他去跟那姓曲的打交道！左右衙門那檔子事，他比我熟。」

余菡笑得更歡了：「什麼髒活累活你都交給他幹，也不怕累壞了他！」她說著，忽地推開孫誼年些許，「我知道了，你知道我喜歡俊俏的哥兒，這幾日捉鬼，你叫衙差守著莊子，是擔心我跟那鬼公子互通有無吧？」

她望著孫誼年，笑盈盈的，眼波如水，嗔道：「冤家，我心裡只有你！」

孫誼年一時間覺得俗世紛擾皆可拋卻，只願溺在情海裡，喘氣撲了上去。

青唯伏在房頂上，本想再聽一聽官府究竟打算如何擒下灰袍鬼，可到末了，屋子裡只剩綿綿密密的喘息聲，無奈之下，只得將瓦片遮回，躍下屋簷。

紅塵浪裡翻雲覆雨一番，再在美人懷裡睡足一小會兒，孫誼年饜足地繫緊褲帶，神清氣爽地往外走。

暮色四合，剛到莊門口，孫誼年便看到一個穿著長袍，清瘦儒雅的身影，正是秦師爺。

暮春入夏的時節，雖然是傍晚，天兒還有有點熱，秦師爺似乎剛到不久，正拿著帕子拭額汗，孫誼年見他如此，多少有點愧疚，「咳」了一聲，「過來了？」

秦師爺一聽這聲，連忙走過來，一臉愧色地道：「大人，景山沒能勸動曲校尉，校尉他說什麼都要住在雲去樓。」

「為何沒勸動？」孫誼年疑道。

昨晚在山道，曲茂分明被那灰袍鬼嚇得魂飛魄散，怎麼眼下一回客棧，又成了天不怕地不怕的混不吝了呢？

整個縣城都在鬧鬼，難不成那雲去樓還有佛光普照？

孫誼年上了馬車：「我去看看。」

余菡的莊子雖在城郊，上溪統共就那麼大，去城裡也快，孫誼年很快到了雲去樓，樓外守著的官兵見是縣令，沒攔。

整個雲去樓都被曲茂包下了，一樓住官兵，他獨一人住在二層。二層屋外，另兩個官兵在門前把守。

曲茂剛打發走秦師爺，不知孫縣令緊接著就到，是以沒防備。

他在屋中來回踱步，跟桌前坐著的另一人道：「我跟你說，這個上溪實在太古怪了，我覺得他們讓我搬去縣令府上，這話還是得聽，你是不知道，昨晚在山道上——」

桌前坐著的人不等他說完，修長的手指豎在唇間，做了個噤聲的手勢，眸光微微一動，往屋門掃去。

片刻，屋外果然傳來清晰的腳步聲，縣令一邊上樓一邊喚：「曲校尉，曲校尉？」

孫誼年走到樓梯拐角，被曲茂屋前的護衛攔下，「縣令大人且稍候。」

好一會兒，曲茂的聲音才從屋門裡傳出來：「又有什麼事啊？」

孫誼年的語氣十分客氣：「是這樣，敝人聽說曲校尉不願搬出雲去樓，特來問問緣由。」

他隔著半截樓梯和一道門與曲茂說話，有點費嗓子，解釋了一通，等了良久，那屋裡才傳出「哦」一聲。

片刻，門開了，曲茂立在屋門口整整袍衫，往一樓走，「下去說。」

「在下已讓秦師爺回衙門請伍校尉與邱護衛了。」到了一樓，孫誼年給曲茂斟上茶，小心翼翼地看他臉色，「捉鬼這計畫，是他二人擬定的，還是讓他們來跟曲校尉解釋更好。」

秦師爺此前已來當過一回說客，孫誼年生怕再來一回，曲茂會不快，沒想到這位爺非但不怪罪，看上去還挺耐心的。

沒過一會兒，秦師爺就把伍校尉、邱護衛請到了。

伍校尉就是左驍衛的校尉。

朝廷重建洗襟臺，從各軍衙抽調百人衛隊派往陵川，左驍衛的百人隊由伍聰率領，巡檢司的就由曲茂率領。

各衛隊加在一起，統共五千餘人，這樣的兵力對洗襟臺來說綽綽有餘，正好上溪這邊缺人捉「鬼」，曲茂與左驍衛這兩支就被調了過來。

曲茂是個四體不勤的公子哥，半年下來沒甚長進，曲不惟擔心他應付不了差事，從下頭提了一個能幹的護衛跟著他，就是眼下過來的邱茗。曲茂也沒有愧對自己紈褲公子的名聲，到了上溪，雙手一攤，除了偶爾守一守關卡，捉鬼的差事全交給邱茗奔波。

幾人一到，伍校尉先一步問道：「在下聽秦師爺說，曲校尉想知道明晚捉鬼的布置？」

曲茂點了點頭，回憶了一下適才屋中人教自己的話：「你們讓我搬出去，多少得有個說法，此前孫大人提到要在雲去樓附近捉鬼，這鬼到底怎麼捉，誰來捉，難道連個章程都沒有？」

他難得關心一回公務，幾人聽了這話俱是一怔。

伍校尉也不含糊，在桌上攤開一張上溪縣的地圖，地圖上三個黑圈，曲茂定睛一看，圈出的全是藥鋪子。

「眼下城裡的鬼中，紅衣鬼、灰袍鬼出沒最為頻繁，曲校尉如果還記得，這兩處，」伍校尉點了點地圖上兩間藥鋪，「就是此前灰袍鬼出現過的地方。在下這幾日與邱護衛、孫大人多番查證，發現一個疑點——灰袍鬼每回出現，都是藥鋪採買回藥材的後一日，在下由此推斷，這灰袍鬼，或許是在找某一味藥材，又或是祂會被某一種藥香所吸引。」

伍校尉的手指在地圖上平移，移到離雲去樓最近的月禾藥鋪，敲了敲，「如果在下的推斷沒錯，這間鋪子採買了同樣的藥材，應該就是灰袍鬼下一個出現的地方。」

曲茂道：「我明白了，所以你們讓這間藥鋪也採買藥材，引那鬼過來？」

「曲校尉說得正是。」伍校尉頷首，「只是引鬼的法子簡單，捉鬼卻很難。一來，我們都是凡夫俗子，誰也沒捉過鬼，只能倚仗道士；二來，眼下我們捉的只是灰鬼，紅鬼尚無法緝拿，鎮上已出現了『鬼殺人』事件，常言道請神容易送神難，誰也不知道把鬼招來，這事到最後是好是壞。」

「敝人請校尉回敝府上住也是這個理。」孫誼年接過伍校尉的話頭，勸說曲茂，「這間月禾藥鋪離雲去樓實在太近，若到時真招了鬼，只怕憑幾個護衛難以保護校尉，此其一；其二，月禾藥鋪只是其中一個捉鬼的地點，為防鬼逃脫，附近各個街口還得埋伏官兵，縣衙目下想徵用雲去樓，作為調度指派的點，可如果曲校尉住在這裡……」孫誼年遲疑了一下，「總不大方便……」

曲茂聽他二人說完，嚥了一口唾沫。

其實早在秦師爺第一次來勸他時，他就動搖了。

雲去樓說到底就是一家客棧，冷冷清清的，哪比得上縣令府人氣旺呢？

可縣令府上什麼都好，只有一點，藏不了人。

曲茂的餘光掃了二樓一眼，再度回憶了一下屋中人教自己的話，對孫誼年道：「不行，你府上我不去住，我好歹是當朝堂堂七品校尉，哦，你們都去捉鬼逞英雄了，叫我躲去你家，這叫什麼道理？」

他清了清嗓子，手指在地圖上一點，「這樣，我搬去縣衙。」

「縣衙？」其餘幾人面面相覷。

地方衙門可不比京裡，十分簡陋，曲校尉堂堂侯府公子，哪裡住得慣？

曲茂大言不慚道：「我搬去縣衙有兩個好處，其一，明晚捉鬼，臨時有什麼調度，你們方便請示我；其二，縣衙與月禾藥鋪隔著兩條街，後面就是城隍廟，那一帶鬼從不敢去，我聽說你們明晚捉鬼的道士，就是從城隍廟請的。」

他說著，看向孫誼年四人，「我搬去縣衙，你們應不應？不應我就繼續住雲去樓了。」

他把話說到這個分上，旁人哪有不應的餘地？

邱護衛道：「既然校尉大人心意已決，我等自然遵從。」

一時話畢，孫誼年幾人衙門還有差事，匆匆辭去了，伍校尉在樓門口略停了停：「曲校尉，借一步說話。」

「敢問曲校尉，前夜山外關卡有祖孫三人走小徑回上溪，校尉可派人去查過了？」伍聰把曲茂引至一旁，問道。

曲茂「啊」了一聲，「哪三個人啊？」

那晚走小徑回上溪的，不是一大批人麼？

「是一戶葉姓人家，老翁葉紡，孫女葉氏，還有跟他們一同回鄉的表姐江氏。」伍聽道。

當夜山間出現鬼影，他被臨時叫去了城東，臨走喚曲茂過來輪班，聽說這位爺半夜起不來身，到關卡的時候，那批鄉人早就回家了。

「我後來讓身邊的人傳話，請校尉查一下這三人，尤其是那表姐江氏，她是個外鄉人，不知為何居然在這個時候來上溪，不知道這事校尉辦了沒？」

他這麼一說，曲茂想起來了。

今早的確有個官差找他，說什麼那夜回上溪的鄉人裡，只有三個人是自發走山徑，其餘的都是為找他們而來，且這三個人一看到山徑外有官兵，躊躇不前，行為十分可疑。

曲茂道：「哦……就是那幾個在城郊一個什麼莊子裡當差的下人吧？我還沒查呢，這差事這麼著急麼？」

伍聽看著他，沒吭聲。

這種時候城裡來了外人，著不著急您說呢？

葉氏三人在縣令小夫人身邊當差，他讓曲茂去查，是盼著他能動用曲侯的關係，繞過縣衙這一層，直接以軍衙的名義調戶籍，眼下看曲茂這一副不上心的樣兒，罷了，就不該指望他。

伍聽道：「不著急，曲校尉若有別的要務要忙，這差事還是在下去辦吧。」

曲茂應付完伍聰，回到房中，天已黑盡了。

二樓的天字號房左右各有隔間，眼下兩個隔間的門都敞著，屋中除了先才坐著的公子，又多出兩個穿黑衣的。

曲茂見怪不怪，立在窗前看伍聰走遠了，回到屋內，「殿下，祖宗！求您了，明兒一早就搬吧？」

屋裡坐著的公子青衫玉帶，手持竹扇，正是謝容與。

而他身邊侍立的兩個黑衣人曲茂也十分熟悉，一個是朝天，另一個乃玄鷹司鴞部校尉章祿之。

謝容與聽了這話，不置可否，手中竹扇緩緩敲擊著掌心：「他們怎麼說？同意去縣衙了？」

「同意了，怎麼能不同意啊？」曲茂道。

就上樓這麼一會兒工夫，他已在心裡盤算明白了。

「這縣城鬧鬼鬧成這樣，再不捉，指不定還要死更多人，就此前縣令府上的那個綢綢，那死相，聽著都讓人膽寒！您讓我死乞白賴地住在這兒，不就是為了臨了臨了，讓他們在縣衙騰屋子給咱們住嗎？眼下他們終於應下了，咱們明兒就搬吧。」

謝容與究竟是怎麼到上溪的，曲茂也說不清。

數日前，他在孫誼年府上住得好好的，有天夜裡回房，他忽然就出現在他房裡了。

他說他是為查案而來的，讓曲茂幫忙裡外瞞著。

要不是為了這個，曲茂才不來這個勞什子的客棧呢，東邊西邊住了兩回，這個雲去樓，寒磣得跟什麼似的，和京裡的東來順會雲廬，根本沒法比！

謝容與聽了這話，不置可否，卻問：「適才左驍衛的伍聰留下，與你說什麼？」

「誰知道呢。」曲茂道：「他好像想查那個孫縣令的家裡人，不大方便，找我幫忙，我問他急不急，他又說不急，不急我就不管了唄。」

謝容與「嗯」一聲，又問了問明晚捉鬼的布置，最後道：「行，明早搬，今夜早點睡。」

曲茂見他終於應下，長舒一口氣。

他在京當了二十餘年的公子哥，從來沒幹過這樣的苦差事，吃不好睡不好，夜半被拎起來還是其次，要命的是得時時提著心，出門防鬼，回屋防人，眼下總算能睡個好覺，來不及洗漱，往床榻上一倒，不出一會兒就鼾聲如雷。

朝天隔著竹扉聽了一陣，確定曲茂已睡熟，回到對面隔間掩上門。

章祿之性子急，立刻就問：「虞侯，明日我們可要將計就計，擒住那灰鬼？」

謝容與問：「城隍廟已布置好了？」

「布置好了。」章祿之道：「我們的人早已潛進廟中，只要那灰鬼發現月禾藥鋪有異，必然往相反的方向逃，一旦他到城隍廟附近，我們立刻先下手為強。」

這小半年時間，無論是玄鷹司還是謝容與都沒閒著。

他們順著當年與徐途往來的竹固山山匪往下查，發現一條重要線索——竹固山山匪之死，極有可能與洗襟臺有關，而這幾年徘徊在上溪的灰鬼，很可能就是山匪中唯一的倖存人。

謝容與吩咐道：「朝天，明晚縣衙在月禾藥鋪布好局後，你一定要在灰鬼被引過來前，在藥鋪附近製造混亂。」

「是。」

「章祿之，你帶上兩人，在縣衙附近巡視，一旦灰鬼被逼至城隍廟附近，按照計畫，把他擒住。」

「是！」

謝容道：「明晚我們若能生擒灰鬼最好，若不能，哪怕把他放了，絕不可讓他落入除我們以外第三個人的手裡，包括縣衙與朝廷官兵。切記，我要的是活口。」

朝天與章祿之同時揖下：「殿下放心，我等謹記在心。」

翌日傍晚，城郊莊園。

「怎麼樣，找著了嗎？」

余菡在正屋裡來回踱步，一見吳嬸兒進來，急忙上去問道。

吳嬸兒道：「沒有，前院、後院、各個屋裡都找過了，連人影都沒瞧見。」

余菡聽了這話，緊捏絹帕狠狠一跺腳：「這個繡兒真是，怎麼偏生這時不見了！就是要買胭脂，也不必趕著今日出去，那冤家又不是日日都來，我這臉，一日不塗有什麼要緊！」

今日一早，葉繡兒伺候余菡起身，不慎將她的胭脂盒給摔壞了，繡兒內疚得很，提了好幾回要出門買一盒作賠，余菡雖不快，但也沒與她計較，哪裡知道繡兒這倔脾氣，竟偷溜著出去了。

今夜捉鬼，外頭不安生得很，莊子外也有官兵守著呢！

不多時，青唯也從荒院回來了，她遞給余菡一個貝殼做的珠串，「老槐下撿到的，繡兒應該是鑽荒院牆根下的狗洞溜出去的。」

那狗洞小，也只有葉繡兒這樣瘦弱的身軀能往外鑽。

余菡一看那珠串，不是繡兒的又是誰的？她更急了，在側首坐下，又坐不住，倏地站起身，「罷了！我去跟莊口的衙差說，讓他們去告訴老爺，叫老爺派兵把這死丫頭逮回來！」

一旁的葉老伯一聽這話，杵著拐連走幾步，將余菡攔住：「算了，妳去跟官兵多什麼嘴，仔細老爺知道了這事，不讓繡兒伺候妳了，怎麼辦？」

余菡聽了這話卻惱了，捏著手帕指著他：「那可是你的親孫女兒，今夜外頭鬧鬼，姑奶奶這麼著急找她，你卻不急！我告訴你，她要出了事，我可不收屍！」

屋子裡沒外人，余菡與葉老伯你一言我一語地吵著，青唯看了眼天色，這麼一會兒工夫，太陽已快落到山下頭去了。

其實葉繡兒的異樣，青唯昨晚就覺察到了。

昨天孫誼年一走，繡兒見莊門口站了衙差，接連打聽了兩回能否出莊，今早她摔壞余菡的胭脂盒，不知是不是故意的。

外面要捉鬼。

青唯心中很是不安。自從余菡跟她說了竹固山耿常的事蹟後，她懷疑當年山匪之死，與坍塌的洗襟臺有關，而種種線索表明，這幾年在上溪遊蕩的灰袍鬼，也許就是山匪的唯一倖存。

青唯很想出去看看，可是一來，她不知道官府的計畫，擔心誤中陷阱；二來，她是逃犯，除非確定此行能取得重要線索，任何一次露面，於她而言都是生死博弈。

余菡嘴毒，吵到末了，激得葉老伯心裡頭一團火，他連連拄杖，「一個小丫頭片子，不過溜出去這麼一會兒，小夫人就要咒她死，還說糟老頭子不心疼她！」葉老伯狠狠一嘆，逕自往屋門走，「罷了，老奴親自出去找，等把這丫頭片子揪回來，小夫人要打要罰，看著辦吧！」

「你去！你且快去！」余菡的嗓子又尖又細，「我可告訴你，那山裡頭的鬼都是冤鬼！冤鬼到人間來，那是要跟人索命的，前晚繡兒剛被那灰鬼掐了脖子，你們是一個也不長記性！

眼下好了，上趕著送命去，快些去，大不了姑奶奶多備兩口棺材！」

葉老伯回過頭來：「什麼冤鬼索命！小夫人要咒我們爺孫死在外頭就直說！」

余菡插著腰，冷聲說：「這話我還真不是咒你，消息真真兒的，只有我知道！鬼是冤鬼，死是枉死，當年竹固山山匪被殺，裡頭另有內情！潑天的血從上溪這麼巴掌大的地方滲進十八層地獄，整個閻羅殿裡擠滿的都是冤魂，你現在出去，就是要從這血上淌過去，神仙下凡都救不了你！」

她戲班子出身，吊高了嗓子說這鬼鬼神神，一字一句都冷進人骨子裡，外間暮色侵入，屋中幾人聽她說完，全都息了聲，連葉老伯都啞了嗓子沒敢挪步子。

半晌，還是青唯問：「什麼內情？」

此前余菡提起竹固山山匪，可沒提他們是冤死的。

余菡意識到自己說漏嘴了，一甩帕子在側邊的椅子坐下，「你們別管，反正，是我那冤家告訴我的。」

然而她這句話並不能搪塞屋中幾人。

竹固山山匪之死，對外人來說，只是朝廷的一次剿匪，可對土生土長的上溪人來說，他們中，有些人的親人、故友，也許就死在那次剿匪中。

屋中靜悄悄的，眾人都等著余菡往下說。

余菡也憋不住，她環顧周遭，伺候的丫鬟、吳嬸兒、葉老伯，除了一個江唯，都是自家人，江唯是繡兒她表姐，也算半個自家人。

罷了，又不是什麼了不起的祕密。

余菡不打算瞞著了，「我從前不是跟你們說，洗襟臺下的人死的太冤了，所以朝廷殺了山匪，想要以命換命，請閻王爺改一改生死簿，讓洗襟臺那些士子們重回陽間麼？」

青唯點了一下頭，這話她記得。

「這話可不是空穴來風，是我那冤家早幾年告訴我的。」余菡道：「昨兒那冤家不是來瞧我麼？我聽說外頭要捉鬼，就順道問了問這事，結果你們猜怎麼著！」

其實余菡問起這事，也就圖個新鮮好奇，然而孫誼年情到濃時，什麼都顧不得了，聽余菡這麼一問，他就把什麼都說了。

余菡問：「當年朝廷建洗襟臺，在各地遴選士子登臺，這事你們知道麼？」

這事沒人不知道。

余菡接著問：「那你們可知道，咱們上溪，也有讀書人被選中登臺了？」

這話出，眾人面面相覷，半晌，還是吳嬸兒道：「這事我好像聽說過，是不是……一個商戶的兒子？」

「正是了！」余菡合掌一拍，「登上洗襟臺，這是多大的榮光？每個地方的名額就那麼些個，要是家中有人被選中登臺，那可是祖墳上冒了青煙，要敲鑼打鼓擺宴慶賀的！可咱們上溪，就這麼悄沒聲的出了個登臺士子，你們說這事奇不奇？還有更奇的呢！你們道那士子姓什麼，他姓蔣！」

青唯聽到這個蔣姓，心中詫異不已。

她剛跟余菡打聽了竹固山山匪的事，記憶清晰得很——當年洗襟臺塌，山匪之所以被剿，乃是因為有人向官府揭發他們截取貨物殺害平民。而頭一個將山匪告到官府的，就是一戶姓蔣的商家。

吳嬸兒也想起來了，「城東頭有個做買賣的蔣家，前幾年他們家大兒子死了，後來都不怎麼跟外人來往。敢情他們家大兒子，是死在洗襟臺下了？」

青唯道：「這戶蔣家人，就是當年把竹固山山匪告到官府的的蔣家人？」

余菡捏著帕子指她：「妳可問到點子上了！昨兒老爺跟我提起這事，我也是這麼問的。」

彼時孫誼年剛從余菡身上下來，敞著袍子饜足地躺在地上，聽余菡這麼問，他直勾勾地看著頂梁，哼笑一聲：「這個蔣家，誰知道他們說的是不是實話呢？那耿常擅結交，講義氣，當年那些常在竹固山下往來的商家，哪個跟他不是拜把子的兄弟？洗襟臺坍塌前，蔣家老爺還上山跟他吃過幾回酒呢，結果洗襟臺一塌，蔣家人翻臉不認人，轉頭就把耿常告到官府了。他說耿常劫了他的貨物，殺了他的家丁，其實官府根本沒找到切實證據。不過呢，他家兒子死在洗襟臺下了麼。洗襟臺塌，這在當時跟天塌了似的，連先帝爺都親自到了陵川來，所以官府對這些傷亡的士子家眷，難免偏聽偏信一些，加上後來竹固山的二當家下山作亂是真的，縣衙就去稟了駐在附近的官兵……」

孫誼年說到這裡，連聲音都飄忽起來，「沒請誅殺，真的，只是請他們幫忙管管。不知道為什麼，黑壓壓的官兵一夜之間就來了，我到現在都記得耿常當時死不瞑目的眼，他好像在告訴我，他是冤枉的……」

青唯聽完余菡的轉述，心中愈來愈沉。

蔣家人的兒子被遴選登洗襟臺，徐述白當年也被選上登洗襟臺。

洗襟臺修成前，蔣家人常上竹固山吃酒，徐途在生前，也與耿常往來甚密。

兩個登臺士子的家人，都跟竹固山的大當家有交情。

青唯雖不確定這些線索都指向什麼，但她知道，蔣徐二家這幾個雷同的地方，絕不可能是巧合。

她眼下幾乎可以確定，竹固山山匪之死，確實與洗襟臺坍塌有關。

她來上溪，沒有來錯地方。

余菡道：「眼下你們知道了吧，今夜官府要捉的鬼，那可都是冤鬼厲鬼，一旦繡兒撞見祂們，有命回來必然是路上遇到了菩薩，可這深更半夜的，哪這麼多菩薩！不說了，吳嬸兒，妳這就把繡兒失蹤的事告訴門口的官差，讓他們去找，回頭老爺要罰——」余菡狠一咬牙，「活該她挨板子！」

吳嬸兒「哎」一聲，還沒走到門口，青唯道：「我出去找她。」

余菡一愣：「妳說什麼？」

青唯話說出口，心思也定了，「我適才在荒院附近仔細看過，腳印很新，她應該剛出去不久，我腳程快，我出去找她，一個時辰內，必定能把她尋回來。」

言罷，她不等余菡答應，離開正屋，逕自回了後院自己的屋舍。

余菡跟屋中幾人面面相覷，片刻跟到青唯屋舍前，「妳找她？天這麼黑，妳怎麼找她啊？」

青唯很快從屋裡出來，她換了一身男裝，茂密的長髮束成髻，腕間還搭著個黑衣斗篷，「我有我的辦法。」

余菡不是不信她，那日灰鬼出現，這個江唯非但去追了，隔日一早還能平平安安回來，是個有本事的人。她能去找繡兒最好了，她把她找回來，繡兒非但不用受罰，等這封山的禁令一解，還能立刻去東安府幫她挑新到的布匹和首飾，繡兒的眼光，她最信得過。

余菡又問：「門口守著官差，妳怎麼出去啊？」

青唯將斗篷罩在身上，只道是沒有稱手的兵器，勾手將門前掛著的桃木劍摘下，壓低帽檐往荒院走，扔下一句：「翻牆。」

天還沒全黑，但暮色已經很濃了。

青唯藉著風燈的光，在荒道上辨認葉繡兒的腳印。

其實她此番出來，並不是為了葉繡兒，而是為了灰鬼。

官府布下天羅地網要擒他，青唯不知道他能不能逃脫，一旦他被捕獲甚至擒殺，那麼她好不容易找到的線索就斷了。

青唯並不盼著今晚就能從灰鬼嘴裡套出山匪之死的真相，只要阻止官府擒住他，一切就能從長計議。

雖然冒險，但很值得。

莊子後的山道只有一條，繡兒的足跡在道上一直有跡可循，上溪除去環立的深山，統共就那麼一丁點地方，青唯循著葉繡兒的蹤跡，不多時就到了城中。

上溪近日設了宵禁，到了這個時辰，許多鋪子都摘牌關張了，街上靜悄悄的，青唯唯恐引來巡邏的官兵，扔了風燈，躍上一處屋頂，朝四下望去。

這裡是城中偏西的地方，縣衙就在不遠處。

葉繡兒出來前，自稱是摔壞了余菡的胭脂，心裡愧疚，不買盒胭脂回去，她沒法交差。青唯很快找到胭脂鋪子，躍下屋簷，尚未靠近，果然看到葉繡兒拎著一個竹籃，從鋪子裡出來。

青唯想了想，沒有立刻上前，而是放輕步子，悄無聲息地跟了上去。

天已經很暗了，天上雲層蓄積，胭脂鋪子一關，街上又少一盞燈火。

葉繡兒的風燈在夜色裡明明滅滅，她沒有立刻回莊子，而是往相反的方向走去。

這裡是上溪城中地帶，青唯適才在高處觀察過，縣衙在西側，如果往東走，樓舍比較密集，上溪的客棧與大商鋪大多在那裡。

葉繡兒哪兒也沒去，在街口的一株老槐前停住步子。她四下看去，見是無人，在地上撿了塊石頭，俯身在樹皮上刻了幾道印記。她看上去古怪極了，似乎整個人都鬼森森的。

葉繡兒刻完印記，從一旁的竹籃裡取出一個香囊，想要掛在樹上。她似乎想要將它掛高一些，無奈個頭矮，原地跳了幾次，才搆著一條高枝。

一時傳來梆子聲，對街巡邏的腳步漸近了，葉繡兒匆匆將香囊繫好，提起竹籃，剛走了沒幾步，身後傳來一聲：「站住。」

兩名官兵舉著火把走近，「妳是哪家的，怎麼這個時辰還在街上，不知道城裡近日宵禁麼？」

葉繡兒神色赧然：「官爺，草民是城西莊子上伺候的下人，家裡的女主子姓余，今早主子的胭脂匣摔了，打發草民出來買一個。」她說著，似乎想證明自己的話不假，從竹籃子取出胭脂給官差看。

城西莊子，女主子姓余，除了孫縣令那位外室，還能是誰？

兩名官差對視一眼，打發葉繡兒，「買好了別磨蹭，趕緊回去，近日城中鬧鬼沒聽說麼？」

葉繡兒連聲應是，很快順著街口離開了。

等到繡兒與官差都走了，青唯從暗巷繞出，來到槐樹前，仔細辨別葉繡兒適才刻下的印記。

印記非字非圖，兩橫一折，有點像指引方向。

立在槐樹下，青唯聞到一股異香，她皺了皺眉，縱身將高枝上繫著的香囊拽下一聞，異香果真是從這香囊裡傳出來的。

青唯不明所以，略一思索，將香囊繫回原處。

天際雲團未散，夜色並不明朗，青唯不知該上哪兒去找那灰鬼，想了想，仍是躍上附近一處屋簷，決定在高處再觀察觀察形勢。

只這麼一會兒工夫，四下裡更暗了，街上除了有例行巡邏的官差，唯一有動靜的地方就是兩條街外的藥鋪。

這間藥鋪似乎剛採買了藥材，掌櫃的一邊拿帕子拭著額汗，一邊指使著廝役們把藥材一簍一簍地往藥倉裡抬。

青唯趴著的這處視野並不好，只能瞧見廝役們把藥材從鋪子側門抬入，天井後的藥倉被更高的屋舍遮住，她望不見了。

青唯直覺這間藥鋪怪異，心中正思索緣由，忽然間，背後一陣惡寒。

她驀地轉頭看去，只見適才空無一人的老槐上，眼下正伏著一道灰影。他的四肢如獸一般，蓄勢待發地撐在枝椏上，瞳孔掩藏在髮絲間，充滿敵意地盯著她。

正是那隻灰鬼！

青唯一愣，她不知這灰鬼是如何出現的，這麼乍然與他對上，饒是膽大如她，身上也竄起一股涼意。

夜風送來陣陣異香，青唯的目光移向灰鬼的左手，他手心裡握著的，不是繡兒此前留下的香囊又是什麼？

青唯似有所悟，正要開口，只聽這時，不遠處的藥鋪忽然一人尖叫：「鬼啊——」

「鬼、鬼來了——」

藥籃子翻倒在地，幾名正搬藥材的廝役連滾帶爬地從藥倉裡逃出來。

尖叫聲如鳴鏑刺破夜空，月禾藥鋪周圍，一瞬間燈火齊亮，各街巡視的官兵立時往藥鋪奔去，連帶著附近的民舍也有人驚醒。

青唯怔了怔，灰鬼分明藏在老槐上，眼下出現在藥鋪的鬼又是誰？

然而她還沒來得及仔細思索，下一刻，灰鬼也意識到了前方的危險，飛身竄下樹，往相反的方向逃去。

青唯今夜出來就是為找這灰鬼，見他逃竄，毫不遲疑追了上去。

兩人此前有過一回追逃，青唯沒追上他，並不是因為他速度快，而是因為他對上溪更加熟悉。

這會兒兩人均被拘在這城裡作困獸之鬥，青唯藉著輕功，在樓簷間縱躍，很快跟上了他。

灰鬼眼下只能往縣衙的方向逃，只是縣衙並非安全之所，隔街捉鬼，縣衙裡燈火通明，青唯在高處，甚至能看見近街巡視的官兵。

不過，如果從小巷繞行，縣衙背後的城隍廟倒像可以藏身。

灰鬼似乎也做如此打算，一個閃身入了小巷。

青唯也欲落身小巷中，正這時，她忽然聽到奔馬聲。她回頭一看，也是奇了，藥鋪那邊捉鬼，眼下官兵都是從縣衙往藥鋪那邊去，左驍衛的伍聰卻獨自帶著一列官兵，往城隍廟這裡狂奔而來。

城中統共就幾條街巷，步行恐怕要些時候，如果走馬，幾乎能即達各處。

左驍衛轉瞬即至，灰鬼尚沒反應過來，剛竄出小巷，瞬間就暴露在了左驍衛的燈火裡，伍聰高喝：「什麼人？！」

灰鬼立刻退回小巷。

此刻的小巷已不如剛才安全了，聽到伍聰的高喝，縣衙很快也有官兵從小巷的另一頭尋進來。

青唯在高處看得一清二楚，如果灰鬼再往前走，必然是進退維谷。

她立即從屋簷上躍下，一把捉住灰鬼的肩：「跟我來！」

縣衙後方鬧得沸反盈天，縣衙側門外，有一輛馬車卻靜靜停著，似乎外間的一切紛爭都與它無關。

不多時巷子口出現一名衙役，他左右一看，見是無人，迅速來到馬車前，低聲道：「虞侯，不好了。」

此人正是假扮衙役的章祿之。

馬車裡沒有動靜，章祿之繼續道：「適才不知為何，朝天還沒把藥鋪附近的官差引走，灰鬼就往縣衙這邊來了，他被趕來的左驍衛發現，適才忽然消失在了巷子中。」

謝容與聽了這話，竹扇將車簾一挑，「消失？怎麼消失的？」

「說不清。適才左驍衛分明瞧見祂往巷子裡躲了，眼下縣衙衙差與左驍衛把巷子搜了個遍，卻沒找著祂。」章祿之道：「還有左驍衛，他們來得也很古怪，朝天扮鬼在藥鋪那頭出現，左驍衛本該被朝天引走，那個伍聰忽然接到消息，說適才縣令府上的什麼人在街上出現了，不管不顧就帶著人往這邊找來了。」

謝容與聽了這話，想起昨日曲茂也提過，伍聰似乎想查孫縣令家裡的什麼人。照這麼看，伍聰過來應該不是為查鬼，而是為查人。

謝容與問：「眼下左驍衛來了多少人？」

「大概三四十人，加上縣衙的官兵，統共有近百人，人數遠在玄鷹司之上。」城隍廟裡的玄鷹衛，統共只有十來人，章祿之道：「就算那伍聰不是為了灰鬼而來，可他見了灰鬼，必定是要抓的，虞侯，我們眼下該怎麼辦？」

玄鷹司潛藏在上溪的人數終究太少了，灰鬼的蹤跡已經暴露，十有八九會被擒住。當年竹固山的山匪就是被滅口的，如果灰鬼當真是山匪遺餘，眼下上溪必定有不少人想滅灰鬼的口，因此謝容與一定要做唯一擒住灰鬼的人，否則他的一切布置將功虧一簣。

他朝縣衙背後的深巷看了一眼，那處四面屋樓林立，不過片刻，官兵幾乎增了一倍，火把的光將四下照得如白晝一般。這樣的重重搜索下，哪怕灰鬼有本事逃出小巷，也必然會被封鎖在這四方街巷中。

他必然就在附近，跑不了。

謝容與當機立斷：「你立刻放信號給朝天，讓他引著追他的官兵往這邊來。」

幾方官兵目的不一，撞在一起，必然會混亂。

他們人少，渾水摸魚，才有勝算。

章祿之立刻道：「是。」

第二十五章　別走

青唯挾住灰鬼躲在草棚子下，看著門隙外，搜尋的官兵來來去去。

這裡是縣衙後的馬廄，正所謂最危險的地方就是最安全的地方，適才青唯眼看灰鬼就要被擒住，千鈞一髮之計，帶他從縣衙的後門掠進了馬廄。

可惜附近搜尋的官兵突增了一倍，黑夜被火把照得如白晝一般，她不能再上房頂，是哪兒也不能去了。

馬廄的馬早就被牽走了，身邊傳來粗重的喘息聲。灰鬼在害怕，他似乎十分抗拒與生人接觸，眼下被青唯制住，整個身軀幾乎是僵直的。

青唯藉著門隙外時時掠過的燈火，發現這灰鬼並非面目猙獰，而是一個模樣年輕，身形瘦弱的少年。

她壓低聲音問：「你是竹固山的山匪嗎？」

灰鬼根本不應她，聽她問話，瞪著她的目光更加凶狠，呲牙發出「嘶——嘶——」聲，似乎下一刻就要襲向她。

青唯冷聲提醒：「引來官兵你我都會沒命！」

灰鬼竟像是聽得懂人言，青唯這話一出，他猶豫了一下，閉了嘴，只是目光依舊不善。

青唯本想跟他打聽打聽竹固山山匪之死的真相，然而今夜明顯不是好時機，她於是不再理會灰鬼，獨自想逃出生天的辦法。

上溪就是這點不好，太閉塞了，困在這麼巴掌大的地方，周圍全是官兵，簡直叫天天不應，叫地地不靈。

自然她也可以先行逃走引開官兵，可那些官兵並不知道她在這裡，便是瞧見她，自多分些兵力追捕她，不可能放棄搜查灰鬼。

怎麼才能讓官兵放棄搜查灰鬼呢？

這時，馬廄外忽然傳來巡邏官兵的聲音：「縣衙重新搜了嗎？」

「還沒有？」

「怎麼搞的？立刻派人搜查縣衙，那灰鬼狡猾得很，難保他不會藏進去。柴房、馬廄，任何一處都不能放過！」

青唯聽了這話，心中驀地一緊。

形勢急轉直下，困守此處已是畫地為牢，如果被左驍衛發現，灰鬼還好說，她這個重犯只怕是第一個把命交出去的。

搜尋官兵的腳步聲在木扉外響起，青唯的目光落在灰鬼身上，靈光忽地一現！

是了，她跟灰鬼的身高一樣，身形也差不多，且她今夜為防被官兵認出，穿的是男裝，斗篷下也是一身粗布袍子，如果就地在地上一滾，八成跟灰鬼身上的灰袍差不多。

無論如何，一個遇險總比兩個都死強！

青唯一念及此，當機立斷，她將髮髻鬆開，撥了幾縷到面頰，將斗篷與桃木劍一併塞到灰鬼手裡，寒聲道：「記住了，你欠我一個人情。」

說著，轉眼間掠去馬廄，逼近門扉，在官兵們推門而入的一刻，飛一般搶了出去。

夜間燈火徹亮，四方巷口都是前來追堵的官兵。

突圍還不是最難的，難的是她眼下不能用太多功夫，一旦她的身手暴露，官兵們發現她是假的灰鬼，掉頭又回縣衙，她真是賠了夫人又折兵。

好在她被一群官兵追捕已不是一回兩回了，逃命堪稱熟手，數月前，她在京城被左驍衛百餘精兵圍捕，形勢比眼下還危急百倍。

青唯臨危不亂，出得縣衙，迅速分析形勢。上溪是山城，這裡的馬匹應該很少，適才躲在馬廄，為數不多的馬早就被牽走了，因此眼下左驍衛輕騎座下，應該就是上溪幾乎所有的馬。

沒有什麼能比馬快，只要她搶到馬，就能在官兵放箭前，以最快速度逃走。

青唯想到此，當即朝離她最近的一名官兵奔去。她將身法提到極致，幾乎成一道鬼影，以至那名官兵甚至沒能反應過來，就被青唯奪去了腰間的刀。青唯得了刀，立刻掉頭朝離她最近的左驍衛輕騎襲去。

眾人都被她這東奔西顧的逃法攪得一頭霧水，一時間連伍聰都停止了調度。

其實青唯的目的很簡單，搶兵器奪馬而已。

只是人搶馬容易想到，青唯眼下是灰鬼，鬼會搶馬，這就有些離奇了。

青唯尚未逼近左驍衛輕騎，正是這時，只聽一聲鳴鏑衝上天空，夜空中驀地炸開一團斑斕的華彩。

說時遲那時快，眼前的左驍衛分神之際，青唯已掠到近前，一刀斬去他手裡的轡繩，逕自攀上馬，策馬狂奔而逃。

鳴鏑不知是誰放的，但這一聲鳴鏑提醒了青唯——眼下在上溪，混亂的不只縣衙這裡，幾條街外的藥鋪，也有官兵在捉鬼。

上溪一共三隻鬼。

眼下灰鬼是她，那麼那邊的官兵追的不是紅衣鬼就是鬼公子。

青唯立刻有了決策，雙腿一夾馬肚，朝藥鋪那邊奔去。

既然這些官兵都是想捉鬼，那麼紅鬼灰鬼，捉哪隻不是一樣的捉麼？眼下她有馬，紅鬼沒馬，把官兵們都引向紅鬼那處，等他們都去捉紅鬼了，她就反其道而行之，趁亂往竹固山跑。

青唯還沒到藥鋪，只見對街居然掠過來一道紅衣身影。

正是那紅衣鬼。

青唯一愣，定睛一看，這紅衣鬼的面頰也被青絲遮著，額前束著一根血色額帶，單看身形，一點鬼氣沒有，在燈色映照下，顯得人高馬大。

他二人身後都是追兵，青唯不想理會紅衣鬼，驅馬繞開他欲逃，沒想到紅衣鬼不打算放過她，就在她掠過他身邊的一刻，他勾手揪住馬鬃，翻身就要上她的馬。

青唯反應很快，紅衣鬼上來的一剎，她的身姿如一隻輕盈的飛鳥，除了左手還握著轡繩，整個身體幾乎騰空而起，藉著紅衣鬼上馬的這股氣勢，借力打力，把他狠狠往馬下踹去。

紅衣鬼也靈活，雖然被青唯踹到了馬下，握著馬鬃的手卻不放，足尖在地上微微一頓，再度飛身而上。

兩人在馬上纏鬥一番，倒是給四周追捕的官兵可乘之機，左驍衛輕騎很快趕了上來，兩側亦有衙差持刀襲來。

青唯與紅衣鬼也不含糊，同時逼退衙差，正以為危機化解，下一刻，她忽然聽到張弓搭弦的聲音。

原來是左驍衛輕騎為了逼她下馬，已讓縣衙從兵械庫裡調來長弓了。

青唯見勢不好，一咬牙，只能對跟她搶馬的紅衣鬼下了狠手。

握著長刀的手腕一抖，刀刃錚錚出鞘，青唯挽刀如月，逕自襲向紅衣鬼的脖間，紅衣鬼一愣，閃身退避，正是他這一退避，給了青唯可乘之機，青唯當即握住他的右腕反手一折，抬腳再度將他踹下馬去。

紅衣鬼雖然被青唯扔下了馬，可這匹馬到底不能再騎了——馬背上目標太大，左驍衛訓練有素，要取她的命，太容易了。

好在竹固山山口的關卡已近在眼前，今夜城中捉鬼，上山口反倒少了許多人把守。就在利箭離弦的一刻，青唯勒轉馬頭，棄馬而下，手中長刀在馬背狠一扎刺，任馬匹瘋了一般，朝後方左驍衛輕騎奔去。

輕騎一時間被瘋馬攔住，可適才被青唯扔下馬的紅衣鬼卻陷入官兵的圍捕，正是這時，長街巷口一輛馬車疾馳而來，到得近前，馬車內坐著的人掀開簾，朝紅衣鬼伸出手：「上來！」

紅衣鬼就勢而起，借力一下躍進馬車，對著車中的人喚了聲：「公子。」

這紅衣鬼不是別人，正是朝天。

謝容與藉著車外火色看他一眼，見他嘴角擦破，腕間似乎有瘀傷：「怎麼回事？」

「公子，屬下無能，沒擒住那灰鬼，這灰鬼路子太野了，把我惡打了一通，直接踹下馬，屬下都來不及跟他交涉！」

謝容與愣了一下：「你都不是他的對手？」

「不知道，總之他招招下狠手制我，公子說要生擒他，我也不敢以牙還牙，一來二去十分吃虧。」

謝容與聽了這話，沒多說什麼，他朝後看了一眼，此前被瘋馬衝亂的左驍衛已重新追上來了。

他此番用的馬車是曲茂的，半個時辰前，章祿之已以玄鷹司的名義去縣衙請曲茂往這邊趕了。

可單憑一個曲茂，未必能攔住這些心思各異的官兵，如果讓官兵追上來，與他一起擒捕灰鬼，那麼更不妥——除了自己以外，他不能讓這麼重要的證人落在任何人手裡。

再者說，今夜的這隻灰鬼……謝容與不知為何，總覺得哪裡古怪。

謝容與對朝天道：「你下馬車，等曲茂過來，也不必瞞著身分了，幫他一起盡量拖住所有官兵。」

「那這灰鬼……」

謝容與道：「我去追。」

青唯從竹固山的關卡很快突圍，拚了命往山上跑。還沒跑到半山腰，忽然聽到身後傳來轔轔的行馬之聲，她回頭一看，馬車前掛著一盞燈籠，上書一個「曲」字。

是曲茂的馬車。

青唯簡直有些惱了。

這還有完沒完？縣衙官兵擒她，左驍衛擒她，紅衣鬼也擒她，怎麼連曲茂這個酒囊飯袋也派人來捉她了？

雙腿快不過四蹄，天明以後不知還會不會有更多追兵，竹固深山之深，更不知逃到哪裡才能真正平安，她必須保存體力。

既然這樣，她就不客氣了。

聽著身後的馬車漸漸逼近，青唯忽然停住步子，隨後一個折身驀地躍上馬車，在駕車的玄鷹衛反應過來前，逕自將他踹下山道，隨後掀開車簾，

深山裡黑漆漆的，燈籠的光太微弱，什麼都照不清，車簾一落下，整個車室陷入更深的暗中。

青唯一個掌風劈出去，欲把車室裡的人也扔下馬車，車裡坐著的人反應竟出乎意料得快，就在青唯的掌風襲來時，他橫手為刃，擋去她這一招的凌厲。

青唯一式不成，很快變化招數。她除了軟玉劍，沒帶別的兵器，屈指成爪，再度襲向車裡人的脖間。

車室裡暗極了，沒了駕車的玄鷹衛，車前的駿馬不辨方向，在山野中橫衝直撞。

車裡人身法如風，一個側身四兩撥千斤，避開青唯再度襲來的一式，顛簸之間，馬車的車簾微微揚起，漏進來一縷月光，青唯藉著月光，只見馬車裡坐著的人戴著帷帽，青衫翩

然，身姿如玉一樣。

青唯愣了愣，曲茂什麼時候養了這樣的手下？

車裡人與她過了幾招，似乎也遲疑起來，招式裡收了鋒芒，反倒多了試探之意。

青唯覺察出他對自己沒有殺機，正欲直接與他交涉，這時，山野裡忽然響起奔馬聲，遠處隱隱可見火光——竟是追兵快趕到了！

青唯再不敢猶豫，撥開腕間囊扣，半尺軟玉劍頭順著她的手背直直斬向車中人的脖間，在離他喉骨的寸前停住，青唯膝頭抵著他的雙腿，幾乎強壓在他身上，惡狠狠地說：「敢反抗，當心自己的性命！」

車裡人本來就沒想傷她，然而她這話一出，他一下子便愣住了。

青唯直覺他這反應怪異，剛想再開口，這時，馬車外忽然傳來破風之音。

十數箭矢擦破夜色飛襲而來，青唯矮身躲避，車裡人反應比她更快，撥開她抵在自己喉間的軟玉劍，瞬間將她掩在自己身下。

下一刻，兩道箭矢穿過車窗，逕自扎在車壁上。

兩人堪堪避過一險，不料車外很快又有飛矢襲來，直直刺中車前駿馬。這馬原本就不辨方向，眼下受了驚，居然在山間陡坡失了前蹄，要將兩人甩飛出去。

車裡人似乎早有準備，在車室傾向陡坡的瞬間，攬著青唯飛身掠出，順著山坡翻滾而下，撐在她的上方，看著她。

天上的層雲不知何時散了，月色明亮極了，透過樹隙漏下來。

兩人之間隔著一層帷帽的紗，他背著光，青唯明明看不清他的模樣，但這目光她太熟悉了。

像新婚那夜，像靜夜的海一樣。

青唯的心口像是被什麼撞了一下，她驀地伸出手，揭開他的帷帽，甚至來不及看清他的模樣便脫口而出：「官人？」

謝容與看著她。

月光歇在他的眼尾，似薄霜，清冷的眸裡卻摻了夜色，攪動著他望著她的目光流轉如濤。片刻，他的唇邊漾開一絲笑，聲音微沉：「嗯，娘子。」

青唯聽得這一聲「娘子」，才意識到自己適才的稱呼似乎錯了。他們之間假夫妻的日子早就結束了，他重返深宮做回了高高在上的王，她也回到江野四海為家。

她張了張口，想解釋自己不是故意喊他「官人」的，因為……因為他們相識以來，她從沒稱呼過他別的，她只是習慣這麼喚他了。

謝容與將她頰邊的髮絲拂去耳後，安靜地看著她。

雖然稍微易了容，但她的憔悴是肉眼可見的，氣色也不大好，這小半年，真不知道她是怎麼照顧自己的，摟在懷裡的身軀也比之前瘦了。

謝容與問：「怎麼把自己弄成這副樣子？」

青唯以為他在說自己扮灰鬼弄得滿臉髒汙，抬袖揩了兩把臉，「乾淨點了沒？」

謝容與一下笑了。

她的眼眸浸在月色裡，像清泉一樣。

她哪裡有什麼不乾淨的？

太乾淨了。

乾淨得讓他總是後悔別離匆匆，他沒能保護好她。

他啞聲道：「妳離開京城後，我讓人到處找過妳，這麼久了，妳都去哪兒了？」

青唯愣了一下，她能去哪兒？她一個逃犯，不就是走到哪兒便算哪兒麼？後來查到竹固山山匪的異樣，又聽說上溪鬧了鬼，她就過來看看。

此前她還覺得巧，怎麼她剛想查竹固山山匪，上溪這邊就再度鬧鬼了，一念及此，她終於明白過來了，「這城裡鬧鬼，是你撒的網？」

謝容與剛要答，山間忽然傳來搜尋的腳步聲。

官兵早就追到了山野，他們落下陡坡避了一時，然而馬痕很好尋，山道上已然亮起火色。

謝容與立刻將青唯拉起身，四下望去，見傷馬就匍匐在不遠處，牠身後的馬車尚是完好，拉著青唯走過去，讓她躲入車室中，溫聲道：「藏好別走，這裡交給我。」

青唯「嗯」了一聲。

謝容與放下車簾，剛走了沒兩步，忽然折回身，重新撩開簾。火光與月色交織在他身後，他背著光，青唯看不清他的神色，只能望見他在車前非常安靜地立了片刻，然後喚她：「小野。」

他說：「別再走了。」

青唯不明白為什麼同樣的話他要交代兩回，點了下頭：「好。」

陡坡下山林並不茂密，官兵很快尋來，火把將四野照得徹亮。

伍聰與章祿之等人率兵在前，看清坡下站著的人，上前一步拜道：「昭王殿下。」

孫誼年跟在其後，聽到這一聲「昭王殿下」，嚇了一大跳，急匆匆下了陡坡，躬身拜道：「昭、昭王殿下，下官不知殿下竟真的屈尊來了上溪，接待不周，還望殿下莫要怪罪。」

他豈止接待不周？

今日之前，他不知謝容與在上溪便罷了，剛才曲茂為了攔追兵，都跟他說了眼下山中追灰鬼的是小昭王的馬車，他猶自不信，甚至不曾派人去山裡各哨所知會一聲。

聽聞適才山裡有人為了攔下馬車，不惜放了箭，孫誼年簡直想跟謝容與跪下磕頭。放箭這事可大可小，稍不甚一個謀害親王的罪名安上來，賠上他一家的性命都擔待不起。

謝容與倒是沒跟他計較放箭這事，只道：「不知者不怪，孫大人起吧。」

孫誼年在秦師爺的攙扶下起了身，抬手拭了拭額汗，「不知殿下屈尊到上溪來所為何事，若有下官可效勞的，還請殿下吩咐。」

孫誼年說這話純屬出於禮數，自己區區一個縣令，小昭王哪能瞧得上？

不承想謝容與道：「本王還真有差事要交給孫大人。」他頓了頓，「不過諸位捉了一夜的鬼，眼下想必十分疲憊，別的事稍候再說不遲。」

言罷，他看了馬車一眼，喚道：「章祿之。」

章祿之會意，上前將馬車的傷馬卸下，換上一匹好馬，左驍衛的伍聰忽道：「慢著。」

伍聰朝謝容與一拱手：「殿下，您到這山野，可是為追那灰鬼去的？」

「敢問殿下，灰鬼呢？」

謝容與道：「沒追上，他往深山裡逃了。」

伍聰並不退讓，竹固深山之深，各處為捕捉厲鬼早就安插哨所，且經今夜一番纏鬥，他早已看清了，那灰鬼絕不是鬼，而是人，且……似乎是一個他熟悉的在逃欽犯。

有本事隻身從重重圍剿中突圍的人太少，他此前在上京與這麼一個人交過手。

既是人，雙腿快不過四蹄，絕不可能逃出他們搜捕的範圍。

伍聰四下望去，他在來的路上，早已把附近的密林搜得底朝天，若說漏了哪裡——

伍聰的目光落在了掛著「曲」字燈籠的馬車，「不知殿下可否讓末將看一看您的馬車？」

這話乍一聽有些無禮。

然而左驍衛來上溪捉鬼，奉的是聖命，往大了說，他們領的是欽差之名，眼下鬼跑了，不過看一眼馬車確定一下鬼的蹤跡罷了。

伍聰說完，示意左驍衛上前驗查馬車，謝容與的目色冷下來：「怎麼，伍校尉是在懷疑本王嗎？」

伍聰連忙拱手：「末將不敢，末將不過是職責所在……」

「你的職責，乃協同上溪官府，捉拿近年盤桓當地殺人作惡的惡鬼，而非一意孤行肆意妄為。本王問你，若那灰鬼真在本王的馬車裡，你待如何？立刻緝拿灰鬼奏明朝廷差事已成？」

「這……」伍聰猶豫著道：「若是能拿住這鬼，自然當上表朝廷。」

「若是沒拿住呢？鬼不在馬車裡呢？是不是還要讓本王派玄鷹衛幫你搜山？」謝容與一拂袖，聲色凜然，「鬼都讓本王幫你捉了，朝廷還養著你做什麼？這點差事都辦不好，談何職責所在？不如趁早卸甲還刀，何必留在上溪！」

小昭王在深宮二十餘年，甚少如此嚴詞厲色，這話出，周遭眾人心中俱是一顫，孫誼年剛直起的膝蓋頭瞬間又彎下去了。

伍聰其實並沒有請小昭王代勞差事的意思，然而回頭想想，他趕到山野，跟謝容與打聽的第一樁事就是灰鬼去向，得知灰鬼逃脫，緊接著就要搜他的馬車，這番舉動，非但有些以逸待勞，坐享其成，更有懷疑小昭王的意思。

被扣了這頂帽子，伍聰再不敢搜馬車，立刻請罪：「殿下恕罪，今夜灰鬼逃脫是末將疏忽之過，末將會增兵嚴查，亡羊補牢。殿下遠赴上溪，必有要務要辦，末將不敢逾越，適才言語冒失，還請殿下責罰。」

謝容與沒理他，進了車室，落下簾：「回雲去樓。」

雲去樓此前是由曲茂包圓兒的，眼下謝容與既露了身分，縣衙的人就是再傻，也猜到了此前真正要住雲去樓的不是曲校尉，而是小昭王。

埋伏在上溪的玄鷹衛有十餘人，個個都是精銳，守一個雲去樓足夠了，是以一回到上溪，孫誼年便十分乖覺讓衙差們從附近撤走，隨後與伍聰、邱茗等人一併回了衙門，等候小昭王傳見。

青唯跟謝容與回到天字號房，朝天與章祿之已等在內了。

朝天一見青唯，立刻上前，「少夫人，當真是您！」

青唯這會兒反應過來了，「昨晚那個跟我搶馬的紅衣鬼就是你？」她在桌前坐下，想想還是解釋，「你怎麼都不出個聲？要知道是你，我下手就不那麼重了，那馬養得不好，山裡的路也不好跑，衙門那幫人死活追我，我擔心馬馱兩個人跑不快，只能把你扔下去。不過這小半年，你的功夫倒是精進了不少。」

她逃了一夜的命，有些口乾，說話時聲音微啞，謝容與看她一眼，倒了盞水遞給她。

青唯吃了一半，又問朝天，「這兒怎麼只有你，德榮呢？」

朝天很振奮，去年在江家，他請青唯指點過功夫，那時青唯說他身手太硬，容易吃虧，他這半年苦練不怠，得了這句誇獎，什麼都值了。他說：「德榮去中州了，就是為尋少夫人，眼下少夫人終於找到了，他也能來陵川了。」

朝天和德榮都是長渡河一役的遺孤，後來被中州一名叫顧逢音的商人收養，這事謝容與跟青唯提過。

謝容與想找青唯，不能明著找，讓德榮去中州，大概是想動用顧逢音商路上的關係。

青唯道：「我的確打算去中州，走到一半，越想越不對勁，總覺得徐述白上京告御狀不是告的何家，所以臨時改道，來了陵川，想再查一查徐途，你們來陵川也是為這事？」

青唯本不是一個話多的人，然而今日見到了謝容與和朝天，實在有些高興，她飄零經年，一直伶仃一人，這還是第一回體會到他鄉遇故人的喜悅。

朝天也高興，那幾年住在江府，公子雖然面上不表，一直自苦自責，直到少夫人嫁進來，公子似乎放下了許多，心上陰翳漸祛，與以往實在是不一樣了。

是故少夫人一走，他們這些公子的身邊人比誰都盼著她能回來。

朝天道：「公子看過少夫人的信，很快想到徐述白告御狀有異，趕到牢裡想問何鴻雲，可惜晚了一步，好在玄鷹司一早就查過徐述白，手上有線索，少夫人可以問問章兄弟。」

章祿之看謝容與一眼，見他沒有攔阻的意思，便接著朝天的話頭說道：「少夫人既來上溪一時了，聽說過一戶姓蔣的商戶麼？」

青唯頷首：「這戶蔣姓人家有個兒子，當年正是死在洗襟臺下。後來竹固山山匪被剿，正是蔣家人把他們告到了官府。」

若不是覺得這事有蹊蹺，她昨夜不會犯險去救那灰鬼。

章祿之道：「是。不過這個蔣家老爺，年輕的時候是個贅婿，他那個登洗襟臺的大兒子並不跟著他姓蔣，而是姓方，喚作方留。」

後來原配過世，蔣家老爺另立家業，方留的姓名與戶籍卻沒有改過來，這也是為何當年玄鷹司明明發現了竹固山山匪的異樣，卻沒能發現那個狀告山匪的蔣家老爺，實際上是一名登臺士子的父親。

「好在虞侯細緻，從大理寺的案庫裡，調出了傷亡的士子名錄，又從戶部與地方官府調族譜，這樣挨個排查，才找出這一條線索。」

找出線索後，謝容與立刻派了兩名玄鷹衛來上溪，扮作生意人，暗中查訪蔣家。

無奈這兩名玄鷹衛並沒查出更多線索，蔣家似乎早有防備，尤其對竹固山鬧鬼一事諱莫如深。

兩名玄鷹衛擔心打草驚蛇，先行回京，將上溪查到的線索告訴謝容與，謝容與稍直覺上溪當年鬧鬼有異，藉著洗襟臺重建的時機，從玄鷹司調了十餘精銳，潛進上溪，然後派讓朝天扮紅衣鬼，埋伏在竹固山，試著引蛇出洞。

「每個地方或多或少有些異聞，鬧鬼什麼的並不稀奇，不過，有些人心裡有鬼，別人一查『鬼』，他們自然露出端倪。」章祿之道：「就是朝天扮紅衣鬼的第二日，縣上忽然死了人，隨後縣衙封山，當年那隻灰鬼隨後出現。我們直覺癥結就在那灰鬼身上，本打算趁著縣衙捉捕灰鬼，先一步擒獲他，沒想到竟把少夫人引了過來。」

章祿之這麼一說，青唯就明白了。

去年冬，她和謝容與先後發現徐述白上京告御狀的蹊蹺，只不過謝容與快她一步，先派人來上溪查證。

他藉著鬧鬼在上溪布了局，撒了網，而她，正是被這張網引來的有心人。

朝天聽到興頭上，心中靈光一現，「少夫人昨晚既然扮作那灰鬼，是不是已經……」

一語未盡，謝容與手裡一盞茶飲完，「嗒」一聲不輕不重地擱在桌上。

章祿之脾氣雖急躁，到底會看臉色，立即拱手道：「虞侯奔波了一夜，眼下想必累了，屬下等這便不打擾了。」

說著，拽著朝天退出去，掩上了門。

朝天話雖未說完，青唯知道他要問什麼，倒是提醒她了。

青唯起身推了窗四下看了一眼，正想回頭跟謝容與交代一句，謝容與已先她一步把窗掩上，「妳要做什麼？」

青唯道：「我住的地方，有個小丫頭應該認得那灰鬼，我得趕緊回去，藉她把灰鬼引出來。」

謝容與看著她：「妳晚一刻回去，她能跑了？」

青唯不明所以。

跑是不能跑的，上溪上下都封禁了，換她都難以逃出去，更別提葉繡兒了。只是她脾氣急，想到什麼就要立刻去做，生怕晚一刻誤事。

青唯道：「我早點回去，我們也能早點查明這竹固山的蹊蹺不是？」

謝容與道：「官府剛捉了鬼，外間風聲正緊，妳眼下回去，那小姑娘誰都提防，妳做什麼她都不會上當。」

青唯聽了這話，覺得他說得在理，繡兒是個機靈的丫頭，昨夜出門已十分莽撞，為不惹人生疑，今日她必定會老實待在莊子裡。

不如稍待一日，等風頭過去，再設計將灰鬼引出來。

謝容與看了天色一眼，再有一個時辰就天亮了，「餓不餓？」

青唯適才不覺得，他這麼一問，想起自己大半日沒吃東西，頓時饑腸轆轆。

見她點頭，謝容與又問：「想吃什麼？」

青唯道：「都行，我不挑的。」

她是不挑，經年流離，她幾乎從不在吃上講究，果腹就行。

不過論起出生，青唯其實談不上貧寒，甚至遠在尋常人之上，她的祖父乃將軍岳翀，父親更是當朝第一大築匠，她有些自幼時植根的習慣，可能她自己都不知道，但在江家時，謝容與仔細觀察過。她不喜鹹，喜歡鮮香，東來順的魚來鮮不如祝寧莊的味道好，勝在鮮美，那羹湯她能喝足三大碗。她也不嗜甜，留芳做的蓮子羹本是一絕，加了蜜端給她，她只能勉強吃小半碗，後來駐雲把蜜去了，灑了些浸過蜜的桂花瓣，她早上吃過一碗，夜裡若再端給她，她還願意吃。有樁事青唯不知道，去年深秋，京裡的桂花幾乎開敗了，德榮一夜間領了自家公子的命，驅著馬車滿城收桂花瓣。

謝容與推開門，喚來朝天：「讓廚房去備菜，燴魚鮮，桃子羹，時蔬，食材你親自盯著，不新鮮的不要，魚要活魚，沒活魚就換別的。」

朝天「哦」一聲應了，猶豫著立在門口沒走。

早在跟公子來陵川前，德榮就叮囑他要學會看公子臉色，「手裡敲扇子是深思，擱茶盞是耐心告罄，凡事如果等公子自己開口，那你的刀就不保了。」

德榮還說：「出門在外，不好換刀，要實在惹惱了公子，往回找補也行，想想公子最關心什麼。」

適才朝天見到青唯，一時高興過頭，只顧著與她攀談，等到公子都擱茶盞了，才後知後覺地退出去。

謝容與見朝天不走，「愣著做什麼？」

朝天伸手小心翼翼地扶上自己的刀。

好在眼下公子最關心什麼，他就是瞎了也能瞧出來。

「公子，等備好了菜，屬下去柴房給少夫人燒沐浴的水？」

謝容與挑眉，意外地看他一眼，「嗯」一聲。

雲去樓的廚房被曲茂挑三揀四了幾日，備菜備得既快又好，不一會兒菜送來，青唯看著滿桌琳琅，沒承想這深山縣城的菜餚，竟出乎意料地合她胃口。

她奔波了一夜，又累又餓，當下不二話，立即動了筷子。

肚子裡填了點東西，懸著的心也就慢慢放下去一些，葉繡兒昨晚貿然出莊，今日就算不被孫縣令禁足，也會被余菡禁足，她眼下回去也做不了什麼，不如留在雲去樓歇半日，最好能小憩一會兒養精蓄銳，她自來了上溪，就沒怎麼踏實睡過。

想明白這一點，青唯便不那麼著急了，一時用完餐飯，她四下望去，隔間盆架的木盆裡倒是有水，還很乾淨，但這屋裡似乎沒有鏡子。

謝容與讓朝天收了碗筷，聽到隔間響動，回身看去，「在找什麼？」

「找面鏡子，把我臉上的黃粉給抹了。」青唯道。她擔心被人認出，臉上這妝自來了上溪就不曾卸過，黃粉不比她從前用的赭粉，不能在臉上敷太久。

謝容與看著她。

抹了黃粉的臉有點暗沉，鼻梁兩旁刻意點上的幾粒白麻子卻很俏皮，她這會兒不裝鬼了，茂密的髮在腦後束了個簡單的馬尾，奇怪她明明在易容扮醜，他卻覺得她這樣也很好看。

「這黃粉拿什麼卸？」謝容與問。

「皂角粉就行。」

皂角粉倒是有，就擱在盆架上的木匣裡。

謝容與取了布巾，沾了皂角粉，浸水擰乾，在盆架前的凳子坐下，「我這兒沒鏡子，過來，我幫妳卸。」

青唯沒覺得什麼，依言在他對面椅子上坐下。

他於是看她一眼，沾了水的指尖勾住她的下頷，傾身靠近。

屋子裡靜極了，天色未明，連燈火都是晦暗的，青唯聽到他極輕的呼吸聲，他在很認真地幫她擦拭著黃粉，可不知怎麼，她忽地覺出一絲異樣。

異樣得讓她的手心一下滲出了汗。

靜默裡，謝容與忽然開口，聲音很沉：「來上溪幾日了？」

「三日。三日前的夜裡來的。」

「身上的傷都養好了嗎？」

青唯正道是什麼傷，爾後反應過來，他問的是她離開京城前，逃脫左驍衛追捕時受的傷。

「都好了，我的傷看著重，其實沒傷到要害，冬天沒過就好齊全了。」青唯道，微抿了抿唇，「我離開京城前，想去找你，可是江府被人守著，深宮……我也進不去，後來我還……」

她本想說，後來他隨聖駕去大慈恩寺祭天，她還試著去朱雀長街與他道別。

可不知為何，她一想到那日上街上，他們之間層層相阻的兵馬人群，她牽馬離京，隔雪回望的渺遠深宮，她心中就莫名有點難過。

謝容與問：「後來怎麼？」

「後來見回不去江府，我就走了。」

謝容與「嗯」一聲，一邊臉頰擦完了，他將布帕重新浸水擰乾，勾住她的下頜，微頓了頓，溫聲道：「其實我沒在昭允殿住多久。」

甚至連冬天都沒有過去。

待到病勢稍好一些，他就回了江府。

總覺得……

謝容與看青唯一眼。

總覺得說不定一夢醒來，妳就會回來。

青唯沒聽出他後半截話的意思，問：「為什麼沒住太久？是不是宮裡太大了，太冷清了，住不習慣？」

謝容與笑了笑：「嗯，不習慣。」

青唯道：「我也覺得那裡冷清。」

謝容與又看她一眼，低聲提醒：「閉眼，當心皂角水弄進眼睛裡。」

奇怪他分明沒做過這樣的事，卸起黃粉來，比她自己還要細緻許多，先擦去兩頰的大片，眼周與嘴角留到最後，指尖的力道適宜且溫柔，可能他天生就是這樣做事認真的人。

眼尾的力道撤去，青唯心間微微一動，不由抬眼看他。

他養了半年病，氣色明顯比在京裡時好多了。謝容與其實不是很溫和的長相，而是清冷的，尤其是他稍長微挑的眼尾，不笑的時候有些凌厲，鼻梁很高，十分英氣，若穿上鎧甲，八成就是個年輕將軍，但他其實不算習武人，他的父親是士人，是不羈的才子，是當年名動京城驚才絕豔的狀元郎，眸裡盛滿雪，一笑有微霜。

似乎覺察到青唯的視線，謝容與微微抬眸，兩人的目光就撞了個正著。

他的目光如水一樣，注視著她，眸色明明清淺，越往裡看，越深不見底。

青唯不知怎麼，被這目光吸引住，想往最深處探個究竟，卻聽到他在靜夜裡，漸漸變沉的呼吸聲。

扶在她下頷的他的手指微濕微涼，忽地微燙。

青唯的心像是被什麼狠狠地撞了一下，正不知所措，這時，門外忽然傳來叩門聲：「公子？」

是朝天。

「公子，沐浴的水備好了。」

謝容與沉默許久，站起身，一言不發地拉開門。

朝天分外殷勤地拎了幾桶熱水進來，嘩啦啦地將浴桶填滿，退出去的時候還說：「公子，屬下就候在樓梯口，有事您喚。」

雲去樓天字號房的布局與他們江家的寢屋差不多，兩側隔間與正屋是打通的，曲茂一走，謝容與也沒客氣，將他的隔間改作浴房。

浴水水溫正好，青唯昨晚逃命，一身髒汗濕了又乾，早就想洗了，然而一入浴房，她忽地意識到什麼，拉開浴房的門。

謝容與正在看竹固山的地形圖，聽到聲響別過臉來：「怎麼？」

「我……」青唯稍一遲疑，「我沒換洗的衣裳。」

這話出，謝容與頓了一下。

片刻，他逕自去櫃閣取了自己的中衣，擱在浴房的竹架上：「穿我的。」

這會兒已近卯時了，雲端微微泛白，青唯沐浴完出來，總覺得哪裡不對勁。

她的計畫是在雲去樓歇到辰時，跟謝容與商量個引出灰鬼的法子，等到天大亮了，街上巡邏的官兵撤去，她就回到莊子，依計行事。

這個計畫沒錯，可是……

青唯看了看自己身上謝容與的中衣，又看了看眼前鋪好的床榻，終於意識到哪裡不妥了。

她怎麼就這麼理所應當地留在這裡了呢？

他們是故人，是舊識，她留在這裡敘會兒舊，用頓飯，這沒什麼，可他們早就不是夫妻了，她穿他的衣裳，睡他的床榻，還用他的浴水沐浴，這算什麼？

謝容與見青唯坐在榻上發呆，傾身過來，為她蓋上被衾，然後在榻邊坐下：「在想什麼？」

青唯看他一眼。

她太習慣這樣和他相處了，以至於倏忽間重逢，忘了拿他當外人。

他也真是，怎麼都不提醒她？總不至於也習慣了。

床榻很大，青唯看了眼身邊空出的大片，試探著問：「你……不睡嗎？」

謝容與頓了頓，看著她：「要我陪妳？」

青唯連忙搖頭。

不知怎麼，她有點害怕他陪著她睡。但這種害怕，又不盡然是懼，因為她並不抗拒，她只是心慌，就好像適才他忽然傾身過來為她蓋被子，她聞到他身上清冽的氣息，心跳險些漏了一拍。

青唯覺得他如果睡在她身邊，她可能會整宿睡不著。

真是奇了怪了，去年在江家，他們夜夜同榻而眠，她也不曾有過這樣的感受，那時她也沒真把他當自己夫君啊。眼下不過回歸真正的身分相處，她怎麼會這麼不適應？

謝容與看著青唯：「說說吧。」

「……說什麼？」

謝容與笑了笑，只覺她可能是累糊塗了，溫聲提醒：「妳不是說妳住的地方有個小丫頭，可能認識灰鬼。這小丫頭妳怎麼碰上的？」

青唯聽了這話，想起葉繡兒，莫名懸著的心往下一落，「在東安府碰上的。」

「我到了陵川，聽說徐途認識竹固山的山匪，本來想直接來上溪，上溪不是因為鬧鬼封山了麼？我在東安府等了幾日，打算找幾個上溪本地人，帶我避開山驛，走捷徑進上溪。」

「葉繡兒跟葉老伯，就是這麼碰上的。他們伺候的主子叫余菡，是孫縣令養在城西莊子裡的外室，他們到東安府，本來是採買胭脂水粉的，但他們買好東西，並不離開，反而在藥鋪子逗留了好幾日。」

「其實我一開始並沒有懷疑他們，後來的事實在太巧了，我到上溪的當夜，灰鬼就在莊裡出現了，第一個找的就是繡兒。還有昨晚，城中明明在捉鬼，這葉繡兒，溜出莊子不說，還在城中一株老槐上掛了香囊，刻下記號。昨晚我撞見灰鬼時，他就趴在那槐樹上。我眼下懷疑，香囊的異香正是為了吸引灰鬼，樹下留下的記號，則是為了告訴灰鬼快跑，葉繡兒與葉老伯認識灰鬼不是一日兩日了，指不定這五年來，都是他們在幫著灰鬼躲藏，否則憑那灰鬼一個心智不全的少年，不可能藏得這麼好。」

謝容與聽了青唯的話，微一思量，「葉家祖孫認得灰鬼，這事妳有幾分確定？」

青唯想了想：「九分。我不信巧合，灰鬼一而再因葉繡兒出現，其間必然有因果。還有一點很重要，官府昨晚在藥鋪設局，是因為灰鬼數次出現在藥鋪附近，而此前在東安，葉繡兒與葉老伯也在頻繁找一種藥材。我猜測真正想找藥材的不是葉家祖孫，而是灰鬼，葉家祖孫只是在幫他罷了。」

謝容與問：「妳可知道他們在找什麼藥材？」

青唯搖了搖頭。

她此前不想惹葉繡兒與葉老伯生疑，並沒有多打聽他們的事。

謝容與聽了青唯的話，無聲沉吟。

他與青唯都發現了竹固山山匪的線索，入手點卻有不同。

青唯是直接從山中鬧鬼查起的。

而他則是在京中查了當年帶兵剿殺山匪的將軍，查了一狀將山匪告到官府的蔣家，最後才把矛頭對準這些年在山中偶爾出現的鬼影，讓朝天扮鬼引蛇出洞。

當年剿殺山匪的將軍，幾年前因一樁強搶民女的案子，在流放的途中忽然暴亡；狀告山匪、害得山匪被剿殺的商戶蔣家，似早被人打過招呼，什麼都不肯透露，逼得急了，說不定還會打草驚蛇。

也正是說，這個被謝容與千方百計引出來的灰鬼，是目下他唯一能直接取得的線索。

而他在上溪隱匿這幾日，不正是為了趕在所有人之前，將灰鬼擒到手麼？

一念及此，謝容與道：「無妨，上溪去東安不遠，快馬半日就到，妳還記得此前葉家祖孫往來的都是哪幾家藥鋪嗎？」

然而他話音落，那頭卻沒有回音。

謝容與轉頭一看，青唯竟已歪倒在軟枕上，睡著了。

她太累了，這小半年就沒怎麼睡好過，茂密的黑髮散在枕周，將她的臉頰襯得十分蒼白，他的中衣穿在她身上十分寬大，露出襟口一截嶙峋的鎖骨。

謝容與看著她，不由得又在心中問：妳怎麼把自己弄成這副樣子？

天已經亮了，不過天氣很好，落著雨，陰沉沉的並不會攪擾了人的好眠。謝容與於是抱著青唯在榻上躺好，掩上窗，落下簾，守在榻邊，不再出聲。

一覺不知雲深幾何，一點夢都沒做，以至於青唯迷迷糊糊地睜開眼，竟是不辨晨昏，看著窗紙上暈開大片帶著彤彩的日暉，恍惚間以為自己回到江家了。

還沒坐起身，身邊傳來低沉溫潤的一聲：「醒了？」

青唯別過臉，謝容與就坐在榻邊，他似乎出過門，身上換了雲色長衫，手裡拿著京裡送來的信，正在拆看。

青唯還沒完全清醒，懵懵懂懂地點點頭。

謝容與笑了笑：「睡好了嗎？」

青唯又點頭，「什麼時辰了？」

謝容與端了盞清水遞給她，「剛戌時。」

青唯一口水吃進去，聽是戌時，差點沒嗆出來。她適才瞧見窗上霞光，還以為天剛亮，沒承想轉眼竟日暮了。

她怎麼會睡了五個多時辰，她這些年飄零在外，心中自有刻漏，說幾時起就幾時起的。

青唯驀地翻身下榻，將馬尾粗略一束，四下看去，見自己昨晚換下的粗布袍子就搭在竹架上，匆匆換上。

謝容與見她這副態勢，愣了愣：「妳做什麼？」

青唯在百忙之中看他一眼，十分自責，「我壞事了，我得趕緊回莊上。」

謝容與覺得好笑，「妳壞什麼事了？」

青唯往臉上抹黃粉，藉著黃昏的光，打了盆水，照著水往鼻側點白麻子，「我今早不是跟你說，葉繡兒去東安，是為了尋一種藥材麼？我當時還想著要早點回去問清楚她要什麼藥材，盡早把灰鬼引出來。這事拖不得。縣上這麼多捉鬼的，誰知道哪個沒安好心，要讓旁人搶了先機，我們之前的功夫就白費了。我怎麼就睡過去了？」

謝容與卻道：「不急，葉繡兒要找的藥材，我已讓章祿之取回來了。」

第二十六章　買賣

「取回來了？」

謝容與在桌上攤開一個木匣，裡頭擱放著幾節白色的片狀之物。

「海螵蛸。」謝容與道：「專治血疾或外傷。藥材不算太名貴，因是海裡之物，陵川很少，所以葉繡兒一直沒買到。」

青唯雖沒見過海螵蛸，卻是聽過的。

誠如謝容與所說，這藥是治外傷血疾的，葉繡兒與那灰鬼都很康健，用不上這藥，葉老伯是老寒腿，也不必拿這藥配方子，他們千方百計地尋海螵蛸，究竟是要做什麼呢？

難道是另有人急需這味藥材？

青唯問謝容與：「你是怎麼知道繡兒要找海螵蛸的？」

謝容與道：「上溪人常去的藥鋪只那麼幾家，派人過去一打聽便知。」

青唯點了點頭，拿過藥匣，「那小丫頭非常機靈，待我想想法子，一定把那灰鬼引出來！」她將藥匣往懷裡一揣，心道是擒住灰鬼刻不容緩，三兩步掠到窗前，推窗便是要跳。

謝容與跟過來，捉住她的手腕：「等等。」

他似乎笑了一聲：「妳就這麼光著腳回去？」

青唯一聽這話，目光順勢落在自己搭在床上的腳背，她適才起身起得太急，別說鞋了，連淨襪都忘了套。她愣了愣，不知怎麼，第一個反應就是轉頭去看謝容與，見他眸中帶笑，目光剛從她的腳背上收回來，青唯腦中空了一瞬。

又不是陌生人，從前還是假夫妻，不就是被看了腳，這有什麼？

她從前從不在意這些的。

可她愈這麼想，心中愈不自在，睡前那一絲無措的慌亂感又回來了，怎麼驅也驅不走，青唯鬧不明白自己是怎麼了，她抿著唇，匆匆回屋，把靴襪套上，一時間又聽得謝容與道：「我陪妳一起回去？」

聲音又低又沉，非常好聽。

青唯連忙搖頭：「不必了，那莊子就在城西山腳下，很好認，到時我把繡兒和葉老伯騙出來，你們配合就是。」

言罷，再不看謝容與，身形如一隻靈巧的飛鳥，在視窗翩躚躍出，一下子就不見了。

回到莊上已是戌末，門口守莊的衙差已經撤了。

青唯並沒有從正門進，而是從東側翻牆而入，還沒靠近正屋，就聽到裡頭有說話聲，似乎是吳嬸兒正在低聲勸說余菡。

沒過一會兒，余菡尖細的嗓子就傳來出來，「……買了胭脂？買個胭脂就能將功補過？那我昨晚還讓她好好歇了一宿呢！她表姐出門找她，眼下都不曾回來，不過是罰她跪一日柴房怎麼了？能餓死她不成！」

吳嬸道：「那江表姐看著是個有本事的人，繡兒不是說她是逃婚出來的麼，夫家像是還認得官府的人。她一日沒回來，興許是躲官府呢？外頭風聲緊，等天徹底暗了，她指不定就回來了。」

「她回不回來可不干我的事，又不是我的表姐！」余菡冷聲道：「但若是鬧出了人命，姑奶奶頭一個就將繡兒那死丫頭攆出去，真是晦氣死了！」

青唯聽了二人說話，知是葉繡兒昨晚一回家就被關入柴房禁足，心中鬆了口氣。她沒有驚動余菡，先將海螵蛸擱回屋內，在屋中靜坐了一會兒，待到余菡終於被吳嬸勸動，到後院來解了葉繡兒的禁足，才推門出去。

柴房的門一開，葉繡兒一個骨碌就從草堆上爬起來，上前去拉余菡的袖口：「姑奶奶，好夫人，奴婢知錯了，昨晚奴婢不該擅自出府，可奴婢這不是怕夫人沒了胭脂，清麗有餘明豔不足了麼，下回奴婢去東安，就是倒貼銀子也要把留脂鋪的百合香脂買回來。」

她嘴甜，句句說到余菡的心坎上，余菡本來就喜歡她，被她這麼一哄，十分氣焰也消了七分，伸指在她額間一點：「死丫頭，姑奶奶是窮得發慌，花得著妳那幾個塞牙縫的銅子兒！」

幾人說著話，回過身來，迎面撞著從屋裡過來的青唯，嚇了一跳。

余菡撫著心口，朱唇微張：「妳、妳是什麼時候回來的？妳沒被那鬼捉去啊？」

青唯搖了搖頭，說的倒是實話：「剛回來，以為莊上還有官兵守著，從東面矮牆翻進來的。」她的目光落在繡兒身上，佯作意外，「妳是何時回來的？我昨晚出去找了妳一夜。」

「她呀。」余菡冷哼一聲，扭身往正屋裡走，「妳昨晚出去沒兩個時辰，她就被官差送回來了，買胭脂的路上被人撞見了唄。」

暮夜春風，正是宜人，可自從灰鬼來過莊子，天稍一暗，余菡就不愛在院裡待著，連帶著莊中一干下人，她也要一併招進正屋裡充人氣兒。

「倒是妳，妳沒找著人，怎麼也不知回的，大夥兒還當妳是……」余菡到正屋裡坐下，揮了揮手絹，意示吳嬸掩上門，沒把後半截話說出來——還當妳是死在外頭了。

「我逃婚出來的，外頭官兵太多了，我不敢露面，只好到城隍廟裡躲了一夜。」青唯道：「我躲起來了。」

道：「不過在城隍廟裡，我撞見了一樁怪事。」

「怪事」二字一出，屋中眾人都屏住呼吸，眼下上溪的怪事實在太多了，十樁裡八樁都和鬧鬼有關。

果然青唯道：「我又撞見那灰鬼了。」

「妳在廟裡撞見鬼了？」余菡一愣，似乎覺得匪夷所思，「這怎麼可能，那城隍廟的道士就是鎮山捉鬼的，那鬼哪兒都會去，就是不會去城隍廟。」

「所以我才說這事奇怪。且我發現，」青唯的目光不著痕跡地掃過葉繡兒，「這灰鬼不是鬼，而是人。」

「昨晚我本來在城中找繡兒，聽到官兵喊『捉鬼』，便到城隍廟躲了起來。說也奇怪，那些官兵本來在一間藥鋪子附近設局擒鬼，但他們失手了，讓灰鬼趁亂躲來了城隍廟。上溪總共就這麼大個地方，官兵在別的地方沒找著人，最後當然就到城隍廟來了。」

「我就是這樣才發現灰鬼是人的，他被官兵發現，逃跑的時候受了傷，流了很多血，鬼哪會流血呢？只有人才會流血。」

葉繡兒起初聽青唯提起昨夜的經歷，神情沒有絲毫異樣，直到聽是灰鬼受了傷，她的目色才微微一滯，「他受傷了？那……官府的人捉到他了嗎？」

青唯搖了搖頭：「沒有，他應該很年輕，逃得也很快，官府的人沒追上他。不過眼下他有沒有被捉住，我就不知道了。」

葉繡兒昨晚到城中，只來得及往樹梢上掛一個帶有異香的香囊，沒等到灰鬼來就被官兵發現了。爾後她被強令回府，又被余菡關了一日夜的柴房，府中所有人包括葉老伯在此期間都不曾出府半步，因此對於外面的情況，他們都是不知情的，只憑青唯一人說道。

青唯知道繡兒機靈，她說什麼，她未必會信，可這接下來的話，就由不得她不往心裡去了。

「其實官府的人，也沒覺得這灰鬼是鬼。我昨夜躲在城隍廟，聽到一個官爺說，若真是鬼，反倒不必捉了，任他上下來去，自有閻王爺管，眼下之所以封山，是因為官府疑這鬼是當年竹固山山匪的遺餘。當年竹固山上的匪，沒死乾淨！」

余菡聽了這話，嚇了一跳，連忙掩住她的口，「這話妳可別胡說。」

「我沒有胡說。」青唯道：「小夫人知道的，我一個外鄉人，上溪的事，和我有什麼關係？當年竹固山山匪死得慘，我恁的無事說他們閒話，難道不知禍從口出麼？我不過是念在小夫人收留我，心懷感激，想藉著這麼一點聽來的消息，告訴小夫人，竹固山的血如果沒流乾淨，官府封山捉鬼，必然是不擒住那鬼誓不甘休。鬼受了傷，官府趁勢追擊，兩日間該大動作，這幾日，我們誰都不要出莊，以免惹禍上身。」

「對對對，妳說得對。」余菡聽了青唯的話，驚疑不定，「不但不能出莊，夜裡還要分人守夜，總之管他是鬼是人，等這一茬過去了再說！」

一時言罷，天也徹底暗了，提起竹固山山匪，眾人再沒了閒話的心思，吃過暮食，睏意上頭，便回屋各自睡去。余菡被青唯一番話說得心裡發毛，擔心夜裡睡不著，拉著繡兒陪自己。青唯白日裡雖然睡得很足，卻沒有自告奮勇地守夜，她回到屋中閉目養神，待小半個時辰過去，院中果真傳來腳步聲。

腳步聲極輕極微，踩在院中的泥草上，不知道的還以為是蛙跳蟲鳴，但這點聲響瞞不過青唯。

青唯悄無聲息地推開門，繞去荒院，葉繡兒果然又順著荒院的狗洞鑽出去了。

青唯沒有立時跟上去，狗洞外連著山道，無論是往上走還是往下走統共只有一條路，蹤跡很好辨別，且繡兒腳程不快，遠比不過青唯，待會兒再跟也是一樣的。

確定繡兒已經離開，青唯回到屋，拿出謝容與交給自己的海螵蛸，叩開葉老伯的門，說道：「葉伯，我闖禍了，我可能拿了官府的東西，請葉伯幫我。」

山道上黑漆漆的，葉繡兒順著林間的路往山上走。

黑夜的風聲遮住她的腳步聲，手裡拎著的風燈如同冥火，重重樹影在燈色的映照下，一如凶厲的鬼爪，奇怪她一個小姑娘走在這野外山間，竟是一點不怕，她彷彿已走慣了這條路，腳步急匆匆的，似乎正擔憂著什麼。

青唯無聲無息地跟在她身後，直至走了大半個時辰，葉繡兒才稍微慢下腳步。

她似乎走累了，靠在一塊山石上稍歇了一會兒，俯身揉了揉腿，隨後重新拎起燈，再度上山。

仔細論起來，他們眼下所在的深山，算是竹固山的西段，封山不封這裡，只封東面那一帶，因為當年山匪的寨子建在東面，西面這邊山上又住著不少獵戶。上溪環山，總有人靠山糊口，要是把四面山全封了，這些人還怎麼過活？

葉繡兒歇過後，腳步明顯比適才慢了許多，青唯跟在她身後，正是疑惑，忽見葉繡兒步子一頓，聲音不高也不低：「江姑娘，出來吧。」

青唯一怔。

她藏身於黑暗中，自問未暴露一點行蹤，她是怎麼發現她的？

葉繡兒見是沒動靜，拎著燈回過身來，看著空無一人山道：「江姑娘，我知道妳就在這裡，妳藉口灰鬼受傷，千方百計地把我騙出來，不就是想利用我找到那灰鬼麼？」

她的語氣非常篤定，青唯心知再藏下去毫無意義，從樹後繞出來，「妳是怎麼知道我跟著妳的？」

然而葉繡兒並不答這話，而是道：「江姑娘到上溪來，只怕不是因為逃婚這麼簡單吧？妳在東安，是故意接近我與阿翁？」

她只有十七歲，個頭十分瘦小，貌不驚人，可說起話來，眼神卻十分堅定。

「江姑娘，妳在東安幫了我，我心懷感激，不管妳出於何種目的接近我們，我睜一隻眼閉一隻眼便罷。我不知道是哪裡讓江姑娘產生誤會，覺得我可能認識那灰鬼，但我實話告訴姑娘，不管是我，還是阿翁，乃或是小夫人，我們都與上溪鬧鬼這事沒有絲毫關係，還請江姑娘不要再做無謂的試探。」

青唯看著她：「妳既稱妳與灰鬼毫無關係，為何今夜我一提他受傷，妳便獨自到這深山裡來了呢？」

「我到這山裡來，不是為了灰鬼，是因為江姑娘。」葉繡兒道：「江姑娘自來了莊上，無論是對這山裡的鬼，還是對當年死在山裡的山匪都十分好奇，我與阿翁是縣令莊子上的下人不假，但這並不代表我們知道的比旁人多。那灰鬼昨晚分明沒有受傷，且早就逃脫官兵的追捕，可是今晚江姑娘回來，偏偏要編一個他受傷流血的謊話來試探莊上的人，不就是為了看看這莊上有沒有人與灰鬼串通一氣？莊上人多眼雜，我今夜之所以到深山裡來，就是想跟姑娘把一切挑明，城西莊子上的人，就是普通人家，莊上裝不下姑娘這尊大佛，妳在東安幫了我，我也如妳所願帶妳來了上溪，妳我如此算是兩清，還請姑娘明早天明後，另謀高就吧。」

青唯道：「我是故意騙了妳不假，妳說妳不曾上當，半夜到這深山來，只是為了把一切與我說清挑明，我不是不願相信，但妳怎麼解釋昨天晚上，妳買完胭脂，在街口槐樹上掛的香囊呢？」

葉繡兒聽了這話，眉心一蹙，知是青唯昨晚尋到她了。但她並不慌亂，說道：「不過是往樹上掛一枚香囊罷了，這有什麼好稀奇的？陵川人逢年節，遇大事，都會在樹梢掛香囊祈福，江姑娘不是自稱是崇陽縣人麼，連這都不知道？」

青唯並不理會她的譏誚，再度問：「妳是怎麼發現我跟著妳的？」

不等葉繡兒吭聲，她笑了笑：「其實妳根本沒有發現我跟著妳。昨晚妳在樹上掛了香囊，很快被官差送回莊子，隨後妳家主子把妳關在柴房，直到今夜天黑才放出來，這一日夜間，外面發生了什麼，妳一點都不知道。妳被我騙，就是實實在在被騙，妳是真以為灰鬼受了傷，夜半到這深山來，也是為了看看他的安危。只不過妳能幫這灰鬼潛藏深山五年，妳與他之間必有一套不為人知的，互通消息的法子。」

青唯說著，朝來路的林間瞥了一眼，「怎麼，適才妳歇腳的那塊巨石邊，是有人留了什麼消息給妳嗎？」

被青唯跟蹤，身手高妙如朝天都難以發現，葉繡兒一個半點功夫沒有的小姑娘，又是怎麼勘破她的行蹤呢？

葉繡兒是猜到的。

誠如青唯所說，葉繡兒幫灰鬼潛藏五年，彼此之間自有互通消息的辦法。得知灰鬼受傷，葉繡兒夜半出莊，急於確認他的平安，直至路過適才的巨岩，在岩下發現標明「一切平安」的印記，葉繡兒才意識到自己被青唯騙了，也猜到了自己這一路上山，青唯必然跟著自己。

她很聰明，假稱自己上山只是為了請青唯離莊，先發制人來掩藏自己的真正目的，可惜，沒能糊弄住青唯。

葉繡兒咬了咬唇，拎著風燈逕自往山下走，「我言盡於此，江姑娘愛信不信。」

青唯抬手將她一攔：「急著走做什麼，我們要等的人還沒出現呢。」

「我們要等的是誰？難不成江姑娘真以為那灰鬼——」

話未說完，葉繡兒的臉色忽地一變。

夜風漸大，送來一陣陣異香。

而這香味，正是繡兒昨晚繫在槐樹上香囊的香味。

怎麼回事？她分明提醒過灰鬼，每回見到香囊，一定要把香囊取下毀掉的，他此前一次都沒有失手過。

這是她與灰鬼之間最隱祕，也最重要的信號，製香的法子只有她知道，且灰鬼鼻子靈得很，必然會聞香而至。

葉繡兒驀地抬眼看向青唯：「妳——」

青唯提醒她道：「身上有這香囊的，只有妳一個人嗎？」

葉繡兒剎那間反應過來：「妳、妳還騙了阿翁！妳把阿翁也騙上山了！」意識到自己上當，葉繡兒立刻嘬住三指。

一個鳥哨還未出口，青唯已然捉住她的手腕，隨即掩住她的口，避去一株巨木之後。

夜風漸漸變大，空氣裡的異香愈來越濃。

沒過一會兒，靜謐無聲的林間就有了動靜。這動靜像獸，似乎是夜裡的孤狼，屏息凝神地感受著這周遭林間可能匍匐著的獵人，一步一步悄悄地逼近自己的目標。

他的目標是山腰一株槐樹上高懸著的香囊。

其實一刻之前，他就聞到風裡送來的異香了，他有些遲疑，繡兒明明說過的，若非是最緊急的情況，她輕易不會用這香囊。

可他又想到，近日這麼多人追他、擒他，這幾年躲躲藏藏，還有什麼時候比眼下更緊急呢。

所以他還是來了。

他想，如果、萬一，是繡兒出了什麼事呢？

灰鬼太敏銳了，敏銳到四下分明寂靜無聲，但他不曾向從前的每一次一樣果決地竄上樹，將香囊摘下，他像是在與周遭的靜默做一場聲勢浩大的對峙，在原地徘徊著，始終不肯走入直覺中似乎存在的陷阱。

灰鬼的直覺並沒有錯。

夜林無聲，然而重重樹影之下，潛藏著的不只一人。

他左邊有一株巨木，青唯與葉繡兒就隱於其後，而他前方不遠處，十餘玄鷹衛伏在深草間，目不轉睛地盯著他。

葉老伯被朝天拿布巾堵了嘴，被捆在更遠處的樹下，謝容與就安靜無聲地立在他身後。聽見灰鬼逼近，葉老伯目眥欲裂，奈何發不出一點聲音。

他懊悔極了，他上了那個姓江的丫頭的當！

他被騙了！

入夜的時候，他本來都要睡了，那個丫頭忽然拿著一盒藥材來找他，說：「葉伯，我闖禍了，我可能拿了官府的東西，請葉伯幫我。」

他的目光落在青唯手裡的藥匣，這裡頭裝著的不是他們一直以來在找的海螵蛸又是什麼？

青唯道：「昨晚我不是在城隍廟撞見那灰鬼了麼？後來官府的人來搜廟，我看到灰鬼把這匣東西藏了起來，我有點好奇，見他受傷逃走，就把這匣東西收了起來。我……逃婚離家，身上很缺銀子，以為是什麼名貴之物，想拿去當鋪賣掉，結果當鋪的人說匣子裡的東西是藥材，他們不收。」

「我也是事後才想起來，」青唯的目色十分惶然，「昨晚官府在一間藥鋪設局捉灰鬼，這盒藥材八成就是餌，灰鬼為了取這藥材，才被官差撞破行蹤。葉伯，要早知道這藥匣是官府的東西，我說什麼都不敢碰的。我想把它還回去，可您知道的，我逃婚出來，夫家認得官府的人，我不好在官差前露面，您……能不能幫個忙，就說這藥材您是在山邊撿到的，盡早拿給官府？」

海螵蛸是海中之物，在陵川極其少見。葉老伯他們已找了這味藥材多日，聽青唯說官府昨晚是拿海螵蛸引灰鬼上鉤，不疑有他，當即信了青唯。

眼下想想，他們找這藥材找得隱祕，官府怎麼可能輕易得知呢？怪只怪那個姓江的小丫頭說話時眼珠子明明淨淨的，一點雜質都沒有，他怎麼能知道她這麼會騙人！

也賴他，見著海螵蛸好不容易到手，沒有半分遲疑，當即就驅著驢車上了山，在約定好的樹上掛上香囊，引著灰鬼來取，全然不知自己身後早就跟了人。

灰鬼在原地徘徊了良久，直至半炷香的時辰過去，夜裡仍是除了風聲，什麼都沒有。

他終於放鬆警惕，原地一躍，整個身子幾乎是騰空而起，張臂如猱，朝樹上攀去。

正是灰鬼這猱身一動，四下潛伏的玄鷹衛立刻拽下手裡的繩索，夜色裡，一張巨網當空撒下。

與此同時，葉繡兒終於掙脫開青唯的束縛，大喊道：「葛娃，快跑！」

其實在巨網撒下的一刻，灰鬼已經意識到不對勁了，足尖在樹幹上一點，當空倒轉身姿，隨後勾手攬住一根枝條，朝旁側的樹梢盪去。

可惜還是晚了，繡兒這一聲叫喊，讓他的動作滯了一瞬，大網沒能罩住他，餘下的玄鷹衛已將他團團圍住。

林間一下子火色四明，繡兒竭力掙扎著要逃，卻被青唯扼住喉間重新縛住，另一側，朝天拽著葉老伯，跟謝容與步入火色中。

灰鬼見繡兒與葉伯都被制住，極其憤怒，呲牙發出「嘶——嘶——」的怒吟聲。

火光映照下，眾人都看清了他的臉。

他不是鬼，當真是人，除了左頰一道寸長的刀疤，眉眼堪稱清秀，年紀跟繡兒差不多。

葉老伯嘴裡塞著的布巾已經被摘掉了，他目色惶恐地看著眾人：「你、你們究竟想做什麼？」

「不做什麼。」章祿之大馬金刀地將長刀往地上一插，開門見山道：「我們到這山裡來，就是想知道當年竹固山的賊匪究竟是怎麼死的，還望幾位如實相告。」

他聲音粗糲，身形五大三粗，看上去比朝天還壯一圈，就這麼站著說幾句話，儼然是一副迫人的態勢。

灰鬼看著他，目光一下變得陰鷙，微弓身，張手成爪，足尖陷阱泥地裡。

葉繡兒連忙提醒：「葛娃別動！」

她隨後道：「什麼山匪？我們不認得，也不知道他們怎麼死的。我看足下並非一般人，既是衝著竹固山山匪而來，為何不去跟官府打聽，欺負我們幾個平頭百姓算什麼？」

她幫灰鬼潛藏了五年行蹤，心智豈是尋常人可比，章祿之見她顧左右而言他，懶得周旋，撩起袖子就要把她揪過來。

繡兒立刻道：「江姑娘！我算是瞧出來了，妳跟這些人是一夥兒的吧！日前在山裡裝神弄鬼，把葛娃引出來的人就是你們！」

灰鬼是怎麼被引出來的，常人不知道，葉繡兒卻是知道的。

要不是竹固山上莫名其妙來了個身法高妙的紅衣鬼，迫得官府封山，灰鬼何至於暴露行蹤？

章祿之道：「妳既然都瞧出來了，知道什麼不如趕緊交代，在這裡耗著，對妳有什麼好處？」

「該說的我已經說了，這幾年竹固山之所以鬧鬼，正是因為葛娃。葛娃的樣子你們也看到了，他生在山裡，長在山裡，與普通人不一樣。非我族類其心必異，官府把他當鬼，想要捉他，但我和阿翁知道，葛娃他心地純良，絕無害人之意，這才幫他藏了幾年。至於你們問的什麼山匪，我不知道他們怎麼死的！」

章祿之耐心告罄，「嘖」了一聲，回身闊步走向葉老伯。

灰鬼只道是章祿之要傷葉伯，「嘶」一聲低吟，頓地一個上躥，飛身撲向章祿之。

章祿之早有防備，側身閃過灰鬼的撲襲，抽刀回擋，與此同時，青唯收緊扼在葉繡兒脖間的手，高聲道：「我知道你聽得懂人話，你若再胡來，當心繡兒的性命！」

葉繡兒卻道：「葛娃莫怕，你只管逃就是，他們不敢真傷了我和阿翁！」

她說著，冷笑一聲，「他們這麼費盡周折把我們引出來，就這麼把我們殺了，豈不可惜？葛娃你只管走，他們攔你，你就往他們的刀口上撞，他們還指著從你嘴裡套東西出來呢，只怕比你還著緊你的性命！」

「至於我和阿翁麼，」葉繡兒聲音清脆，字字清晰，「就陪諸位在這兒耗著，等到天亮了，我家夫人找不著人，官府的人自會尋來，我看屆時究竟是我怕見到官差，還是諸位更怕見到官差。你們也瞧見了，葛娃不過是一個野生野長的孩子，他能和竹固山的山匪有什麼關係？倒是江姑娘，妳出門在外避走官兵，獨行深山夜不敢眠，只怕不是逃婚出來這麼簡單吧？」

話音落，章祿之的臉色就變了。

不承想這個姓葉的小丫頭竟是出人意表地機靈，說的話句句都在點子上。

是了，這葛娃看上去不過一個心智不全的少年，只怕與竹固山山匪沒有直接關係，反是少夫人……她是溫氏女，身上背負重罪，而今左驍衛入駐縣城，一旦身分暴露，殿下哪怕保得住她，也會因她處處掣肘了。

這時，謝容與涼聲開口：「你們是不怕官差，這個葛娃，也未必是竹固山的山匪，但是，」他一頓，「那個真正被你們藏起來的人呢？」

這話出，葉繡兒的目色微微一滯，「什麼真正藏起來的人？恕我不知閣下究竟在說什麼。」

謝容與淡淡道：「海螵蛸，你們是給誰用的？」

「左驍衛與巡檢司入駐上溪前，你們明明有機會出城，又知山中捷徑，明明性命攸關為何不逃？」

「這個葛娃既非山匪遺餘，這幾年為何又要隱姓埋名地活著，僅僅因為他心智不全？」

謝容與一連三問，葉繡兒聽著，面色漸漸白了。

然而謝容與並不給她辯駁的機會，接著道：「這山裡藏了第四個人。你們不走，並不是不想走，而是因為走不了。如果我猜得不錯，紅衣鬼的出現，官兵封山，或多或少阻擾了你們，以至這第四個人忽發疾症，行動不便，急需海螵蛸根治，所以你們此前去東安，頻繁出入藥鋪，正是為尋這味藥材。」

「還有葛娃，他不是山匪，如果這山中僅僅藏了他一人，你們把他接下山去又何妨？但你們不能，因為這山中還有人需要他照顧。五年以來，山中鬧鬼皆是因為葛娃時不時露面，不過葛娃露面無妨，一個野生野長的孩子，官差們並不會往心裡去。而因他露面引起的鬧鬼傳言，正巧合了你們的心意，常人畏懼鬼神，鬧鬼之說引得上溪人無事不敢往山中來，更方便你們藏人。更或者這鬧鬼之說，原就是借你們之口，推波助瀾傳開的。」

「姑娘適才說得不錯，我們是用了些伎倆把你們誆出來，且的確不希望官府的人尋來，不過有一點，妳猜錯了，我們千方百計地引你們上山，不是為了這個葛娃，」謝容與微頓了頓，「而是為了這五年來，真正隱匿山中，一面都不曾露過的第四人。這個人，才是竹固山山匪的遺餘。」

「你……」葉繡兒還欲再言，卻見那說話人長身玉立，彷彿是自這靜夜裡幻化而來的鬼仙，一時竟覺得辯無可辯，咬牙道：「你們便是取走我的性命，我也不會把他的藏身之處相告！」

大不了耗到天亮，看誰拖得過誰！

「不需要妳相告。」這時，青唯道：「妳不好奇我為何要騙妳上山嗎？引出葛娃，葉伯一人就夠了。」

葉繡兒聽了這話一愣。

是了，他們已經知道了海螵蛸，是故拿海螵蛸去誆阿翁。香囊是阿翁掛的，葛娃也是阿翁引來的，把她誆上山做什麼？

章祿之道：「女娃娃，被你們藏著的這個人既然行動不便，你們和他傳遞消息的地方，距他的藏身之處又有多遠呢？」

報平安的巨石在山腰。

掛香囊的槐樹在密林裡。

以其中一個點為中心，方圓五里或是十里去找，也能確定那人的藏身之處，不過這樣搜索的範圍太大，又在夜中，到天亮都未必找得到。

好在眼下他們確定了兩個地點，就有了兩個中心，以這兩個中心點畫圓，其中重合的地方，就是他們真正要搜尋的範圍。

謝容與和青唯為查竹固山山匪，已經費盡心力，怎麼可能只將希望寄於一個小姑娘和心智不全的少年身上，今夜既然出手，就要一擊制勝！

很快，一名玄鷹衛自密林裡趕來：「虞侯，屬下在山間溪邊的矮岩下發現一個岩洞，洞裡似乎有蹊蹺，請求增兵去探。」

葉繡兒聞言，臉色駭然大變：「你、你們不能——」

她話未說完，山間忽然響起拄杖的橐橐之聲，人群後方，無盡的深暗處，傳來一聲沙啞的長嘆：「罷了，繡兒、葛娃，這幾個人不是你們能對付的，且讓他們尋來吧。」

他說著，在茫茫暗夜裡仰天而望：「竹固山的血未流盡，大當家二當家黃泉路上焉可瞑目？閻羅殿裡冤魂太多了，終於驚動了九霄，神仙妖鬼都招來了。」

玄鷹衛聞聲持炬照去，火光幢幢，說話人是一個乾瘦的老叟，身上衣衫襤褸，整個人的重量幾乎都壓在了手裡的木杖上，一條褲腿在膝間高高挽起，儼然是沒了半條腿，雙眼雖渾濁，目光卻十分銳利。

他掃了周遭眾人一眼，不懼不怯，拄杖轉身，慢悠悠地往來路走：「諸位，且隨老朽過來吧。」

山腰的溪澗邊有一個岩洞，撩開岩洞盡頭的藤蔓往裡走，是一條深長的甬道，甬道看似死路，按下岩壁上的凸起，眼前一道石門緩緩落下，一間開闊的石室出現在眼前。

這間石室是離亂年間，獵戶們為躲避山間猛獸建的，後來被竹固山山匪據為己有。山匪們死得突然，這幾年就成了葛翁與葛娃的藏身之所。

石室寬大，中間以石塊圈出一個照明的火堆，貼壁的地方有石臺，上頭鋪著幾張乾草墊子。

謝容與命玄鷹衛守在岩洞外，只帶著青唯、朝天幾人進了石室，葛翁讓葛娃把草墊子擱在火堆邊，意示來客們坐。葛娃這會兒對謝容與幾人的敵意少些了，但他依舊不喜歡他們，擱好草墊子，迅速拉著繡兒避去壁邊石臺，把她掩在自己身後。

葛翁不能久立，擱下木杖，往草墊子上坐了，「看閣下的樣子，京裡來的吧？」

謝容與「嗯」一聲，十分有禮地揖了揖：「在下對前輩並無惡意，只是竹固山山匪之死事關在下所查的一樁大案，在下不得已，只能先兵後禮。」

葛翁又問青唯：「我聽葛娃說，昨晚官府抓他，是妳這個女娃娃引開官兵救了他？」

「救他談不上。」青唯道：「我跟他都躲在馬廄裡，如果被發現，一個都跑不了。」

葛翁點點頭，他在心中權衡一番，嘆一聲：「說說吧，你們怎麼找到這深山老林來的？為了……你說的什麼案子？」

「不瞞前輩，在下乃是為了洗襟臺之案。」謝容與道。

他既說了要先兵後禮，態度十分誠懇。

「五年前洗襟臺塌，與陵川一個叫作徐途的木料商人有關。這個徐途在洗襟臺修好之前，多次往來上溪，一度與竹固山的大當家耿常結交密切。後來他畏罪而死，竹固山山匪也在一夜之間被剿殺暴亡。在下直覺此事有異，細查當年上溪卷宗，找到一名蔣姓商人。這名商人前輩應該認得，他叫蔣萬謙，他和徐途一樣，在洗襟臺修好之前，與耿常等人來往頗密。竹固山山匪之所以被殺，正是因為他一狀把山匪們告到官府。」

「我本打算從蔣家入手徹查此案。無奈蔣家似乎有防備，看上去並無異樣，除了對山中鬧鬼一事頗為忌憚。我隨後派我的貼身護衛來到上溪，看看能否扮鬼引蛇出洞。沒想到正是他扮鬼的第二日，上溪立刻死了人，縣衙隨後請來附近駐軍，封山捉鬼。」

「雖然封山捉鬼、引出葛娃，確是我的計策不假，但我只是想查明當年真相，無意給前輩帶來麻煩，此前若有冒犯之處，還望前輩擔待。」

葛翁冷哼一聲，「我就說，葛娃一個野孩子，在這山裡亂竄也不是一日兩日了，官府怎麼忽然這麼著急要拿他。原來拿他根本不是因為鬧鬼，是因為有人要藉他查蔣家，查山匪之死，查那座塌了的樓臺！」

他又打量謝容與一眼，眼前之人看上去非常清貴，想必身分極尊，然而適才他與自己說話，言語間謙恭有禮，不曾隱瞞絲毫枝節，想來可以信任。

葛翁於是卸下芥蒂，「那個蔣家，根本不是什麼好東西，尤其是蔣萬謙，忘恩負義，狼心狗肺，當年竹固山的兄弟，就是被他害死的！」

青唯問：「葛翁，這話從何說起？」

葛翁掃眾人一眼：「我先問你們，你們可知道陵川為什麼這麼多山匪？」

為什麼這麼多？

咸和年間，生民離亂，陵川太過窮苦，百姓們衣食無著，走投無路了，只能落草為寇。這些青唯初到上溪時，余菡就跟她說過了。是故在早年間，匪患原本不是患，甚至有的匪行事仗義，還被稱作義匪。

「有人說竹固山當年的耿常，就是這麼一個義匪。」葛翁道：「不過照我看，『義匪』這兩個字，耿常擔不上，真正的義匪，是像柏楊山岳翀那樣的，亂世救黎民，戰時守邊疆，一身忠義肝腸，誰不道一聲佩服？耿常這個人麼，就是聰明些罷了，長袖善舞左右逢源，不管是跟商客還是跟官府，交情都不錯，你道他為了什麼，還不是為了酒肉錢財。」

「可能你們這些年輕一輩的，運勢好，生在盛世，所以感受不深，但我們這些老一輩的人，尤其是陵川人，就覺得這大周朝啊，前後分成兩截兒。咸和年間的日子，那是真的苦，苦得吃了上頓沒下頓，一條褲腿恨不得割成兩條來穿，一到冬天，山腳下、田地裡，一片片的死人。而變化在什麼時候呢？就在十八年前，滄浪士子投江。咸和帝老了，畏縮不戰，百姓們的日子已經這麼苦了，再來外敵跟我們搶糧食，我們還怎麼活？好在咸和十七年七月初九以後，一切都變了。滄浪士子投江，天下震動，長渡河一役隨之大勝，先昭化帝繼位，勵精圖治，我們這些遠在江山邊角旮旯的百姓，也能感受到朝廷上下的齊心。」

昭化帝敬士人，重民生，甘聽文士諫言，日子一年比一年好，朝廷良策惠及地方，百姓日漸安居樂業，那麼從前因貧苦上山的山匪，因成日無所事事，自然就成了患。

有的匪患好解決，縣衙上山遊說幾句，當家就帶著小嘍囉下山找正事幹了；有的匪患不好解決，當家的不肯放棄自己的地位，藏在深山野林裡成日跟官府對著幹，時不時下山打家劫舍。還有的匪患，就是像耿常這樣的，捨去點好處，跟官府、商客互惠互利，相安無事反而數年長青。

「早在耿常上山前，我就是竹固山上一個匪寨子的當家，耿常上山以後，整合了竹固山十多個寨子，自己做了新的當家。他這個人，有點本事，對待我們這些老當家，不殺不趕，反而個個敬為長老。」

什麼叫長老呢？年紀大，輩分尊。

長老能掌權嗎？一座深山也是一方江土，江土都易主了，「前朝皇帝」不殺就不錯了，怎麼可能放權給你？

「十多個舊的匪寨子，就有十多個長老。有的長老嚥不下這口氣，自己走了，有的長老忍下來，甘心屈居耿常之下，就混個堂主、長使來當。至於我麼，我當年上山，就是因為吃不起飯，到了昭化年，日子明明過好了，耿常卻不願下山，照樣做竹固山的大當家，還自稱是義匪，我就有些瞧不上他。可能因為那時竹固山只剩下我一個吃閒飯不幹正事的長老吧，他也瞧不上我，任我一個人在西山裡住著自生自滅，連寨子裡來了新人、貴客，他也不介紹給我認識。」

或許也正因為此，在日後那一場堪稱屠戮的剿匪中，葛翁才得以倖存下來。

「這樣的日子過了大概好些年吧，直到昭化十三年初，蔣萬謙上山了。」

葛翁說到這裡，目色有些茫惘，「耿常結交廣，講義氣，其實那年間，與他有交情的商人有很多，我幾乎都不認識，只一個蔣萬謙，因他是上溪本地人，當年打過幾回照面，所以我對他有幾分印象。」

「上溪窮啊，蔣萬謙少年時，也就是個窮小子。不過他因為長得好，又有幾分頭腦，後來去東安謀生，被一戶富商家的小姐瞧上了。那小姐姓方，是家中的獨女，因為還沒成親就有了蔣萬謙的骨肉，富商無奈，只能應下這門親事，隨後讓蔣萬謙入贅，手把手教了幾年，見他聰明，就把鋪子的買賣都交給他打點了。」

「蔣萬謙有了銀子，就染上一個毛病，賭。沒過幾年，他因為流連賭坊，沒盯著貨，貨倉起火，屯著的布料一夜間盡毀，方家兩代人的買賣非但砸在他手裡，還賠了不少銀子。他的老丈人因為此事落下疾病，沒過兩年就去世了，之後他的夫人也鬱鬱寡歡，數月後染疾病逝。蔣萬謙痛定思痛，戒了賭，將兒子交給方家那邊的親戚照顧，帶著所剩不多的銀錢回了上溪。」

「他也是時運好，那年上溪山上的桑樹豐收，正愁沒人來買，他近水樓臺，拿手中銀子買了桑，僱了十多輛牛車運去東安轉手一賣，賺了幾番，自此做起了桑麻生意。」

有了上回的教訓，蔣萬謙非但戒了賭，做事也不再冒進，十來年下來，買賣做得風生水起，成了上溪為數不多的富商，也重新娶了妻，生了子。而這十來年間，當初被他寄養在方家的兒子方留也長大了。

大周雖然開化，對商人不像前朝那麼鄙夷，可士人的地位卻是無與倫比的，尤其在士子投江後，到了昭化年間，連朝廷上幾乎都是文士的一家之言。

人都是往上走的，有了利，就想有名，錢財足夠了，就想為自己掙個地位。商人怎麼掙地位呢？蔣萬謙彼時已近半百，自己這輩子也就這樣了，好在，他還有個兒子，一個從小入私塾，飽讀詩書文章，及冠之年就考中秀才的大兒子，方留。

「蔣萬謙後來生的幾個孩子還小，唯獨這個方留，當時已經有秀才功名在身，所以他就動了把方留接回身邊的想法，盼著他能入仕、做官，能為蔣家增榮添光。」

青唯聽到這裡，不由想到了徐途。

徐途也是如此，自己無所出，見親姪子徐述白學問好，就帶著他去巴結魏升、何忠良，盼著他能去京裡做官。

「可惜這個方留資質有限，童生倒是當得早，就是考不中舉人。一年不中，年年不中，後來到了而立之年，連他自己都不想考了。三十老明經，五十少進士，其實而立之年考不中舉人也沒什麼，但是蔣萬謙老了，他等不起啊。就算秀才也算功名，一個秀才，能做什麼官？蔣萬謙左思右想，終於想出了一個法子，後來，也就是昭化十三年的初春，他就上竹固山來了。」

這話出，幾乎所有人都是一愣。

屢試不第，這跟上不上竹固山有什麼關係？

竹固山上都是山匪，而方留想考取的功名在朝堂，兩者之間，分明是八竿子打不著的。

葛翁說到這裡，也是語鋒一轉，他看向謝容與：「我觀閣下風姿，不該只是個尋常京裡人，而是朝堂中人吧？」

謝容與沒吭聲。

葛翁繼續道：「那麼我有一問請教閣下。成為士子，金榜題名，是否是天下讀書人最嚮往的事，若名字被寫在杏榜之上，是否就意味著他們從此可以平步青雲，仕途鵬程？」

謝容與道：「鵬程不至於，但朝廷取仕擇官，除了政績，第一看的就是功名，而今朝堂重臣，除了世家宗室，幾乎全是進士出身。前輩說金榜題名乃天下讀書人最嚮往之事，此言不虛。」

一朝及第，天下皆知。

當年謝楨高中狀元，微雪憑欄醉作一詞，天下雅士爭相傳抄，乘車自朱雀巷過，男女老少循馬競看，擲果盈車。

葛翁道：「那麼我再問閣下，登洗襟臺，比之金榜題名又如何呢？」

這問一出，周遭所有人再次怔住了。

石洞靜謐，只有火光焚烈灼灼。

良久，謝容與才開口道：「洗襟臺的修築，是為了紀念在滄浪江投河的士子，長渡河犧牲的將士，其意義非凡重大，是以當年先帝下令在各地遴選登臺士子，無一不是文才出眾、品性高潔，這……於他們而言，當是無上榮光，甚至……」

甚至連金榜題名都有所不能及。

科舉三年一回，朝廷時不時還會開恩科，今次不第，來年還能再考。

可是登洗襟臺，大周開朝以來，乃或是千百年間，只有這麼一回，能被選中登臺的士子，他們的名字將被載入史冊，傳承萬年。

這是堪比古時九品中正的一次遴選，其意義是無與倫比的。

「這就是了。」葛翁道：「這個方留，屢試不第，也許他以後還有機會，可蔣萬謙等不起啊。一個秀才做官，做官能做到什麼地步？可是，如果這個秀才，是一個登過洗襟臺的秀才呢？是一個被朝廷遴選，與眾多天子驕子一起登過臺，名聲昭昭的秀才呢？所以——蔣萬謙，他就來了竹固山。」

葛翁盯著眾人，聲音幽幽的，「他跟耿常做了筆交易，他給了耿常一筆銀子，耿常呢，許諾他在洗襟臺建成之日，讓方留，這個文才平平的秀才，登上洗襟臺。」

石洞裡的火色暗了些許。

謝容與的目光凝滯一瞬，隨後閉了閉眼。

那座樓臺，是他親眼看著建成，承載著無數逝去士人與將士的赤誠之心，該是無垢的，是不可玷汙的，如何……如何能拿來做這樣的買賣？

但謝容與知道，葛翁說的都是真的，因為那個方留最後確確實實死在了洗襟臺下。

他問：「耿常手裡，怎麼會有士子登臺的名額？」

當年遴選登臺士子，是由各地方提交名錄，翰林親自甄選的，這名額，如何會落到一個山匪手上？

葛翁搖了搖頭：「這我就不知道了，耿常也沒和我說。」

青唯想起了徐途，問：「當時耿常手裡，只有一個登臺名額麼？還是說他也賣名額給別人，譬如其他往來竹固山的商人？」

「不知道。」葛翁道：「我適才已經說了，我和耿常的關係並不好，早年間我一個人住在西山，連寨子裡的人都不認得幾個，可能因為太孤單了，有回打獵，在山裡遇到葛娃，就把他撿回來養。」

葛翁說著，回頭看葛娃一眼。

葛娃依舊盤腿坐在石臺上，見眾人望過來，他的目光立刻變得凶厲，再度把繡兒往身後藏去。

「這孩子，也不知是被狼養大的還是猴子養大的，我遇到他的時候，他才六七歲，聽不懂人話，只會吃生肉，為了把他撿回來，費了我好些功夫，後來他總算肯跟著我回西山，我呢，有了這個伴，就愈發不往寨子裡去了。」

「就這麼過了幾年吧，就出了你們說的那事，洗襟臺塌了。」

「上溪這地方，壞在閉塞，好也好在閉塞。洗襟臺一塌，上京、東安，包括中州一帶，聽說全都亂了套，但是上溪麼，還是老樣子，起初幾乎沒受到任何影響，所以我起先也沒把那什麼塌不塌的當一回事，直到有一天，耿常忽然一個人來了西山。」

這是耿常第一回，也是最後一回親自到竹固西山來。

他叩開木扉，在葛翁的竹屋裡坐了良久，擱在膝頭的拳頭不斷張開聚攏，才開口說：「葛叔，我可能做錯事了。」

「葛叔，我擔心，會害了寨子裡的兄弟。」

葛翁與耿常的關係並不好，這些年，兩人幾乎沒什麼來往，但平心而論，耿常對葛翁並不壞，每回寨子裡發糧了，耿常都會按照一人的分例，讓小的送來西山，後來葛翁收養了葛娃，那分例便變成了兩人的。因而這一句「葛叔」，就讓葛翁的心一下子軟下來，他拄著杖，慢悠悠地在耿常對面坐下，「你做錯什麼事了？」

耿常卻沒有說太多，只是詞不達意道：「朝廷建了一座樓臺，本來是為紀念投江士子的，前陣子塌了。年初蔣萬謙上山，從我手裡買走一個登臺名額，眼下他兒子，跟很多人一起，死在那樓臺下了。」

至於那登臺名額是怎麼到他手中的，他與蔣萬謙的買賣究竟是怎麼做的，也許是因為並不那麼信任葛翁吧，耿常通通沒提。

耿常這個人，雖然唯利是圖，但是他有一點好，非常講義氣。洗襟臺一塌，他知道自己惹上了事，但他不怕事，甚至不怕死，他怕的，是連累寨子裡的兄弟。

那日他親自到西山的竹扉來，大約也是為此。

耿常走的時候，非常落寞，他對葛翁道：「葛叔，您腿腳不好，寨子裡要真出事，您早點走吧。」

葛翁說到這裡，長嘆一聲，杵了杵手邊的木杖：「我當時沒信他的話，我就想了，左不過一個樓臺塌了，有什麼了不起的？我在竹固山這麼多年，改朝換代我都沒挪根，他讓我走我就走？不過他都這麼說了，那陣子我還是長了心眼，葛娃鼻子靈，耳朵也靈，我讓他去山口盯著，要是看到什麼官兵啊，衙差啊上山，尤其是那個蔣家人，就回來和我說一聲。」

「誰也沒想到出事出得那麼快。沒過幾天，蔣萬謙就上山來了。這個蔣萬謙，心真是黑啊，到山上來裝好人，裝大度，回頭就把竹固山給賣了！」

「他說，雖然他兒子死在了洗襟臺下，但樓臺坍塌只是個意外，他並不怪耿常。再說買賣名額這事，單憑耿常一人，怎麼做得了？他知道耿常也是被人利用的中間人。他還提醒耿常，說眼下樓臺塌，死去的士子太多，朝廷要徹查，說不定就會查到竹固山來，他讓耿常趕緊帶著山匪們離開，越快越好。」

「蔣萬謙太了解耿常多疑的性子了，他知道他越是這麼說，耿常越不會輕易行動。耿常會怎麼做呢？他會立刻下令，讓所有人都不要出山，切斷與山外的一切聯繫，然後派一個自己最信任的人，下山打聽實情。」

「耿常有個義弟，叫作寇喚山，是竹固山的二當家，他功夫極好，在講義氣這方面，比耿常有過之而無不及。」

山寨子出了這麼大的事，寇喚山自告奮勇，說，「大哥，我帶人下山看看吧。」也正是他決定下山，他們徹底中了蔣萬謙的計。

當日蔣萬謙離開竹固山，立刻向官府報案，稱自己的一批貨物在過竹固山下商道時，被耿常帶人劫走，運貨的家丁也被殺了。

寇喚山下山打探消息，山下早已埋伏了人，這些人一半將寇喚山困住，一半扮作他的手下，到城中搶了幾戶人家。

「朝廷修築洗襟臺的一年前就下了剿匪令，剿匪的官兵就駐守在離上溪不遠的營地。竹固山山匪接連下山作惡，這些駐軍自不能坐視不理，當即進山剿匪。不過，這些都是假象，耿常劫貨殺人是假的，寇喚山下山搶掠也是假的！真正作惡的是蔣萬謙，還有和他勾結的衙門、將軍！是他們幹了髒事，要上山來滅口，所以才設下了這樣一個局！竹固山的山匪不過一群烏合之眾，怎麼可能抵擋得住朝廷官兵？」

葛翁說到這裡，語氣悲涼，幾乎要將牙咬碎，「山上一夜間喪生無數，哀鳴響徹整個上溪，除了此前跟寇喚山下山的幾個，匪寨中的匪賊們無一倖免，可是那個寇喚山，他可真是個傻子啊！」

寇喚山在山下被十餘人圍住，就知道自己中計了。好在他的功夫極高，十餘人竟然困不住他，他本來有機會逃的，但他看到山上的烈烈火光，第一個反應卻是，「完了，我大哥遇害了，我的兄弟們也遇害了，我得回去救他們。」

那可真是一個厲害的人物，一個人提刀殺上山，最後看到的卻是耿常早已沒了聲息的屍身，他又提刀自山中亂尋，渴盼著能找到哪怕一個活著的兄弟。

功夫不負有心人，寇喚山在奔到西山口時，終於在林間發現了躲藏在一株巨木後的葛翁與葛娃。

葛翁彼時看到寇喚山時，幾乎沒認出來他來。

這個虎背熊腰的漢子，渾身上下都是血，身上數不清有多少刀傷，背後扎著不知幾根箭矢。

但他似乎絲毫不覺得疼，抹了一把臉上的血，說：「西山山腰的巨岩下，有一個岩洞，往裡走，牆根邊上有個機關，裡頭有一間石室，這是從前獵人留下的，只有我和大哥知道，你們去那裡，躲起來，快。」

葛翁與耿常關係不好，與這個竹固山后來的二當家，幾乎沒有任何交情。

可是在最後，生死攸關的時刻，他把最後一個藏身的地方告訴了他們。

可能他覺得，這兩個人，多多少少也算竹固山的兄弟吧。

山間火光已經逼近，官兵們追來了，寇喚山揩了一把臉上的血，冷笑一聲，「這些狗賊們殺了大哥，我跟他們拚了！」他回過頭，「縣令府上的葉家祖孫，我對他們有恩，你們藏不下去了，就去找他們，他們會幫你們的。」

葛翁問：「那……那你呢？」

「葛叔，你得活下去，以後如果有機會，為我和大哥，還有竹固山的兄弟們報仇！」

說完這話，寇喚山再不遲疑，提刀迎上前去。

葛翁還在愣怔，葛娃先一步反應過來，背起他，在黑夜中沒命地朝西山的獵洞裡逃。這也是葛娃長這麼大，終於完完整整地，聽懂這麼長一段人話。

寇喚山死了，或許在他上山的一刻，他就沒想過要活下來。

而被他拿命保下來的，兩個似是而非的山匪，葛翁與葛娃，就躲在山間的石室裡，在葉老伯與葉繡兒的幫助下，瞞天過海地倖存下來。

直至五年後的今天。

葛翁一番話說完，石洞裡靜謐得只餘烈火焚灼聲。

每一個人的目光都是沉寂的，似乎尚不能從當年的這場屠戮中回過神來。

良久，還是謝容與開口道：「照這麼說，竹固山山匪之死，上溪縣衙是有參與的。」

「是。」葛翁道：「我這幾年仔細想過，不管是買賣名額、對寇喚山設伏，還是讓駐軍來山裡剿匪，都繞不開上溪縣衙。」

如果縣衙是乾淨的，這一連串的行動不可能成功。

其實葛翁說的這一點，謝容與很早就想到了。

否則他不會避開官府，祕密來到上溪。

青唯問：「當初上溪縣衙裡人，就是眼下這幾個嗎？」

葉繡兒道：「是，孫縣令，秦師爺，還有李捕頭，連衙差都沒怎麼變過。上溪窮，沒什麼人想到這裡來。」

青唯想了想，又道：「幾位既知道蔣家買下登臺名額的內情，這些年下來，難道沒想過要離開上溪，把此事稟明州府？」

魏升被斬以後，陵川的新任州尹齊文柏，倒是一個聲名在外的清廉好官。

葛翁嘆了一聲：「自然是想過的。否則姑娘以為，憑老朽這麼一個大字不識的草莽，是如何弄明白士子朝堂、科舉杏榜、秀才舉人等等門道的？竹固山山匪死得冤枉，我如何甘心在這深山裡躲藏一輩子？初藏起來那一陣，我發了瘋也想去東安府狀告蔣家和上溪縣衙，狀告那個前來剿匪的將軍。不過後來，就在我離開竹固山的當天，我遇上了一個人，是他勸我安心躲起來，不要再管此事了。」

葛翁淡淡地笑了一聲：「老朽也算是一個頑固之人，如果這話是別人說的，我可能一個字都聽不進去，但我草莽出生，平生最敬重的唯有一人。這個人雖然不在了，但他後人的話，我一定會聽。」

青唯問：「你遇到了誰？」

葛翁看著她：「不知姑娘可聽說過柏楊山岳氏？」

青唯垂在身側的手倏地握緊。

「這個人正是岳翀將軍的義子，岳魚七。」

第二十七章 重新

「這個人正是岳翀將軍的義子，岳魚七。」

青唯張了張口，一時間沒能說出話來。

這些年，她一直在找的師父。

洗襟臺坍塌的兩個月後，朝廷的海捕文書尚未下達，外間已傳出捉拿溫氏親眷的風聲，而岳魚七，正是在這時向昭化帝投案的。

他稱自己是溫阡的內弟，朝廷若要追責溫築匠，他應承擔一份罪責。

玉鞭魚七功夫過人，當年長渡河一役，他一人一劍便能以一敵百，長渡河倖存的將士不多，其中一半都屬岳魚七麾下，是他帶著他們在屍山血海裡殺出一條生路。

青唯不明白當年洗襟臺塌，岳魚七明明可以獨善其身，卻選擇了主動投案，當她接到這個消息時，她的師父已坐在囚車中，跟隨昭化帝的御輦北上返京了。

岳魚七後來消失在一場預謀已久的劫囚中。

也不知是哪個吃了熊心豹子膽的，居然敢去劫皇帝的輦行，這事後來傳得神乎其神，說什麼當日黃沙漫天，數十黑衣殺手自道旁躍出，以掩耳不及迅雷之勢劈斷囚鎖，黃沙還未散，囚車上只剩一個裂成兩半的頸枷。

不過傳言只是傳言罷了，說出來，又有多少人會信呢？帝王輦行上千禁衛隨行，幾十個殺手，連朵浪花都掀不起。是以後來就有人揣測，岳魚七其實沒有消失，他只是死了。洗襟臺坍塌昭化帝震怒，斬了魏升、何忠良根本不夠，還要將這個與溫阡有瓜葛的小將軍一併處死。

因為岳魚七到底是長渡河將士，昭化帝顧忌人言，才安排了一出劫囚掩人耳目。

青唯啞聲問道：「你……是何時遇到他的？」

「昭化十三年的九月。」葛翁記得很清楚，竹固山被屠後，他幾乎是數著日子過的，「九月下旬。」

那就是洗襟臺坍塌的兩個月後。

這麼說，是年九月，岳魚七到上溪問明山匪之死的緣由，就去向昭化帝投案了。

青唯又問：「你見到他時，他可曾說過什麼？」

葛翁搖了搖頭：「岳小將軍來得匆忙，走前除了囑咐我等躲起來，只稱自己還需尋人。」

尋人？師父還要尋什麼人？

青唯的手不由握緊。

還是說，那時師父也在找她？可他既然要找，後來怎麼不繼續找下去了呢？害的她這些年輾轉飄零，總是伶仃一人。

青唯心緒翻覆，可惜葛翁所知道的只有這麼多，再問也問不出什麼了。

一時言罷，謝容與對葛翁道：「眼下上溪已非安全之所，縣衙不乾淨，外來的官兵並非全是善類，前輩若信得過在下，不如暫由在下安排人護送幾位離開。」

謝容與這話說得十分客氣，但葛翁知道，他們其實別無選擇。

葛娃已經被發現了，衙差們找來岩洞是遲早的事，他們已在這躲了幾年，難道還能躲一輩子不成？與其這麼暗無天日地過活，不如搏一把。

葛翁扶杖起身，看著謝容與：「敢問閣下，接下來可是要對付那蔣萬謙了？」他一頓，聲音又沉又蒼老，「那蔣萬謙背後的人，不簡單。」

言訖，他並沒有等謝容與的回答，拄杖往石室外走去，「那就有勞閣下了。」

外間天色已明，剛出岩洞，一名玄鷹衛立刻來報：「虞侯，左驍衛的伍校尉帶兵去城西莊子了。」

「伍聰？」謝容與的眉頭微微一蹙，「什麼時候的事？」

「就在一刻前。」玄鷹衛道：「虞侯上山以後，屬下帶人在莊外盯著，伍校尉似乎為了少夫人而來，眼下已傳了那縣令的外室，詢問葉氏祖孫與……外來的表姐江氏。」

「江氏」二字一出，謝容與看青唯一眼。

他知道她眼下化名姓江，適才繡兒一聲聲「江姑娘」地喊，他就注意到了。

青唯似無所覺，她有點惱：「去年在上京，幾個追捕我的左驍衛裡就有這個姓伍的，日前我來上溪，巧了，山外值守的又是他，他應該自那時就開始懷疑我了。」

她說著，掉頭就往山徑另一頭走。

謝容與捉住她的手腕：「妳去哪兒？」

「我去林子裡躲一陣，等他走了我再出來，這個人簡直陰魂不散。」

謝容與沒鬆手，對玄鷹衛道：「你先把葛叔和葛娃安頓去雲去樓。」隨後看青唯一眼，言簡意賅：「跟著我。」

到了山下，老遠只見十數左驍衛環立莊外，余菡帶著吳嬸兒幾人在莊門口翹首張望。莊前除了伍聰，縣衙的秦師爺也在，一見謝容與，二人立刻迎上來拜道：「殿下。」

謝容與這會兒身邊只跟著章祿之與朝天兩人，玄鷹衛守著青唯與葉氏祖孫遠遠地等在山腳。

謝容與道：「怎麼？」

「稟殿下，」伍聰知道小昭王和那溫氏女的關係，有點猶豫，「屬下因一樁舊案，前來向莊上的葉氏祖孫與其表姐江氏查證，不知殿下……可否讓屬下見一見這幾人？」

謝容與聲音很淡：「你不是奉旨來捉鬼的嗎？怎麼疑起旁人了？」

「是這樣，這幾人中有人與屬下近年追捕的一名重犯很像，且很可能與前夜殿下追捕的灰鬼是同一人……」

「大膽伍聰。」不待伍聰說完，章祿之便打斷道：「當夜捉鬼不成，本是你自己疏忽，虞侯已因此訓斥過你，怎麼，你這是不長記性，反倒要一而再再而三地拿此事頂撞虞侯麼？」

「屬下不敢，屬下實在是……」

伍聰話到嘴邊，只覺怎麼說都不合適。

他一個七品校尉，當真是人微言輕，別說昭王殿下，單拎出玄鷹司都虞侯這個身分，他都是得罪不起的。

頂撞小昭王非他所願，但左驍衛這個衙門，由上及下都有點一根筋，溫氏女的通緝令未撤，重犯疑似就在眼前，他難道能雙目一閉，當作沒看見不追捕了麼？

伍聰垂著眼，等著謝容與訓斥，然而等了一會兒，謝容與卻並沒有如日前一般斥責他，反是移目看向秦景山：「秦師爺怎麼來了？」

秦景山道：「回殿下，因今早伍校尉跟草民打聽起葉家祖孫，草民左右無事，便帶著伍校尉過來。」他頓了頓，又補充道：「哦，這莊子上住的，是孫大人的……孫大人的家人。」

原來是他把人帶過來的。

謝容與聽了這話，對伍聰道：「你來查案，本王也來查案，你要找的這幾個人，正好也是玄鷹衛要找的證人，你可願予本王一個方便，先將人帶走查審？」

他堂堂一個殿下把話說得這樣客氣，伍聰還能說什麼，只得應了。

伍聰一走，玄鷹衛很快驅來了兩輛馬車，章祿之對葉繡兒與葉老伯道：「二位，回去趕緊收拾東西吧，別讓我們虞侯等久了。」

繡兒連忙點了點頭，快步回了莊。

余菡與吳嬸兒幾人被玄鷹衛攔在莊門口，看著葉繡兒匆匆收拾好行囊出來，傻了眼。

余菡追了幾步，愣道：「這、這是怎麼回事啊！你們要把我的人帶走？」

她乍然醒悟過來，狠狠一跺腳，厲聲道：「不行！你們可不能帶我的人走！」

繡兒已將行囊擱在馬車上了，聽是余菡要攔著不讓她離開，猶豫了一下，問謝容與：「官爺，可否容奴婢去跟我家小夫人道個別。」

謝容與微頷首。

繡兒於是快步來到余菡跟前，隔著兩名玄鷹衛，說道：「小夫人，我和阿翁攤上了樁案子，得離開上溪一陣，左右這陣子莊上的胭脂夠，環釵也有新買的，等夫人用上一陣，用膩了，我就回來了。」她說著，又從袖囊裡摸出一個荷包，「這荷包裡是我這幾年攢下的銀錢，要是夫人把胭脂都用完了我還沒回來，夫人就讓人拿這銀錢去東安府採買，算繡兒孝敬您的。」

荷包握在手裡，裡頭幾塊指甲蓋大的疙瘩，這死丫頭，這才多少碎銀。

余菡問：「妳說要走一陣，一陣是多久啊？」

繡兒搖了搖頭，那麼多條人命呢，官司也不是一時半會兒能結的，官爺是京裡來的，指不定她還得去京裡。

「短則十天半個月，長……可能一兩年吧，總之小夫人待我好，我定是要回來伺候您的。」

「一兩年？」余菡一聽這話，氣得將荷包往地上一摔，「妳這死丫頭，妳怎麼不死在外頭？」

她心裡也清楚，繡兒走不走，這事她自己說了不算，能做主的，是不遠處立著的，那個誰見他都要矮他一頭的公子。

她將繡兒往一旁搡開，扭身上前，當即就對著那人嚷道：「你是什麼人啊？我的丫鬟，你說帶走就帶走，你怎麼不——」

話未說完，謝容與別過臉來。

後半截話生生卡在喉嚨口。

余菡愣了，見過俊的，沒見過這麼俊的。

天上的月亮落到水裡也只是一個虛影，眼前這位簡直是真仙人來了凡間，身遭繚繞的春風也化成了天人澤被的仙霧。

余菡有個毛病，見不得長得俊的，兩年前跟孫誼年去東安，撞見順安閣的才俊，膝蓋頭直發軟，眼下這個，別說腿軟走不動道了，連氣都喘不勻了，要不是他帶走了她最喜歡的繡兒，不說不笑周身一股可遠觀而不可褻玩的涼意，她就要賴上去，一輩子跟定這個人。

余菡跟他說不著，移目看向青唯。

她倒不傻，自從這個姓江的丫頭來了莊上，怪事異事一樁接著一樁，眼下繡兒被帶走，定跟這個姓江的丫頭脫不開關係。

她捏著帕子指著青唯：「是不是妳把繡兒拐走的？」

青唯對余菡道：「此前多謝夫人收留，日後事平，我定將繡兒平安無恙地送回來。」

「不成！」余菡一跺腳，目光在青唯與謝容與身上幾番梭巡，恍然大悟，「我知道了，我知道妳為什麼會來上溪了！妳莫不是早跟此人有勾連，為了他才逃婚的？」

「逃婚」二字一出，謝容與頓了頓，移目看向青唯。

余菡插著腰，當下也不管不顧了，「我好心收留妳，妳卻拐走我的繡兒，當心我把這事告訴妳夫家！別以為我不知道妳相公是誰，繡兒早把一切告訴我了，他姓謝，官宦人家出身，其實你們早成親了，但他心不定，浪蕩得很，成日在外頭拈花惹草，還要招小妾，納外室，還有個什麼高門千金幾年前對他芳心暗許，一心想要頂掉妳嫁給他，妳氣不過，醋意大發了，所以跑了！我告訴妳，別以為上溪閉塞，謝姓在陵川少見得很，這樣的浪蕩公子哥，東安有幾個，我一打聽就知道！妳不是會跑得很嗎？我這就讓我那冤家去尋妳的相公，讓他來上溪，把妳五花大綁捆回去——」

余菡話未說完，就被兩名玄鷹衛架著胳膊，攆回莊上了。

四下裡鴉雀無聲，所有玄鷹衛包括朝天都垂下了頭。

青唯閉了閉眼，只恨山間曠野，除了一個莊子，她哪兒也不好逃。

她垂眸立在原地，飛快思索著如何解釋自己編排的彌天大謊，這時，身側傳來的謝容與的聲音。

低沉而清澈，鎮定又從容：「娘子不上馬車？」

他微一頓，「上個馬車罷了，這就不需要為夫五花大綁了吧？」

青唯也不知道自己是怎麼回的雲去樓，只記得在馬車上，謝容與似乎沒怎麼提她「逃婚」的事。

可他不提，這事也過不去了，安排葛翁幾人離開上溪刻不容緩，謝容與送她回到天字號房，就匆匆去了縣衙，青唯留在房裡，走也不是，逃也不是。

她眼下真是恨極了那左驍衛的伍聰，若不是他帶人在城中搜捕她，她早就逃之夭夭了。憑她的腳程，半日離開上溪都是慢的，借匹快馬，明天一早連東安都到了，三日內遁出陵川，七日之間遠走天涯，從此隱姓埋名，過此一生。

昨晚沒睡，青唯午過小憩了一會兒，睡夢中惡事連連，一忽兒是繡兒、余菡一個接一個地逼問她，「說，妳的夫家是不是京城謝家」，一忽兒是謝容與拎著指粗的麻繩一步一步走向她，「娘子，為夫找妳這麼久，以後就別想著跑了吧」。

以至於午憩醒來後，她整個人都是稀裡糊塗的，日暮謝容與回來，用飯時似乎和她說了幾句話，她都沒怎麼聽進心裡。

天很快暗了，謝容與沐浴完，披衣靠在榻上看卷宗，順道催她也去沐浴。

春夜有些涼，溫水浸上肌膚，青唯清醒了一點，她渾渾噩噩地過了一天，心道是如果不找個藉口把她「逃婚」這個彌天大謊糊弄過去，她吃不好睡不好，長此以往折壽十年都是輕的。

榻前的小几上點著燈，謝容與正藉著燈色看卷宗，几案上還堆放許多信函，大概是京裡送來的。

青唯沐浴完，立在屋中看著他。

他身上的中衣是很乾淨的素色，不苟言笑的樣子非常冷淡，雙眸低垂著，尾梢拖曳出清冷好看的弧度。

半年不見，他的氣色好了許多，大概是病勢見好，身姿舒展著，乍一眼看去，倒更像初見時，那個逍遙自在的江辭舟。

青唯將心中亂麻稍稍理清，走過去，在床尾坐下。

「那個……我……」

謝容與聽到她的聲音，眸色稍稍一動，抬眼看她：「妳什麼？」

他將手裡卷宗一闔，「想好怎麼圓謊了？來，說說看。」

「……說什麼？」

「說妳是怎麼在別人面前編排我的。」

他的聲音似笑非笑，看著她，將她的無措盡收眼底。

其實她這點無措與困窘，他一早就注意到了，見她極不自在，他便沒多提這事，哪知這都一日了，她竟還沒緩過來，和她說話她也心緒不寧神思恍惚。

既然過不去了，那就拿出來說說。

既然要說，那就掰開了揉碎了說清分明。

青唯望著謝容與：「我、我怎麼編排你了？我獨身在外，總得有個名頭，說自己是逃婚出來，大家是官府的人，旁人見我避走官兵，便也不覺得奇怪。」

謝容與也看著她：「妳怎麼姓江？」

「……」

「江氏？」

「天下那麼多姓，許你姓江，就不許我姓江嗎？」青唯道：「再說那麼多個江，你怎麼知道我是水工江，我就不能是羊女姜嗎？」

她說著，連忙補充，「說夫家姓謝也是一樣的道理，我們從前假成親，我順勢就用了你的姓，這樣方便記得。」

謝容與倚在引枕上，淡淡道：「行，姓江是意外，夫家姓謝，是為了好記，官宦出身，是為了避開官兵找的藉口，拈花惹草，納妾招外室，這些我縱然沒做過，但是為了讓旁人相信妳逃婚，這口黑鍋我背了無妨，但是——」

他驀地傾身過來，注視著她，「幾年前高門貴女對我芳心暗許，一心想要頂掉妳嫁給我，這一點就沒什麼必要了吧？妳為何要與人提這個？」

他一靠近，身上清冽的氣息撲面襲來。

明明這氣息很熟悉，再熟悉不過了——從前每一夜同榻而眠，她都能聞見的。

可眼下這氣息一逼近，她的心不知怎麼劇烈地跳動起來，「那是因為、因為……」

「我私以為，」謝容與的聲音沉沉的，「這一句，純屬一時口快，真心洩憤所致。」

他垂眼看她，「怎麼，妳離京之前，有人與妳說了什麼，讓妳介意至今嗎？」

小野是個大度之人，他知道，佘氏在翰林詩會上一番剖白，還不至於讓她往心裡去。

青唯聽了這話，擱在榻上的指尖微微一顫。

她驀地想到離京前，與曹昆德相見的那個寒夜——

「小昭王能走到什麼地步，尚沒有定數，好在他年輕，也沒有真正成親，還是有捷徑可挑的，若是跟哪家高門權戶強強聯姻……」

曹昆德這句話，當時聽起來只是不是滋味罷了，眼下不知為什麼，忽地在心中泛起漣漪。

青唯心間一跳，脫口而出：「不是！」

「那是什麼？」

「是……是壓死駱駝的最後一根草。」青唯望著他，非常急切地解釋，「逃婚總得有個契機吧？你在外頭拈花惹草，還跟曲停嵐一起招姬聽曲，這些我就不管了，但是你還打算著另娶他人，我心裡自然過不去，正是這樣我才……」

青唯話未說完，驀地息了聲。

她在……說什麼？

她謊言裡的那個夫家，明明是她臆想出來的，東安富戶謝家，怎麼說著說著，竟變成京城謝氏容與了？

謝容與的神情仍是淡淡的：「我回宮不久，兵部的佘大人的確進宮來見過我，委婉與我和母親提過他家千金悔婚高家至今未嫁一事，但是我，回絕了。」

「這事縱然我自認為做得沒什麼差池，但是，」他的聲音忽地非常溫柔，「娘子，為夫錯了。」

青唯只覺得頭皮一下子要炸開。

他又在說什麼？

明明在解釋她編排的謊話，扯到他們兩個人之間做什麼？

再說他們本來就是假夫妻，他娶不娶旁人與她有何相干？

青唯張了幾次口，只覺得再說下去只會越理越亂，她這個人就是這樣，說不過就動手，不想動手直接走人。

她盯了謝容與一會兒，驀地翻身下榻，折身就去推隔間的窗。

謝容與跟上去，把窗掩上：「妳做什麼？」

「我不想住在這兒了，我要出去住。」

謝容與的手牢牢把住窗閂：「出去？妳去哪兒住？」

「天為被，地為席，我隨便找棵樹，憑那伍聰還能發現我不成？」

謝容與不由失笑：「我是慢待妳了還是哪裡得罪妳了，好端端的客棧不睡，妳要去睡樹上？」

他一頓，收了笑意，語氣也緩下來：「妳在介意什麼？」

青唯原就是個有什麼說什麼的人，他既這麼問了，她便也不遮掩，逕自道：「你我本就是假夫妻，原就不該這麼毫不顧忌地住在一起。成親的時候，我用的是崔氏女的身分，你用的是江家少爺的身分，任誰都沒有當真，眼下你做回小昭王，你我自然不能以夫妻之名相處。」

謝容與聽了這話，剛要開口解釋，只聽青唯又道：「再說了，你我天差地別的兩個人，若一直以來我只是我，你只是你，想要見上一面都難，是無論如何都不可能結為夫妻的。連你的姓名我都是從別人口中得知的，不是嗎？」

這話一出，謝容與稍愣了一下。

青唯心中慌極了，她知道朝天就守在樓梯口，說完這番話，立刻高聲道：「朝天。」

朝天的確盡職盡責地守在樓梯口。兩日前，主子叮囑過他，從今以後，無喚不得進屋，眼下主子沒喚，少夫人喚了，主子最在意少夫人，他眨眼就進屋了。

「屬下在。」

青唯問：「這客棧還有屋子嗎？我要換一間住。」

不等朝天開口，謝容與立刻道：「不行，妳住另一間，我不放心。」

「那怎麼住？」青唯道，她四下望去，心道是左右這床榻夠寬，逕自走向朝天，「把你的刀給我，我把這床榻劈成兩半好了。」

朝天一呆，驀地退後一步，他心思急轉，目光落在右側擱著浴房的隔間。

劈什麼床呢？劈開了還能合在一起，就算不合，中間一條縫，兩人能相隔多遠？翻個身就到了。還廢刀。

「不如屬下把浴桶抬出去，抬張木榻進來，少夫人和公子分開對面隔間住吧。」

德榮說過的，出門在外，想想公子最關心什麼。

公子最關心少夫人，少夫人的意願，必然就是公子的意願。

朝天說做就做，不到一刻就把浴桶抬出屋，連床榻也鋪好了，隨後退出屋，深藏功與名。

青唯默了一瞬，起身就要去對面隔間，謝容與拉住她，「妳留在這裡。」

那隔間擱過浴桶，濕氣一時半會兒散不去，睡了不好。

他說著，收拾好床前几案上的信函，拿去對面隔間了。

兩邊隔間離得其實不遠，一間正屋的距離，隔間沒有門，只垂著透光的竹簾。

今日本來歇得早，鬧了這麼小半宿，已經有些晚了。青唯上了榻，拉過被衾，剛閉上眼，就聽到謝容與過來的腳步聲，他喚了聲：「小野。」

她沒睜眼。

他就立在床前看著她。

她倒是好養，只這幾日，氣色就比剛重逢時好多了。

他想起她適才說的話。

——「你我本就是天差地別的兩個人。」

——「如果我只是我，你只是你，是無論如何都不可能結為夫妻的。」

——「連你的姓名我都是從別人口中得知的，不是嗎？」

原來她在介意這個。

想想也是，如果洗襟臺沒出事，他在深宮，她在江野，這一輩子能有一面之緣就不錯了。而洗襟臺出了事，他還是王，她卻成了重犯，彼此之間的距離愈遠，不啻相隔天塹，可偏偏，一場陰差陽錯，讓他們成了假夫妻。

他自己倒罷了。

她輾轉飄零，伶仃奔走，又身負冤名，如何能不介意呢？

這樣的心結，大概不是一夕間能抹平的，總得慢慢來。

「小野。」謝容與又喚了一聲，「我知道妳還沒睡。」

青唯猶豫了一下，睜開眼看了他一會兒，默不作聲地坐起身。

她知道她適才說話有些急了，不管真夫妻假夫妻，他待她很好，她知道的。

她抿了抿唇，想解釋：「其實我無意……」

「我的姓名，妳是從別人口中聽說的？」不等她說完，謝容與接過話頭，溫聲問道。

青唯點了點頭。

謝容與於是低低笑了一聲：「那重新認識一下，我姓謝，名容與，字清執，生於咸和十二年春。容與二字，是我父親取的，清執二字，是我舅父贈的。」他微一頓，輕聲問，「妳呢？」

他姓謝，名容與，字清執。

容與二字，是謝楨起的，取自「聊逍遙兮容與」，是自在之意。

清執二字，是昭化帝贈他的。

五歲那年封王，封號為昭，因為年紀太小了，所以宮裡宮外都習慣稱他小昭王。

這些在江家時，江逐年與青唯提過。

只是不知清執二字何意，他後來似乎不常用，與人往來的私函上，也只署容與。

青唯垂下眼：「……我是咸和十五年冬生的。」

「就這樣？」謝容與問。

「那還怎麼樣？」青唯掀眼皮看他一眼，「我的名字你又不是不知道，上回進宮，長公主問起，我也說過一回。」

謝容與想起來了，她還說她小時候撓壞過岳魚七的臉，從此被喚作小野。

小野這個小名很襯她。

她總是張牙舞爪的，一個不慎就上房揭瓦，像隻小野狼。

眼下小野狼披散著長髮，安安靜靜地坐著，毛似乎被理順了，但他能感受到這乖順表像下的警醒與戒備。

「小野。」他喚她。

青唯「嗯」了聲，沒敢看他。

不知道為什麼，明明都說清楚不是夫妻了，他一靠近，她就緊張，連問個名字，也弄得像交換庚帖一樣。

青唯坐著不動，驀地感受到他傾身靠近。

清冽的氣息襲來，密密匝匝地將她圍住，她還沒來得及抬眼，就看到一縷青絲滑落他的肩頭，與她垂在胸前的髮觸碰在一起。

他的手繞去她身後。

青唯一下握緊被衾。

她非常慌亂，連心跳都漏了兩拍，卻努力著鎮定地道：「……你又要做什麼？」

謝容與已經收身坐好了，他手裡多了份卷宗，「過來拿卷宗，夜裡還要再看。」

原來他此前落了一份卷宗在這邊床榻上。

他喚她，她不讓，他才自己拿的。

虛驚一場罷了。

謝容與見青唯很快閉眼躺下，幫她掖了掖被衾，拿銅籤撥滅了几案的燈，落下簾，去了對面。

屋裡黑漆漆的，好在沒過一會兒，對面又亮起一盞燈火。

謝容與翻看卷宗的側影映在竹簾上，安靜得如月如霧。

青唯於是在這片朦朧裡睜開眼，看著這側影。

真是奇怪極了，他一靠近，她就慌亂，可適才他起身離開，她又覺得心裡空落落的，眼下他亮了燈，她能在夜裡看著他不遠不近的影，如雷的心跳終於平復下來，心上也不再有枕戈待旦，明日不知該往何處的茫然。

青唯的心靜下來，陷入深眠。

上溪早晚有宵禁，這夜宵禁的時辰早過了，一輛馬車卻在城中馳奔而過。

馬車往西走，一路無人攔阻，到了城西的莊子停下，車上的人下了馬車，整了整袍衫，上前拍門。

子時剛過，余菡還沒睡下，聽到莊門響動，她卻不理，今日已連著來了幾波官差了，都這個時辰了，還有誰會來找她？指不定又是一波官差。她正預備喚吳嬸兒去把官差打發了，甩著帕子剛邁出門檻，卻見院中行來一個削瘦的身影，正是孫誼年。

余菡愣了愣，迎去院中：「你怎麼半夜裡過來了？」

孫誼年沒答這話，逕自往正屋裡走，他的神色陰沉沉的，有種說不出來的古怪，余菡見狀，忙跟著他進屋，斟了盞茶遞給他。

孫誼年一口將茶飲盡，緩了口氣才說：「沒什麼，今天趕巧有空，過來看看妳。」

這都幾時了，還趕巧呢？

但余菡不在意這個，拿手絹去撩他的手背，「今夜不走了啊？」

孫誼年垂眼坐著：「不走了。」

余菡一喜，往他膝頭一坐，勾手去攬住他的脖子：「你歇在我這，就不怕你家那位河東獅明早攆去縣衙訓你？」

孫誼年與他夫人不睦多年了，十天半個月未必能說上一句話，凡開口必是爭吵。

往常余菡提起這河東獅，孫誼年必要跟著謾罵兩句，今夜他聽了這話，沉默一陣卻道：

「妳……以後莫在外頭這麼編排她，讓人聽到終歸不好。」

余菡一聽這話就來氣了，「我編排她？她不是河東獅嗎？這麼些年了，我處處為家裡著想，她卻死都不讓我進門，都是一家人，看我伶仃一人住在外頭，她倒忍心！這莊子，除了大，再沒別的好了，從前還有個繡兒陪著我，眼下倒好，繡兒被人強行帶走了，我身邊連個貼心的人兒都沒了。」

孫誼年看她一眼，「繡兒是早上被帶走的吧？」

「你知道？」余菡愣道：「你既知道，怎麼不派人幫我攔著？那來的是個什麼人啊，長得倒是俊，派頭卻大得很！連京裡的官爺見了他都不敢大聲說話，還非要帶走我的丫鬟。」

孫誼年聽了這話，沒吭聲。

「不過……」余菡語鋒一轉，語氣柔了下來，「他長得可真好啊，說真的，我這輩子就沒見過這麼俊的人。」

孫誼年冷哼一聲，將手裡的茶盞往一旁一擱，「妳就知道俊的。」

「那可不？」余菡的指尖順著他的後頸滑向胸膛，隨後狠狠一點，「我呀，要是遇到更俊的，就把你給蹬了，讓你日日饞著我，卻吃不著。」

孫誼年一下揪住她的手腕，目不轉睛地盯著她：「戲子就是薄情。」

「你不就喜歡我這點薄情嗎？」他有點用力，揪得她很疼，但她喜歡他這樣，她覺得男人就是要這樣才有氣概，嬌聲道：「咱們呀，就是露水情緣，天一亮，露珠兒沒了，我就把你忘了，要叫你好好傷心一場呢。」

她看著他，又道：「再說你這幾年，沒有當初那麼俊了。」

余菡初遇孫誼年時，他剛過而立之年，生得平眉長眼，個頭也高，雖然蓄了鬚，也算是美髯公，也不知怎麼，不過幾年過去，他瘦得厲害，年不及四十已然顯了老態。

男人也怕容顏遲暮，也怕拿來與人做比較。

余菡的話，一句一句戳到孫誼年心窩子上，戳得他忍不住，身子深處像燃起了一團火，驀地將她拽倒在自己身上。

余菡驚叫一聲，喘著氣推他：「正屋裡呢。」

孫誼年於是將她打橫而起，疾步去了寢房，在一片漆黑中，將她狠狠扔到床上。

紗簾搖曳，紅塵海浪翻覆，掀起的浪頭直有千丈高。

余菡在昏昏沉沉中轉醒，窗外天際已經浮白，床梁的晃動才剛剛停止，床榻已經濡濕了，說不清是他的汗還是她的汗，余菡伸手一推剛剛平息下來的孫誼年，喘著氣道：「冤家，我該下不來床了，你這是想要我死呀？」

他從來不曾這樣過，似乎要把這後半生的精力全都卸放在這了。

孫誼年伏在她肩頭，聽了這一問，驀地笑了一聲。

他從她身上下來，翻身望著床梁頂，「死了倒好，死了，也就一了百了。」

余菡直覺這語氣不對。

她撐起半截身子望著他：「你這究竟是怎麼了？」

孫誼年別過臉來：「妳昨晚說，以後我不在了，妳就去找個更俊的，更好的，這話是真的嗎？」

余菡粲然一笑：「真的呀，戲子薄情，我可要走得一乾二淨，這輩子都不見你了。」

孫誼年也笑了一下，笑容卻有點發苦：「那妳……趕緊走吧。」

余菡怔了怔：「你說什麼？」

「妳快走吧。」孫誼年望著床梁的目光空洞洞的，「上溪……要出事了。」

「妳問我今早來的那個人是誰。」孫誼年稍一停，說道：「小昭王，妳可聽說過？」

余菡不曾聽說過小昭王。在她眼裡，什麼王侯啊將相啊，那就跟天上的神仙似的，是摸不著觸不著的。

聽孫誼年這麼說，她只在心裡嘀咕了一句：「原來是宮中的王爺，怪不得，長得那樣好看。」

「他是為了查竹固山山匪的死因來的。」孫誼年澀然道：「幾年了，一點蹤影也沒露過的人，他一來，就被他引出來了。」

余菡沒怎麼聽懂後半截話，只問：「他要查山匪？那些山匪都死了幾年了，怎麼眼下才查？」

「可能是當年竹固山上流的血太多了。」孫誼年無力地笑了一下，「當時……我也在山上。」

「我知道呀。」余菡道。情事剛過，兩人尚是溫存，她的手指在孫誼年肩頭打著圈兒，「咱們爺，可是剿匪的大英雄呢。」

孫誼年並不領她這話的情，他別過臉，一字一句地重複道：「我說的是，當時，我也在竹固山上。」

余菡怔了怔。

她這個人，腦子不算太靈光，然而孫誼年這話一出，她竟像是聽明白了他的言下之意。竹固山上的匪死得那樣多，這案子，當真是乾淨的嗎？這麼多年了，上溪人敢怒不敢言，可冤屈隨著血，滲進了土底下，終於驚動了閻王，鬼差要拿著人命帳簿到人世間追債來了。

而這本帳，或許頭一筆就要算在孫誼年這個縣令身上。

余菡的聲音一下子拔高，「那又怎麼了？當時你是在山上，可朝廷的將軍說要殺山匪，這哪是你能做得了主的？再說了，這些年，衙門的差事，哪一樁不是由那秦師爺辦的，你就是個甩手掌櫃，什麼都不知道，那個什麼昭王來了，要拿你問責，你跟他解釋解釋不就成了？」

「誰說我什麼都不知道，我都知道的。」孫誼年平攤在床上，苦笑一聲，像沒了半副魂，「且這上溪城中，來的又豈止小昭王一個。妳不明白，上溪這個官府，眼下已不是我能做得了主了。」

他頓了頓，收拾好精神起身穿衣，「這樣也好，就這麼做個了斷，從今往後，再別有人因為竹固山沒命了。」

余菡聽出他言辭裡的自責之意，急忙跟著穿衣，「我不明白？我怎麼能不明白！那個秦景山，他可真是對得住你！當年你是救過他性命的，後來他犯了事，沒差事可做，你還把他招來縣衙。我一個戲子都知道滴水之恩，湧泉相報！他倒好，來你身邊做了師爺，差事大包大攬，把縣衙生生弄成了他的一言堂！這倒罷了，還有那個蔣萬謙，當年不就是他去牽頭的？是秦景山引著蔣萬謙上竹固山，結交了耿常！哦，眼下出了事，卻要你出來頂缸，這算什麼道理？敢情這髒水全潑在你一人身上了！」

孫誼年已穿好衣衫了，聽了這話，欲言又止地看了她一眼，最後只道：「景山不是妳想的那樣，他是個好人。」

他到底還是沒多說什麼，推門喚來一名廝役，把昨晚就備好的行囊送進來，擱在桌上，再一次叮囑道：「小昭王來了，上溪很快要出事，妳……趁早走吧，這行囊裡的東西，足夠保住妳後半生了。」

余菡看了眼桌上的行囊，還是有點遲疑，「你真要我走啊，那家裡人你打算怎麼辦？」

她問的是他家的河東獅。

孫誼年扯了扯嘴角，說不清是哭是笑，「她比妳乾脆，昨晚我一和她提這事，她連夜帶上兩個娃娃就離開了。」

余菡聽了這話，有些開心。

上溪要出事，他讓河東獅走，也讓她走，說明在他心裡，她跟他的結髮妻是一般地位的。

「好。」余菡粲然一笑，「那我路上慢點走，等你那個王爺把案子交代清楚了，可記得要來追我！」

孫誼年沒應聲，看了她一眼，然後折轉身，很快離開。

余菡也沒追，見他乘著馬車走遠了，快步回到房中，打開行囊一看，驀地嚇了一大跳。

行囊裡有一個半尺寬的木匣子，裡頭裝的，全是金燦燦的金元寶！

上溪都快要窮死了，她這冤家就是一輩子不吃不喝，把俸祿都攢下來，也攢不了這匣子裡的一成！他哪兒來的這麼多錢財？

適才孫誼年說的什麼王爺，什麼舊案，都離余菡太遠了，她壓根兒沒往心裡去，唯有這一箱金子是明明白白真真切切的，余菡看著金子，終於自心裡生出一絲緊迫，她一手捂著心口，一手招呼著屋外的人，「吳嬸兒，快，快去收拾收拾，我們這就走，這就走！」

天尚未亮透，朝天就打著呵欠從屋裡出來了，這是他的習慣，早睡早起，無事練武，有事迎候。推開樓梯口的門往上走，剛到拐角，就看到謝容與也正從屋中出來。

朝天連忙迎上去：「公子，這麼早？」

謝容與看他一眼，「信寫好了嗎？」

朝天愣了愣：「什麼信？」

謝容與一言不發地看著他。

朝天想起來了，與少夫人重逢的隔日，公子除了叮囑他無喚不得進屋，還讓他給遠在中州的德榮寫信，讓他速速趕來陵川。

朝天道：「已寫好了，不過信送去中州要些時候。」

謝容與「嗯」了一聲，沿著樓梯往下走，朝天跟上去，見主子手裡端著盞釅茶，看上去似有些疲憊，關心地問：「公子，您昨晚是不是沒睡好？」

謝容與沒理他。

朝天想了想，自責道：「都怪屬下，不該出主意讓公子和少夫人分成兩邊隔間住。」他真心實意地為自家主子與夫人著想，「同屋不同榻，到底互相影響，左右少夫人不願跟公子住一屋，不如屬下讓掌櫃的把人字號房收拾出來，讓少夫人搬過去。」

謝容與步子一頓，目光重新停在朝天身上。

片刻，他的手扶上朝天腰間的刀柄，將刀拔出半截，「這刀好用嗎？」

朝天點點頭：「好用！」

謝容與道：「好用就再去給德榮寫一封信，順便給京裡去信，讓駐雲、留芳也來陵川，八百里加急。」

朝天不明所以，「啊」一聲。

謝容與收手一拂，任刀錚鳴落回刀鞘之中，泛起一股涼意，「立刻，馬上！」

等朝天匆匆寫好信，青唯也起身了，她昨晚倒是睡得好，換了一身玄鷹袍，罩著黑紗帽下樓，章祿之與玄鷹衛也到了。

玄鷹衛的人數少了一半，想來分出去的人手昨天護送葛翁幾人出城了，謝容與問：「怎麼樣？」

章祿之道：「一切都照虞侯的吩咐，證人保住一個是一個，今早接到消息，葛翁幾人已平安離開上溪，想必衛掌使很快就能接到他們。」

謝容與頷首，又問：「孫誼年和秦景山你們查了嗎？」

其實早在到上溪前，謝容與就派人查過上溪縣衙，只是這縣令與師爺背後藏著的人不簡單，要查他們，多多少少得繞開一些關係，是故有些難辦。

章祿之道：「祁護衛日前來信，說陵川的齊州尹肯幫忙，眼下已有了眉目，目下還需等京中一封回函。屬下近日在上溪城裡打聽，倒是聽來一樁奇聞。」

「說是這個孫誼年與秦景山，自少年時便是好友，還同在一個私塾進過學。秦景山學問好，秀才功名拿得還比孫誼年早些，可惜他考中秀才的第二年失足落水，生了一場大病，病勢綿延，耽擱了考舉人。秦景山也是命苦，養了幾年，病終於好了，再度去考舉人，不慎又犯了事，這回犯事可不得了，落了牢獄之災，朝廷之後也褫了他的功名。好在孫誼年念舊，中了舉人後，來上溪做了縣令，動了些手段，把秦景山救了出來，讓他跟在自己身邊做師爺。」

青唯聽了這話，說道：「孫誼年與秦景山不過是尋常故交相互幫襯罷了，這事有稀奇的？」

章祿之道：「少夫人有所不知。秦景山當年落水沒考成舉人，是被他一名外姓表兄害的。後來秦景山落獄，乃是因為他殺了那個推他落水的表兄。殺人之罪不曾以命償命，只獲牢獄之罰，這本就很稀奇了，孫誼年彼時一個年輕縣令，竟然有法子把秦景山救出來，還讓他做了自己的師爺，這根本說不過去。」

「再說孫誼年如此，於秦景山而言，無疑是救命之恩再生父母，秦景山該對他感恩戴德才是。可秦景山卻不，他自從當了上溪的師爺，與孫誼年十分不睦，尤其這幾年，他將縣衙的差事大包大攬，衙門幾乎成了他的一言堂。孫誼年呢，也放任他如此。眼下兩人只是面上過得去，私底下早已勢如水火。」

「最重要的是，」章祿之說到這裡一頓，「當年耿常結交雖廣，與蔣萬謙並不相熟。後來蔣萬謙上竹固山跟耿常買洗襟臺的登臺名額，少夫人猜是誰牽的頭？」

青唯從他的語鋒裡已然聽出答案，依舊問了句：「誰？」

「秦景山。」章祿之道：「秦景山跟蔣萬謙是早年在東安結識的，蔣萬謙在方家做婿時，買過秦景山的畫。」

青唯沉默下來。

據葛翁說，蔣萬謙最後是從竹固山耿常手裡買下的洗襟臺登臺名額，這麼看，竹固山的名額買賣，秦師爺也參與其中？

謝容與亦在深思，但他知道，案情查到這一步，真相不是單憑推測就能水落石出的，眼下的重中之重，是找到證人，問出實情。

他問：「蔣萬謙那裡你們盯著嗎？」

「這幾日都盯著。」一名玄鷹衛答道：「那蔣老爺這幾日沒甚動靜，照常開鋪子，就是他年歲大了，不常在鋪中待著，鋪面另僱了人守。」

謝容與又問：「衛玦何時能趕到？」

「今晚吧。」章祿之道：「玄鷹衛昨日送葛翁葛娃出城，衛掌使今早接到他們，快馬加鞭趕來陵川，最快也要今天太陽落山以後了。」

他有點猶豫，想了想，還是實話說道：「我們的人手太少，一個人掰成兩個人用都不夠，上溪的縣衙不乾淨，外來的左驍衛、巡檢司，多少有點信不過。本來有了葛翁的證詞，我們已經可以收網了，但是衛掌使不到，我們就動不了，只能派人盯住蔣萬謙。蔣萬謙倒是被盯住了，別的魚，秦師爺，孫誼年，還有那些我們尚沒查出來的，他們不跑嗎？太被動了。」

謝容與明白他的意思。

這就好比一個漁夫想捕一江海的魚，可手裡的網，只有夠得上一個池塘，且這張網，網結少，網洞也大，漁夫站在江岸邊把網撒下去，魚兒們爭先恐後地往外逃，漁夫能怎麼辦？只能先揪住最關鍵的一條。

不過謝容與並不過慮。

上溪整個地方都不乾淨，此前為了引出葛翁與葛娃，派出十多名玄鷹衛潛入上溪已是極致，既然他已達到了目的，眼下魚兒們四下驚逃，也是他必將面臨的困局，有得必有失麼，哪怕只擒住一兩條魚，待衛玦帶著玄鷹衛趕到，大網即可張開。

謝容與放下茶：「去縣衙，把蔣萬謙帶過來。」

第二十八章 周旋

天更亮一些，一輛驢車從山間的小徑上駛過。若是青唯在，一眼就能認出這車，驢是頭倔驢，右邊的軲轆軸上有個豁口，正是葉老伯的那輛。不過今日趕車的不是葉老伯，而是一名縣令府的老管家。吳嬸兒挎著行囊疾步跟在車邊，余菡就坐在車上。

余菡心眼子雖大，但也知道她眼下走的這條路，正是出山的隱匿山徑。

她心中驚詫，幾日前繡兒從東安回來，還與她說這條隱祕山徑上設了關卡，前後都有朝廷官兵把守。今日她到了這裡，把守的官兵非但不多，也不怎麼巡邏，等靠近關卡，管家驅著驢車駛往林間，輕易就繞過去了。

這守得也不怎麼嚴嘛！

等驢車回到山道，余菡朝後看了一眼，離開關卡，她也就算離開上溪了。

不過她心底沒什麼留戀，雖說她是上溪人，但她自幼失怙，本來就在戲班子裡長大的，戲班的班主待她不好，時時打罵，她早都準備跑了，要不是後來跟了那冤家，她眼下還不知道在哪兒呢。

想起那冤家，余菡的心裡美滋滋的。他這回對她可真大方，那麼一大匣金子，不知道能不能把寶齋鋪的胭脂都買下來，也不枉她昨晚在床上捨了半條命給他。

余菡心中雀躍，等驢車徹底駛離關卡，她喚趕車的管家：「哎，等等。」跳下驢車，拿帕子掃了掃道邊木樁，坐下身，喚吳嬸兒給自己拿水囊。

管家見她如此，不由問：「小夫人，您怎麼不走了？」

余菡看他一眼，彎眼笑道：「走那麼急做什麼？我與老爺說好了，等他把案子跟那個王爺交代清楚了，他得來追我。」她吃了口水，「我慢慢兒走，等著他。」

「可不能等！」管家焦急道：「老爺早就吩咐了，讓小的盡早帶小夫人離開陵川。連馬車都僱好了，就等在東安府西郊，到了那兒，車夫會把小夫人送去中州。」

余菡聽了這話，細長的柳葉眉一挑，詫異道：「怎麼要去中州？」

不是在東安府落腳就行了麼？

然而不待管家回答，她吃水的動作慢了下來。

她忽地想起今早天尚未亮，他從她身上下來說的那些話。

——「死了倒好，死了，一了百了。」

——「這樣也好，就這麼做個了斷，從今往後，別再有人因為我沒命了就是。」

她想起她讓他辦完案就來追她，他只是空洞洞地看她一眼，並沒有應下。

她想起他昨晚那麼忘生忘死地雲雨顛倒。

余菡驀地起身，跺腳道：「壞菜了！」

「不行，不能走了，我那冤家想不開，我得回去勸他！」

她知道他的心結是什麼，他從前也是個美髯公，竹固山出事以後，五年間瘦脫了相，老態畢現。

管家連忙上前來攔，「小夫人，您回去也無濟於事，老爺讓您走，是為您考慮，您若回去了，指不定還多賠一條命進去。」

「怎麼無濟於事了？怎麼就要賠命了！」余菡高聲道：「那個王爺過來，不就是為了查竹固山的案子麼？竹固山那些匪，又不是老爺殺的，交代清楚不就成了！」

她推開管家的手，疾步往回走。

她看著嬌氣，實際也是苦出生，從前吃不上飯的日子都捱過來了，這管家攔她，她就徒步走回去，幾十里路罷了，照她往日的腳程，半日就到了。

「不是竹固山，那昭王殿下到上溪，是為了查洗襟臺，洗襟臺！」管家追上去焦急道。

余菡怔了怔，洗襟臺？竹固山的山匪，怎麼又和洗襟臺扯上干係了？難不成那些山匪之所以被殺，真是要去閻王殿跟那些枉死的士子換命的？

管家道：「小夫人哪怕不解這其中因果，也應該知道，凡跟洗襟臺沾上邊，死罪可免，活罪也難逃了，何況……何況竹固山死了幾百號人呢！小夫人，快走吧，您平安了，也算全了老爺的心願，上溪今日必亂，回去只是償命，都到這個時候了，萬不可再猶豫了！」

余菡頓在原地。

其實老管家說的話，她沒怎麼聽明白。什麼叫上溪今日必亂？什麼叫凡跟洗襟臺沾上邊，死罪可免活罪難逃？

她只聽明白了一句，她回去，就要償命。

她的目光落在驢車上，孫誼年為她備好了行囊，那行囊裡有一匣子金子，她這輩子，還沒享用過這麼多錢財呢。她可不想死！

余菡的心裡有些荒涼。

孫誼年總說戲子薄情，她從前只把這話當笑話來聽，而今生死攸關，才發現自己也許，大概，是真的薄情。

「小夫人——」官家還要再勸。

「罷了！」不等他再開口，余菡狠一咬牙，嚥下荒涼，折身回到驢車上，「我們快走！」

上溪，縣衙。

「殿、殿下，您怎麼這個時辰過來了？」

卯時剛過，李捕頭從衙門內院裡出來，迎面看到謝容與和七八名玄鷹衛等在衙門公堂。

看到李捕頭，章祿之問：「怎麼沒看到孫縣令？」

李捕頭誠惶誠恐地應道：「孫大人昨晚值宿，亥時才離開，今早恐怕要晚些時候到，秦師爺天不亮就去山外官驛了——封山的禁令到底沒解。」

衙門裡還有典簿、錄事，知是小昭王來了，早就候在了公堂外，章祿之四下看了一圈，又問：「曲校尉呢？」

「曲校尉昨天夜裡沒回來，」李捕頭垂著眼道：「可能……可能是去了醉芳閣聽曲。」

曲茂近日愛聽曲，謝容與知道。自從那日官府設局捉鬼，曲茂發現在城中游離的灰鬼其實是人，紅衣鬼更是朝天扮的，便也不怕了，他本就怠於公務，能正經辦回差已算精進，眼下沒了事做，自然要尋點樂子。上溪樂子少，也不是沒有，醉芳閣這名兒聽起來像勾欄瓦舍，其實正經得很，就是個唱陵戲的地方，戲班子的紅牌有一副好嗓子，曲茂這幾日沒事，幾乎夜夜去聽曲，銀子撒下去，佐著酒，讓戲子唱上一整晚也是有的。

章祿之聽了李捕頭的話，猜到那公子哥昨夜八成又醉倒在醉芳閣了，便也不多問，逕自道：「找間審訊室。」

他們眼下所在之處就是審案的公堂，不過章祿之的意思很明白，玄鷹衛拿了人，要單獨審。

小昭王就坐在堂上，李捕頭適才沒敢隨意張望，聽了這話，抬頭斗膽朝外望去，只見公堂門口，有一名身穿魚藻紋綢布袍，髮色花白的老叟正被玄鷹衛左右挾立著，不是蔣萬謙又是誰？

李捕頭不敢置喙，連忙把謝容與和一眾玄鷹衛引至退思堂，斟上茶，退了出去。

退思堂的門由玄鷹衛把守，章祿之請了謝容與上坐，將腰間的刀解下，「砰」的一聲拍在一旁的几案上：「你就是蔣萬謙？」

這鏗鏘一聲把蔣萬謙嚇了一跳，他本就是跪著的，眼下頭埋得更低，「回、回官爺，是，是……」

章祿之問：「知道為什麼拿你嗎？」

蔣萬謙搖了搖頭：「不、不知道。」

「不知道？」章祿之在他跟前半蹲下身，「你自己做了什麼，你自己不知道嗎？」

他微一頓，繼而問道：「聽說你跟秦師爺交情不錯，當年同在東安，你還買過他的畫？」

「回官、官爺，是。」蔣萬謙掀眼皮看章祿之一眼，見他一臉凶相，很快垂眸，「當時秦、秦師爺，到東安，來考舉人，很、很清貧，他畫、畫得好，任他畫誰，都維妙維肖，草、草民買畫，只是舉、舉手之勞。」

這話出，青唯不由與謝容與對視一眼。

她起先聽這蔣萬謙說話結巴，以為只是慌張所致，眼下見他咬字吃力，才知是患了口吃之症。

可是……沉浮商海，左右逢源的蔣萬謙，怎麼是個有口吃的？

章祿之又問：「聽聞秦師爺先後考過兩回舉人，第一回考前失足落水，第二回惹了人命官司，你是哪一回買他的畫的？」

「第、第一回。」

章祿之「呵」了一聲：「那你們也算多年的交情了。」

他驀地將聲音壓低：「既這樣，秦景山當年為何要介紹你上竹固山？據我所知，你運桑麻的的牛車大都是直接發往東安，很少從竹固山下過，竹固山的耿常說到底，也不是什麼善類，你跟他根本沒有結交的必要。」

蔣萬謙聽了這話，很勉強地笑了一下，「做、做買賣麼，該結、結識的人，總要結識的，早、早晚，都一樣。」

章祿之這麼問，實際是希望他能老實交代買名額的事，見他如此敷衍，心中頓時窩火，「嘖」了一聲，忍不住直接問罪。

好在他知道自己脾氣躁，來上溪前衛玦就叮囑過他，讓他凡事請示虞侯，章祿之猶豫了一下，回頭看向謝容與，謝容與卻搖了搖頭。

章祿之抿抿唇，不能直問，那只有繼續旁敲側擊了。

他在心中把蔣萬謙買賣名錄一事從頭理了一遍，想起洗襟臺的登臺名額，蔣萬謙是為他的兒子方留買的，遂問道：「你念過書嗎？」

蔣萬謙搖了搖頭：「念、念得少，也不、不愛念。」

章祿之冷笑一聲：「你不愛念書，倒是盼著自家兒子能做大官，為了方留，費了不少周折吧？」

「官、官爺說笑了。」蔣萬謙道：「他就、就是個秀才，一、一直考不中舉人，草民，也並不盼著他能、能做官，連、連昭化十三年的鄉試，草民都、都沒讓他去呢。」

這話出，章祿之沒覺得異樣，反是謝容與眉心微蹙，目光落在蔣萬謙身上。

昭化十三年，正是洗襟臺建好的那一年，陵川因為自開春就要接待從各地而來的士子，是以將鄉試的日子，從開春提早到了前一年的冬十二月。

所以昭化十三年，陵川是沒有鄉試的。

這一點尋常人不知道，但是蔣萬謙，他這麼看重方留的仕途，怎麼會說錯？

再者，方留沒去那年鄉試，極有可能是蔣萬謙擔心屢試不第影響他的名聲，已打定主意買下一個登洗襟臺的名額，這麼敏感的決定，他怎麼這麼輕易地說出來了？

謝容與靠在椅背上，十指相抵，緩緩問道：「昭化十三年的鄉試，方留沒去？」

「是，草、草民沒讓、讓他去。」

謝容與緊盯著他：「你還記得昭化十三年的鄉試，是哪一天嗎？」

蔣萬謙聽了這一問，怔了一下，正是冥思苦想，這時，外頭一名玄鷹衛來報：「虞侯，曲校尉回衙門了，虞侯可要見他？」

今日上溪暗潮洶湧，極不太平，在衛玦趕到之前，謝容與手上可用的人太少，多多少少都得借曲茂的力。

謝容與看著蔣萬謙：「把他帶去內衙，你們親自看守，任何人不得接近。」隨後吩咐，「讓曲茂進來吧。」

曲茂似乎一宿沒睡，進來退思堂，還打著呵欠，他對謝容與道：「要知道你來了衙門，我就早點兒溜號了，憑的折騰了我一夜，遭罪遭大發了！」

謝容與稍稍一愣：「你不是去醉芳閣聽陵戲？」

「聽戲？」曲茂沒骨頭似的，整個人都攤在了交椅裡，「要真是去醉芳閣聽戲，我哪能累成這副德行，昨晚我剛到醉芳閣，那伍聰就找到我，讓我帶著巡檢司，去守那道山間小徑外的關卡。」

跟在曲茂身邊的邱護衛道：「殿下有所不知，夜裡三更，伍校尉說是有急事要去東安一趟，讓曲校尉幫忙輪一夜的班。」

謝容與問：「伍聰帶著左驍衛離開了？」

「說是有什麼事兒，要去東安請示他們中郎將。」曲茂道：「左驍衛也沒全走，多少留了一些，不過不頂用，他們上頭沒人，凡事都來請示我，真是煩死了。」

謝容與沉默下來。

伍聰究竟為了什麼而離開，他不用想都知道。

這大半年來，左驍衛負責的所有案子之中，只有追捕溫氏女這一樁是需要請示中郎將再辦的。

伍聰這個人不傻，他很清楚他在上溪要捉的「鬼」昨日已經被謝容與送走了，所以他此刻去東安，只能因為在上溪發現了青唯。

這一切看似沒有錯，但問題在於……謝容與記得，青唯進山當天，伍聰並沒有親眼見過她，在追捕灰鬼當夜，他雖與她交過手，但是單憑一個似是而非的背影，看似熟悉的身手，他就能斷定此人就是左驍衛追捕的溫氏女，並且為之離開上溪？

還是說，他在某個地方見過青唯，直接，或者間接地確定了她的身分？

可是，謝容與想，自追捕灰鬼那夜過後，青唯幾乎一直與他在一起，伍聰不可能見到她，除非是在畫上。

……是了，畫？

謝容與一念及此，心中微頓。

他驀地想到，前日一早，伍聰趕去城西莊子，要求審問葉家祖孫與「江唯」，正是由秦景山帶去的。

當時謝容與還覺得此舉可疑，這兩日讓玄鷹衛著緊查秦師爺，也有這個原因。

青唯近日雖沒在外人面前露臉，可剛來上溪那兩日，城西莊子上的人，包括孫縣令、秦師爺該是見過她的。

適才蔣萬謙也說了，秦師爺擅畫，畫得人像維妙維肖。

那麼……只有一種解釋。

當日左驍衛是被秦景山故意引去城西莊子的。

他看出伍聰懷疑莊子上的外來表姐，是故將青唯的模樣畫下，拿給伍聰過目，伍聰看過畫，確定青唯人在上溪，這才連夜去向駐守東安的中郎將請示的。

這麼說，伍聰是被秦師爺藉由溫氏女的案子，故意支走的。

可是他支走伍聰又是為了什麼呢？

眼下左驍衛已不必捉鬼了，留在上溪，左不過就是辦個禁山巡視的差事。

還是說，他把左驍衛的首腦支走，是想趁著關卡不嚴，送走什麼人嗎？

謝容與閉上眼，在心中細忖。

秦景山、孫誼年，都是衙門的人，他們要離開上溪有一百種法子，甚至可以直接走官驛，不必如此大費周章，他們的家人同理，也就是說，秦景山要送走的這個人，是一個不能被任何人發現的，急需離開上溪的人。

上溪眼下有誰急需離開？

換言之，如果衛玦已帶著玄鷹司趕到，那麼他這張網要捕的，除了與縣衙相關的，還有誰？

只剩一個蔣萬謙了。

這個秦景山……他要送蔣萬謙走？

可是蔣萬謙，已經在他的手上了啊。

謝容與思及此，驀地睜開眼，他忽然想到，章祿之適才審問的這個蔣萬謙，非但患有口吃之症，連昭化十三年，陵川有沒有鄉試都不知道。

心中一個難以置信的念頭頓生，謝容與倏地起身，一臉寒色的來到後院。他看著被玄鷹衛牢牢看守住的蔣萬謙：「想好了嗎？昭化十三年的鄉試，究竟是哪一日？」

蔣萬謙目中含著駭意，「回、回官爺，草民記、記不大清了，應該，大概是開春。」

謝容與心中一沉。

但他神色不變，又問：「你說方留考了幾回舉人都沒考中，那麼我且問你，他考過幾回舉人，分別是哪一年？」

「他兒時念的私塾是什麼，恩師喚作什麼名？」

「昭化十三年，他被遴選登洗襟臺，是哪一日離開家的？」

連著三問急出，蔣萬謙額頭滲出了汗，「回──官爺，草民只記得他兒時，念、念的私塾叫聽瀾，恩師姓秋，喚作、喚作……」

謝容與問：「所以，你記得他兒時的事，昭化十二年至十三年，他被遴選登臺以至未曾參加鄉試的所有枝節，你一概不知是嗎？」

他盯著蔣萬謙，目中寒意逼人：「你不是蔣萬謙，你是誰？」

「蔣萬謙」心頭大駭，他在人前已扮了快兩年的大哥，除了知情人、家裡人，沒有任何人看出破綻，方留的生平他也早也背得滾瓜爛熟，除了昭化十二十三年……衙門的那些人就像是在忌諱什麼，沒有與他多提。

眼前這個人洞若觀火，不過幾個問，就看穿了他。

「蔣萬謙」膝頭一軟，跪倒在地，「草、草民……」

然而謝容與已無暇理會他，他折身，疾步朝外走，「真正的蔣萬謙兩個時辰前從山外關卡跑了，留個人守在這兒，其餘人立刻出發，隨我擒他！」

一行人還沒走到外院，外頭傳來陣陣吵嚷之聲。

曲茂的護衛邱茗疾步趕來，「殿下，不好了，秦師爺帶著官兵圍過來了。」

「秦師爺？」

秦景山手上怎麼會有兵？

邱茗道：「早上秦師爺去了官驛，他手上的兵，可能是縣衙放在官驛的兵馬。」

章祿之猜測道：「這縣衙本就是秦景山的一言堂，他處心積慮放走蔣萬謙，擔心我們去追，所以帶人截堵？」

謝容與問：「他們有多少人？」

「粗略估計百餘，不算多，末將集合巡檢司與左驍衛的兵馬尚可攔住，就是不知縣上其他衙差是否也為這師爺所驅使，李捕頭一刻前就不見了，今天一早，孫縣令也不知所蹤。」

邱茗說著，似乎看出玄鷹衛急著去追什麼人，「殿下可是有急務要辦？殿下只管去就是，縣衙這裡，末將與曲校尉能夠頂住。」

追捕蔣萬謙刻不容緩，謝容與雖不放心縣衙，但人手不足以調配，他沒有更多選擇。

他想了想，只吩咐：「章祿之，你留下，任何可疑之處事後稟我，記住，這個秦景山，本王要活的。」

「是。」

離開縣衙，打馬往北而行，不出一刻便到了山間。

既然左驍衛的伍聰是秦景山刻意支走的，蔣萬謙離開上溪，走的一定是那條隱祕山徑。

玄鷹衛一面打馬疾行，一面在道上辨別車轍，其時正午已過，日光傾灑而下，眼看著山驛逼近，前方林間，忽見有兩人從道邊疾行而出，其中一人身姿窈窕，穿著一身對襟大袖綢衣。

青唯立刻認出這身影，她雙腿一夾馬肚，先一步越眾而出，「小夫人？」

余菡仰目望去，馬上人一身玄色衣袍，黑紗帷帽遮住了臉，「江、江姑娘？」

青唯「嗯」一聲，看了眼跟在余菡身邊的吳嬸兒，「妳們怎麼在這兒？」

天有點熱，余菡的額間細細密密的都是汗，她抬袖揩了一把，焦急道：「都是我那冤家！他昨夜來找我，說上溪要出亂子，非要我離開。我這一路愈想愈不對勁，擔心他想不開……」她一跺腳，「左右我得回來勸勸他，再不濟，拽上他一塊兒逃！」

她本來是不打算回來的，可是這一路走來，孫誼年說過的話不斷地迴響在耳畔。

——「誰說我什麼都不知道？我都知道的。」

——「上溪這個官府，眼下已不是我能做得了主了。」

上溪的官府什麼德行，余菡多多少少是知道的，雖說是那秦景山的一言堂，孫誼年當了這麼多年的縣令，怎麼就做不了主了？她總覺得他的話裡有難言之隱，越逃越不安心。

真是冤家！他要是真想不開，一心求死死透死絕也就罷了，怕就怕他行到末路餘念未甘，冤屈未雪就做了鬼，往後該在夢裡纏著她！

這時，謝容與問：「是孫誼年讓妳離開上溪的？」

余菡早就看到謝容與了，她知道他是宮裡的王爺，不敢隨意與他搭腔，聽他這麼問，她便豁出去了，上前屈膝跪道：「王爺，王爺，求您了，饒我家老爺一命吧，他縱然……縱然為官上有些過失，可他當真是個好人。竹固山那事過後，他一直十分自責，連著幾年夢魘不斷，瘦成了眼下這副模樣，王爺，他早已真心悔過啊！」

謝容與沒應這話，他望向不遠處的關卡。

眼下上溪的「鬼」沒了，封城禁令未解，上溪人知道山徑上設了關卡，等閒是不會走這條道的。除非……他們知道左驍衛的伍聰被支開了。

謝容與問：「妳今早是一個人走的？」

余菡不明白他為何問這個，如實道：「不是，老爺派了個管家送我，說他路熟，知道出山的道。」

青唯一聽這話，勒馬原地徘徊幾步，急問：「這老管家叫什麼？妳從前見過他嗎？」

余菡搖了搖頭，那河東獅從來不讓她進門，那縣令府上伺候的下人她大多不認得。

吳嬸兒道：「官爺，江姑娘，老奴從前在縣令府上伺候的，這老管家應該是這一兩年新來的，老奴從前沒見過。不過老爺對他十分信任，什麼都告訴他。」

青唯問：「妳怎麼知道孫縣令信任他？他是不是跟妳們說過什麼？」

余菡有求於謝容與和青唯，聽她這麼問，知無不言，言無不盡，「他勸我不要再回上溪，說我哪怕回去，也是多賠一條命進去。後來我執意要回來，他說老爺交代了他差事，他不能和我同行，要先一步去東安了。哦，對了，他還說，王爺您來上溪，查的其實不是竹固山，您真正想查的是……是洗襟臺！」

「洗襟臺」三個字一出，謝容與的目色一沉，他斬釘截鐵：「這個人不是管家，他才是真正的蔣萬謙。」

謝容與握韁策馬，言簡意賅：「追。」

身後幾名玄鷹衛同時打馬，余菡眼看著他們要走，一咬牙，不管不顧地奔至青唯馬前：「江姑娘，王爺，我家老爺，你們……你們不相救了嗎？」

她攔得突然，險些被青唯的馬踩於足下，好在青唯及時收韁，駿馬嘶鳴一聲，高高揚起前蹄，青唯勸道：「小夫人，孫誼年既是上溪的縣令，該有法子自保，事有輕重緩急，小夫人莫要相阻。」

「什麼有法子自保？老爺若有法子自保，我還求你們做什麼？」余菡當即也顧不得禮數，焦急道：「老爺說了，這個上溪，他早就做不了主了！」

她擔心攔阻無果，該說的不該說的和盤托出，「我知道王爺懷疑老爺，覺得老爺與那塌了的樓臺有關。老爺他……他的確有罪不假！他不只一次和我說，當時竹固山山匪死的時候，他就在山上，是眼睜睜看著他們送命的。他還說，山匪為什麼會死，他全都知道！什麼都知道！」

謝容與一頓，驀地勒馬：「他當真這麼說？」

竹固山山匪被誅滅的五年後，連當初剿匪的將軍都暴斃而亡，他們費盡周折查到今日，也只查到蔣萬謙買過一個登洗襟臺的名額。

蔣萬謙雖買了名額，但他是跟耿常打的交道，未必知道這名額究竟是從哪裡流出的。

可是，如果一切真像余菡說的，孫誼年什麼都知道，他甚至上了竹固山，親眼看著山匪是怎麼死的。那麼是不是說，他在五年前，直接參與了名額買賣一事，他知道那剿匪將軍的上峰是誰，知道幕後主使是誰，甚至知道一切的真相？

「當真，草民不敢有半句欺瞞。」余菡道。

隨行的幾名玄鷹衛精銳也反應了過來。

一名玄鷹衛道：「虞侯，如果孫縣令當真參與了買賣名額，我們一定得拿住這個活口。」

「是啊。」另一名玄鷹衛也道：「洗襟臺的登臺名錄由翰林流出，先帝欽點，被拿來做成買賣，此事絕不簡單，任何線索我們絕不能錯過。」

青唯看向余菡：「孫誼年今天一早就不見蹤影，妳既甘心回來找他，那妳可知道他在何處？」

余菡見了一下頭：「雖不確定，但……有個地方，老爺常去。」她伸手往山間一指，「往東走，離這裡不遠！」

幾名玄鷹衛立刻向謝容與請示：「虞侯。」

孫誼年是該尋，但蔣萬謙難道不追了嗎？

時距洗襟臺坍塌已逾五年，他們費盡周折，才從塵埃之下生拉硬拽出一絲真相，任何與之相關的線索，他們都不能放過。

不知是不是因為孫縣令與秦師爺之間說不清道不明的關係，小小山城水深千丈，讓謝容漸漸不安，以至於他分明知道他們眼下應該兵分兩路，卻也不願將人手劈開。

衛玦未到，山中的玄鷹衛太少了，如果兵分兩路，任何一路遇到危險，無異生死之災。

可惜，他別無選擇。

朝天見謝容與躊躇，說道：「公子，屬下去追蔣萬謙吧。屬下腳程最快，追人合適，那縣令是個地頭蛇，泥鰍似的，屬下腦子笨，哪怕拿住他，未必看得住他。」

他這道理粗極了，聽上去甚至有點可笑。

謝容與看向他，沒有吭聲。

一向大而化之甚至有些愚鈍的朝天竟在這一刻看出了他家主子的顧慮，又說：「公子，屬下是真的想去追蔣萬謙。公子莫要忘了，屬下與德榮的父親也是長渡河的將士，我們都是長渡河的遺孤。」

當年長渡河一戰死傷無數，劼北一帶棄嬰遺孤豈止千百，朝天與德榮被商人顧逢音收養長大，身上卻帶著那一戰的烙印。這些年他們跟著謝容與，公子想要層層挖掘的洗襟臺真相，於他們而言，亦是責無旁貸。

謝容與聞言終於鬆動，「好，你帶走三人。」

跟在謝容與身邊的玄鷹衛只有六人，朝天本不想帶這麼多，但他沒有把時間耽擱在討價還價上，當即點了人。

青唯叮囑道：「如果遇到危險，周旋為上，切記不可硬拚。」

謝容與亦道：「衛玦很快會到，拖住即可。」

朝天頷首：「公子放心，少夫人放心，屬下一定會擒住蔣萬謙。」

言罷，他立刻揚鞭，策馬疾馳而去。

青唯也沒有遲疑，一把撈起余菡，扔在自己的馬背上，「指路。」

「就在東邊山腰的古槐邊，這幾年，老爺若有什麼心事，都會去那裡。」

「竹固山上的死的人太多了，老爺心中始終過不去這道坎，寨子被燒了以後，他就在那裡給他們修了一座衣冠塚，他自己徒手壘的，最初的半年，在那裡一坐就是一整宿。」

「越過前面的斷崖就是，快到了——」

余菡坐在馬背上，聲音顛簸在殘風裡。她從未想過這麼陡峭的山間也能跑馬，到了斜坡處，半身幾乎被拋至了半空，五臟六腑都要跟著顛倒一番，好在身後的女子馬技極好，任她顛三倒四，總能把她拽回馬背坐好，及至看到前面斷崖，青唯展眼一望，這崖並不深，不過一道寬三丈深三丈的溝，時間緊迫，青唯當機立斷，回頭對謝容與與玄鷹衛道：「來不及繞行了，我們越過去——」

言罷，她一馬當先，揚鞭提速，隨後往上一拽轡繩，身下的駿馬高邁前蹄，在半空中舒展身姿，穩穩落在對面山道。緊接著，謝容與和玄鷹衛也策馬越了過來。

這邊山道地勢較低，馬蹄落地，視野一下子開闊，古槐邊的墳塚立刻映入眼簾。

可惜在墳塚前，並沒有一個滑手似泥鰍的縣令，只有一個倒在血泊中的人。

孫誼年平躺在地，仰面朝天，身下的泥地已被血洇紅，胸膛劇烈起伏著，不斷地嗆咳出一口又一口的鮮血。

青唯勒停馬，余菡幾乎是摔了下去，她慌亂地爬起身，朝孫誼年奔過去：「……老爺？老爺——」

幾名玄鷹衛也一併停了馬，孫誼年胸腹的刀傷儼然是新的，四周卻不見凶器，說明殺手拔了刀，尚未走遠。

山間有風，馬在風中打了個響鼻。

就在這時，左旁的林間倏然傳來一聲輕微的響動，像獸蹄踏上腐葉。

兩名玄鷹衛立刻循聲追出。

余菡手忙腳亂地將孫誼年扶起，她不知道該怎麼做，一邊喊著「老爺」，一邊拿帕子去堵他身上的血眼子，無奈他胸腹的傷是貫穿傷，血太多了，怎麼也止不住。

孫誼年的目光卻是渙散的，他看著余菡，還以為置身夢中。

常言說，人們在死前，會經歷一輩子最美的一場夢。他們會看到自己最牽掛的人，與他們團聚。

可是他這夢裡，怎麼來的是她呢？

他家裡的河東獅呢？他的一雙兒女呢？

一念及此，孫誼年才意識到這不該是夢，原來余菡是真的來了。

余菡的眼眶早已紅了，她仍是無措的，見手帕止不住他的血，又去撕扯自己的裙裾，渴盼著能幫他把傷口包紮起來。

孫誼年驀地握住她的手腕，喘了幾口氣，微弱地問：「妳怎麼……妳怎麼會來……」

他的眼神裡充滿了難以置信。

余菡怔了怔。

他竟不相信她會回來？

他總說戲子薄情，難道……他真的以為她薄情？

這冤家！余菡心中又難過又著惱，但她明白眼下不是發作的時候，她道：「你撐著，我就是走殘這雙腿，也幫你把大夫找來——」

孫誼年握在她腕間的手緊了緊，「別……別去了。」

他的眸中閃過一絲難以捕捉的追悔，最終，沉沉地嘆了一聲：「我……對不住妳……」

余菡卻莫名，「你哪裡對不住我？」若不是他當初收她做外室，她恐怕至今沒有安身之所，「不行，我得立刻去尋大夫，你等著我回來！」

「別、別去了。」孫誼年喚住她，聲音啞得幾乎破碎，「……我……已經活不成了……」

他的目光越過余菡，落到青唯與謝容與身上，漸漸了悟，原來是他們帶著她過來的。

青唯見孫誼年氣若遊絲，心知該留時間給他與余菡道別，可他們費盡辛苦尋來這裡，不能再錯過問明真相的機會。

思及此，她半蹲下身：「孫大人，您能否告訴我們，當初方留登洗襟臺的名額，究竟是從誰手中流出來的？」

孫誼年聽了這一問，看了謝容與一眼，片刻，他垂下眼，將目光避開了。

他不願說，青唯也早料到了。

他要是肯交代一切，也不至於拖到今日，這樁案子裡，他自己也不乾淨。

青唯問：「孫大人，您是想安排妻兒離開，隨後獨自把祕密帶進墳墓裡，以保他們平安嗎？」

她說：「您的妻兒已經平安離開了，至少今天早上，我們未曾接到他們被攔阻的消息。可是，」她一頓，「小夫人，您不覺得她可憐嗎？」

孫誼年嘴角顫了顫，沒有吭聲。

青唯道：「小夫人捨下性命來尋您，孫大人，您不為她的以後想想嗎？」

孫誼年聞言，倏然抬目看向她。

適才孫誼年為何說對不住余菡，旁人不知道，青唯旁觀者清，到底能猜到幾分的。

余菡是他在竹固山出事的半個月後納的。

是他這五年來沉溺的溫柔鄉。

為了她，他不惜在城西為她圈了一座莊子，時時來看她。

常人都道這個戲子出身的外室，是孫大人心尖上的肉，道是孫大人糊塗了，為了一個戲子，跟糟糠妻鬧成這樣。

可是到頭來呢？

到頭來，孫誼年苦心安排，讓自己的妻兒平安離開上溪，卻設計讓余菡踏上一條險之又險的路。

余菡不過一個外室，哪怕孫誼年大禍臨頭，她真的需要離開上溪嗎？

便是要離開，孫誼年一個縣令，難道不能多安排一輛馬車，多塞進去一個人，讓她走那條與他妻兒一樣平安的路？

可他沒有這麼做。

他讓扮作管家的蔣萬謙隨她一起離開，其實是藉由她遮掩蔣萬謙的身分。

他利用了她，全然不顧這樣一個決定，會給她帶去多少危險。

原來這個縣老爺並不多荒唐，糟糠妻，美嬌妾，在他心裡孰輕孰重自有分量。

甚至他這些年沉溺於她的溫柔鄉，也不過是在竹固山一場屠戮整個上溪淪為惡夢之後，拚命尋來的一處避風港，不見得真的將她放在心上。

荒唐的是他沒想到她會回來——不顧性命地回來找他。

所以他說對不住她。

這些年，他總與她說戲子薄情。

可人非草木，孰能無情。

那個真正自私涼薄的，何嘗不是他呢？

青唯道：「您讓小夫人掩護蔣萬謙離開，以後就算蔣萬謙能隱姓埋名平安無虞，小夫人呢？那些人知道了此事，不會去逼問蔣萬謙的下落，不會殺她滅口嗎？孫大人，您已經對不起很多人，五年前是竹固山的匪，五年後的今日，是自食其果的您與那些跟著您、信任您的人，真相一日不揭開，自此往後，只會有更多人因此喪命。何況您以為，這所有的一切，您去了陰曹地府就能一筆勾銷了嗎？洗襟臺下煙塵未歇，竹固山的血流到今日都沒有歇止，難道您還想讓這愧懺伴著您生，再伴著您死？」

青唯說著，再度懇切道：「孫大人，能否告訴我們，當初方留登洗襟臺的名額，究竟是從誰手中流出來的？」

孫誼年聽到這裡，目色終於鬆動。

他張了張口：「那名額……名額……」

血流得太多了，單是撐住這麼一會兒，已耗盡了他所有氣力，連說出口的話都是支離破碎，模糊不清的。

他深深吸了一口氣，用力掙出最後一絲餘音：「你們……不要……去，去……」

青唯竭力去聽：「去哪裡？」

「不要──去。」

話音戛然而止，孫誼年身子驀地一沉，整個人再沒了聲息。

余菡愣住了，半晌，她喚了聲：「老爺？」可惜沒有人應她，她無措地將他扶起，眼淚湧了出來，怔怔地再問：「老爺，您怎麼了……冤家！你說話呀！」

謝容與俯下身，伸指探了探孫誼年的鼻息，「人已經走了，節哀。」

人已經走了。能撐住這麼久，已算竭盡全力。

可惜他最後的話停在了一個「去」字上。

究竟不要去哪裡呢？他沒有說明方向。

眼下形勢緊迫，容不得他們多思，適才去循殺手的兩名玄鷹衛回來了，向謝容與稟道：「虞侯，刺殺的孫縣令的殺手有兩人，被我們追上，已經服毒自盡，應該是被人豢養的死士。」

謝容與眉心微鎖：「上溪這裡有死士？」

上溪封城已逾半月，這些死士是怎麼混進來的？

謝容與一念及此，忽道一聲：「不好！」

孫誼年手無縛雞之力，要殺他太容易了，用不上死士。且照以往的經驗，這樣訓練有素的死士若出現，必然成眾，既然這裡只有兩人，餘下的去了哪裡呢？

他們很明顯是為了滅口而來，眼下孫誼年已經死了，他們還當滅誰的口？

青唯也反應過來了，「蔣萬謙要出事！」

話音落，幾人毫不遲疑，翻身上馬，往山下追去。

依照余菡的說法，蔣萬謙出了上溪地界，會直奔山下，爾後轉乘馬車，趕往東安城郊驛站。

然而還未奔馬至山腳，謝容與就在山道邊的一條岔口處發現朝天留下的記號：蔣萬謙居然臨時改了路，往西面山上走了。

蔣萬謙此行是為了逃命的，他如果臨時改道，必然是覺察到了危險——很可能是那些死士已經追上他們了！

眼下已近暮裡，衛玦尚未帶兵趕到，謝容與一行人是能夠最快馳援朝天的，幾人發現記號，旋即打馬上山。

山坡陡峭，密林深深，山野馬行艱難，好在穿過一片樟木林，前方道路漸次開闊。暮風拂過，青唯敏銳地從這空闊的風聲裡判斷出不遠處應該是一片斷崖，她亟亟打馬，及至看到翻到在路邊的驢車，前方傳來拚殺之聲。

斷崖在高處，青唯只能瞧見一片黑衣的影。她當機立斷，足尖在馬背借力，整個人如一隻凌空的飛鳥縱身而起。人一高，斷崖的情形盡收眼底：崖外死士足有二三十人，朝天幾人被逼至崖邊，蔣萬謙躲在崖旁的一個巨石後，朝天與三名玄鷹衛將他團團護住，可他們人太少了，左支右絀，身上都已掛了彩。

青唯見狀，落回馬背的同時拔出腰間的劍，用力投擲而出。利劍帶著疾風，當胸貫穿一名死士的胸膛，朝天愣了一瞬，反應過來：「公子，少夫人——」

前方有崖，唯恐同伴被逼落崖下，青唯幾人不敢直接策馬衝陣，到了近前便翻身下馬。

死士們也反應過來，他們人多，很快分出人手來應付青唯。

玄鷹衛提刀而上，謝容與平日的兵器是一把帶著鋒刃的扇，今日倒是難得用了劍。青唯從前與他數度交手，終歸是夫妻打鬧，眼下看過去，他的身手倒不像在家中時莫測，反倒乾淨得沒有一絲多餘。

死士們腹背受敵，青唯與謝容與幾人的出現，讓他們亂了一瞬陣腳，然而非但很快找回章法，更迅速看穿青唯等人的劣勢：就像朝天要護住蔣萬謙，青唯也得護住沒有功夫的余菡與吳嬸。

死士們於是以攻為守，將兩邊徹底隔絕開——如果不能與朝天匯合，青唯便難以為他解圍。

余菡見狀，猜到自己留在此處只是添亂，偷偷喚了聲：「吳嬸。」要帶著她撤回山下，另尋地方躲起來。

她們所處地方本來很好，背貼山壁，巨木環立，這一動，卻是好心辦壞事，將自己徹底暴露給了死士。

兩名死士當即飛身躍出，要脅她們作質。謝容與一劍挑開一支短匕，見狀，劍身將凌空落下的短匕一接，直朝這兩名死士拋去。

死士在半空避身閃躲，有了這一瞬的空隙，青唯抽身而出，立刻撥開腕間囊扣，軟玉劍出鞘，隨著青唯騰躍的身姿，在夕陽下如一條染著血的銀蛇，吐著信襲向死士。

毒信到了近前，竟是鋒銳難當，從死士喉間逕自穿過。

青唯收回軟玉劍，斥余菡二人：「妳們跑什麼？回去躲好！」

青唯這一瞬快如疾風的身手被餘下死士盡收眼底，他們知道再這麼周旋下去，只會越來越不利。

死士陣中，忽聞一聲尖銳的哨響，死士們收身回崖，集合人力，撲向已然力有不支的朝天幾人。

青唯暗道不好，這些死士們打的竟是玉石俱焚的主意！

這時，山野間忽然想起如雷鳴一般的馬蹄聲，蹄聲如浪如潮，整個山間都在隱隱震動。

青唯別過臉看去，只見山腰樹影見，滾滾黑浪襲來。

刺目的夕陽下，玄色袍擺上的雄鷹若隱若現。

是衛玦帶著玄鷹衛到了！

他們來得比他們估算得還要更早一刻。

祁銘目力好，展眼一望，立刻道：「衛掌使，西北夾角！」

衛玦一點頭，在馬上張弓搭箭，三支利箭並出，帶著破風之音，一下子射入三名死士的背脊中。

與此同時，青唯也不遲疑，軟玉劍脫手急出，藉著這個時機就要破陣。

死士們見玄鷹衛到來，竟是不亂陣腳，人群中只聽一聲蒼茫的高斥，死士像被什麼激發了似的，再不顧策奔而來的玄鷹司，接連不斷的朝蔣萬謙、朝天、與三名玄鷹衛撲去。

這副不顧生死的狂亂模樣，令蔣萬謙駭然驚叫，他只覺自己再不能在巨石後躲藏下去了，他要立刻離開這個鬼地方。

左邊一柄鋼刀襲來，蔣萬謙抱頭堪堪避開，下一刻便貼著崖壁，要往衛玦與青唯那邊奔逃。

他這一動，徹底將身形暴露在外。三名死士立刻撲向他，朝天踹開兩人，卻不防第三人在墜落山崖時，手指勾住了蔣萬謙的衣衫。

蔣萬謙被他一帶，腳後跟一滑，逕自跌落崖下。

朝天見狀根本來不及多想，他疾撲而出，在半空捉住蔣萬謙的手腕，右手將長刀楔入斷崖的石縫中。

青唯已經殺進來了，見此情形，心幾乎空了一瞬。

好在她尚是鎮定，軟玉劍揮開襲來的死士，奔去斷崖，朝下望去：「朝天？」

兩人一刀在崖下丈尺處搖搖欲墜。

青唯道：「撐住，我救你上來！」

可是就在這時，石縫中傳來一聲崩裂的金屬鳴音。

是了，承載著兩個人的重量，一柄楔入石縫的刀又能撐多久呢？

「少夫人！」

這時，朝天道。

他是惜刀人，最是知道手上這柄鋼刀究竟能支撐多久。

他看了吊在自己身下的蔣萬謙一眼。

他說過一定要把這最重要的證人帶給公子和少夫人的。

他也是長渡河的遺孤，責無旁貸，說到做到。

朝天吃力著道：「少夫人，接著。」

說著，他手臂充了血，根根青筋暴露，徒手拎起蔣萬謙，往上一拋。

青唯的軟玉劍已經出了手，見蔣萬謙被拋擲半空，只能先纏住他帶回崖邊。

然而就在這一刻，楔在石中的鋼刀終於爭鳴一聲崩斷了。

刀身裂成兩半，再無力護住惜刀之人。

暮風烈烈拂過，夕陽為山崖鑲上金邊，崖邊刀鳴餘音未歇，朝天已連人帶刀，跌落山崖。

——《青雲臺【第一部】洗襟無垢》完——

——敬請期待《青雲臺【第二部】不見青雲》——

高寶書版集團
gobooks.com.tw

YE 093
青雲臺【第一部】洗襟無垢（下卷）

作　　者　沉筱之
封面設計　張新御
責任編輯　楊宜臻
內頁排版　賴姵均
企　　劃　何嘉雯

發 行 人　朱凱蕾
出　　版　英屬維京群島商高寶國際有限公司台灣分公司
　　　　　Global Group Holdings, Ltd.
地　　址　台北市內湖區洲子街88號3樓
網　　址　gobooks.com.tw
電　　話　(02) 27992788
電　　郵　readers@gobooks.com.tw（讀者服務部）
傳　　真　出版部(02) 27990909　行銷部 (02) 27993088
郵政劃撥　19394552
戶　　名　英屬維京群島商高寶國際有限公司台灣分公司
發　　行　英屬維京群島商高寶國際有限公司台灣分公司
法律顧問　永然聯合法律事務所
初版日期　2024年09月

原著書名：《青雲台》由北京晉江原創網絡科技有限公司授權出版。

國家圖書館出版品預行編目(CIP)資料

青雲臺. 第一部, 洗襟無垢/沉筱之著. -- 初版. -- 臺北市：英屬維京群島商高寶國際有限公司臺灣分公司, 2024.09
　冊；　公分. --

ISBN 978-626-402-082-4(上卷：平裝). --
ISBN 978-626-402-083-1(中卷：平裝). --
ISBN 978-626-402-084-8(下卷：平裝). --
ISBN 978-626-402-085-5(全套：平裝)

857.7　　113013295

GOBOOKS
& SITAK
GROUP©